国诗论精选

肖向云 编

西泠印社出版社

图书在版编目(CIP)数据

民国诗论精选/肖向云编. —杭州：西泠印社出版社，2013.7

ISBN 978-7-5508-0874-4

Ⅰ.①民… Ⅱ.①肖… Ⅲ.①诗歌研究—中国—民国 Ⅳ.①I207.25

中国版本图书馆 CIP 数据核字(2013)第165451号

民国诗论精选

肖向云　编

出品人　江　吟
责任编辑　叶康乐
责任校对　刘玉立
责任出版　李　兵
封面设计　王　欣
出版发行　西泠印社出版社
地　　址　杭州市西湖文化广场E座32号5楼
　　　　　邮编：310014
　　　　　电话0571-87243079
排　　版　杭州大漠照排印刷有限公司
印　　刷　浙江海虹彩色印务有限公司
开　　本　710mm×1000mm　1/16
印　　张　17.5
字　　数　220千字
印　　数　1-3000
版　　次　2013年7月第1版　第1次印刷
书　　号　ISBN 978-7-5508-0874-4
定　　价　36.00元

序

这本《民国诗论精选》,相当于通行的学科定义上的现代文学中的一部诗论选编。其中只选了关于新诗的论说,旧诗作者对旧诗的意见不在编选者的视野之内。从某种意义上说,应该是基于新诗代表了民国30年间先进文化的发展方向这样一种思考吧。

1917年胡适发表《文学改良刍议》,新诗开始确立。从那时起到1949年,新诗的写作成就斐然,而发展轨迹历历可辨。大体上来说,它经历了数度感性形式的变迁和语言技巧的发展。这本《民国诗论精选》里所收的诗论,也充分反映了这一变迁和发展。

从五四时期到20世纪20年代初期白话诗,诗人主要写个性,写爱情,写青春,写自然。那时候用白话写诗很有新鲜感,诗人也都好像回到童年,用好奇的眼睛看这个世界,发出的声音颇显幼稚。

20世纪20年代中期到30年代抗战前夜,诗的形式与技巧有了长足的进步。新月派到象征派再到现代派,各种流派和风格轮番出现,无论主情还是主智,诗人们写出了被今天的读者最多记取的篇章。

抗战爆发后到整个40年代,由于战争和革命,诗歌负载着重大的历史使命。战争与革命要求人们须以大我的声音去说话,去书写公共情感。这是一个大我的时代。

大体勾画出30年中国现代诗歌发展的风貌后,回到这本《民国诗论精选》,我们能够看到,诗人和评论家都吻合了诗的脉络,把握了诗的脉搏,就一系列重大议题发表了至今看来都弥足珍贵的见解。如果尝试总结其中的关键词，我想应该有以下这四个：语言、形式、情感、时代。

初期白话诗人聚焦的问题，是语言，或者说，符合变化了的人生与社会的语言。新诗取代旧诗，是中国文学千年未有之变局，首先体现在语言范式上极大的转换。胡适“作诗如作文，作诗如说话”“诗贵有真”的影响是压倒性的。旧诗的语言废了，旧诗的格律也废了，而当时的新诗人一致认为这是进步。俞平伯说他最讨厌的是形式。他在《诗底自由和普遍》(1920)里说：“我对于做诗第一个信念，是‘自由’。我相信诗是个性的自我——个人底心灵底总和——一种在语言文字上的表现，并且没条件没限制的表现。”刘大白《从旧诗到新诗》(1929)里，也宣称“从旧诗到新诗的形式上的和工具上的变动，是解放的，是从束缚的解放到自由的，从僵死的解放到生活的”。但是，今天看来，对白话无条件的拥抱事实上损害了这一时期的诗，使它们显得芜杂、粗糙、浅薄，有史料价值而少艺术价值。从康白情、朱自清的诗到冰心的《繁星》《春水》，大抵都是有白话而无诗。

形式问题是20年代下半期新月诗人关注的中心。徐志摩的《志摩的诗》(1925)和闻一多的《死水》(1928)，为新诗在大众心目中建立了信誉，因为初步有了格律。好的格律形式能够帮助诗人让自己的思想成型，情感定型。有白话而无诗的但求分行的诗作，最大的问题因为没有限制，造成至今如韩寒所说的，写诗只要懂得回车键就行。只有规律能给我们自由。何谓自由？严复说自由是群己权界，即小我跟大我知有所限。自由不是由着自己的兴致乱来，而是有一定的规律和边界。闻一多提倡诗要有音乐美、绘画美和建筑美。本书收入的饶孟侃与陈梦家的文章，都发挥了这个意思。

但新月派僵化地理解诗的形式问题导致了另一种败局：有格律而无诗。就连徐志摩也看到了当时新月派格律的流弊。他不满地说：“谁都会应用白话，谁都会切豆腐似地切其字句，谁都能似是而非地安排音节，但是诗连影儿都没和你见面。”所以戴望舒才会在《望舒诗论》(1932)里一开头就说：“诗不能借重音乐，它应该去了音乐的成分。”“诗不能借重绘画的长处。”废名也才会在《新诗问答》(1934)里说：“新诗要别于旧诗而能成立，一定要这个内容是诗的，其文字则要是散文的。”他甚至认为新诗唯一的条件就是分行。

本来，新诗的形式会在艺术自身的发展中得以修正完善，然而30年代后期外在形势的变化导致新诗自身出现一个重大转折，诗的社会功能被强调到消灭其他功能的程度。以艾青为代表的左翼诗人认为，诗歌要有散文美，因为散文化可以负载更多的写实内容，反映战争，反映革命。艾青说：“应该把形式看做敌对的东西。”他在《诗论》（1938—1939）中放言：“假如是诗，无论用什么形式写出来都是诗；假如不是诗，无论用什么形式写出来都不是诗。”40年代，新诗的形式问题已经不成为问题了。

这一时期，在社会的大环境、时代的大气候影响下，诗人们论争的焦点，都从“怎么写”转向了“写什么”。时代，本来就是五四新文学运动的关键词。旧诗被新诗取代，根本原因是大家认为它不能够反映时代生活。闻一多1923年写过《〈女神〉之时代精神》，他说：“若讲新诗，郭沫若君底诗才配称新呢，不独艺术上他的作品与旧诗词相去最远，最要紧的是他的精神完全是时代的精神——20世纪底时代的精神。”连朦胧的象征主义诗人穆木天也写了文章来谈《诗歌与现实》（1934）。甚至连写旧体诗的吴宓也在《余生随笔》中说：“诗之一道，欲其工切，必与时代之国势民情，诸方呼应乃可。”

抗战和内战中，诗人肩负反映时代的任务。当时代的主旋律压倒了一切个人的生活情趣与感触，诗歌沦为标语口号式的宣传和叫嚣时，就有了不断的异议。穆木天说：“所以中国现代的诗歌，什九，不是‘风花雪月’就是‘标语口号’了。各种公式主义，空想主义之诗歌之所以被产生出来，是因为不是诗人缺乏感情，就是虽有感情而其感情也无客观的真实性之故。”黄药眠在《论诗的创作》（1947）中说，新诗的成绩差是因为“诗人和社会运动的生活远离”，“不能把握到时代的脉搏而喊出真正能代表千万人的呼声”。他要求诗人写出时代的感情。“感情并不是简单的概念，也并不是直接从概念产生，写诗更不是正确的思想加上空洞的口号，没有丰富的实践的经验和感情的人，是连思想也不会正确到什么了不起的。”

现在我们接触到了《民国诗论精选》里最关键的词：情感或感情。可以说，新诗30年里最突出的是抒情主义。康白情《新诗短论》

(1920—1921)一文认为：

以热烈的感情浸润宇宙间底事事物物而令其理想化，再把这些心象具体化而谱之于只有心能领受底音乐，正是新诗底本色呵……诗是主情的文学，已再三说到了。没有浓厚的情绪，什么诗也作不好的。

李长之在《现代中国新诗坛的厄运》(1937)中说：

诗有诗的本质，诗有诗之所以为诗者在，英文所谓 essence，德文所谓 das Wesen。这是什么呢？这就是真的情感。只有真的情感固然也不一定是诗，但是没有真的情感却决不是诗！

彭燕郊的《论感动》(1944—1945)一文，题目就已经透露了论诗主旨：

当你写诗的时候，你的眼睛也会因激情而发亮吗？那么，请让接触你的诗的眼睛也因激情而发亮吧。

西方浪漫主义文学对民国时代诗人们的影响是巨大的，现代文学的抒情诗(lyric poetry)概念也深刻植入了他们的心中。把公众世界与私人领域的热烈的情感抒发出来，被诗人认为天经地义。但事实上，同一时期，以瓦雷里、艾略特、奥登为代表的西方现代主义诗风，提倡的恰恰是"逃避感情""逃避个性"。这也是为什么今天的学者最多研究讨论的，不是洋溢着时代激情的现实主义或浪漫主义的诗人，而是 20 世纪 30 年代戴望舒、卞之琳和 20 世纪 40 年代冯至、穆旦等人偏于主智的诗篇。

语言、形式、情感、时代，从这四个关键词出发来看这本《民国诗论精选》，它会清晰地呈现给我们新诗前 30 年历史上诗人的心路历程。

江弱水

2013 年 6 月

编者弁言

中国新诗发端于民国初期,迄今已有近百年的历史,而伴随着新诗的诞生,新诗理论也同时亮相。而初期新诗理论多为新诗之形式辩护,从而为新诗的创作与发展提供理论依据和指导。胡适在 1919 年发表的《谈新诗》即是新诗初期理论代表作。

尽管新诗是受西方文化影响而生,在理论上多是对传统的摈弃,但在诗人们的创作实践中,其实并非如此,尤其是早期的新诗,不论从内容还是形式上看,依然有着传统的色彩。甚至于后来出现了提倡“新格律诗”的新月诗派。

新诗近百年过后,我们再来反观,不难有这样的认识:诗歌创作不是孤立的,从古今中外的诗歌和诗歌理论中吸收有价值的营养,是十分必要的。

当然,从形式上看,格律早已成为历史,今天虽然有人在写旧诗,但“市场”极小,但旧体诗歌中的题材和内容,却依然可以成为当代诗歌创作的一种源泉。

诗人是极具个性的群体,其诗歌观念产生冲突甚至对立,并不难理解。民国时期的诗论,亦是如此。但无论诗歌怎样发展,有一些本质性的要素却依然未变,譬如对“诗歌语言”的要求,对节奏和结构的认识,对意象和意境的追求,古往今来都有共通之处。民国时期的诗论,虽然创作年代已久远,但其中不乏为新诗建设与发展提出一些具有“永恒价值”的好文章。在传统文化重新勃兴的当下,21 世纪的诗人,更有必要去学习这些智慧的诗论。

据编者了解，关于民国时期的诗论选本，已有多种，多冠以“现代诗歌理论”名称，且皆是从诗歌理论史的角度出发，对在该时代具有较大影响的诗论的汇编，其中多数文章所表达的诗歌见解，是基于该时代特征而言，具有显著的时代局限性，似乎研究价值更大一些，而对于今天的诗歌创作实践，并无多大裨益。故此，编者在编选这本《民国诗论精选》时，尽量遵循这样一个原则：选入的诗论作者有较大的诗歌成就，其诗歌理解与主张，对我们今天的诗歌创作仍有借鉴意义与指导价值。同时，尽量选择那些用通俗语言表达诗歌观点的文章，以便读者能在轻松的阅读中较为容易地理解作者的观点。

当然，这个标准也不是绝对的。因为在一篇诗论中，有些看法和主张，经过几十年时间的检阅，是有局限性的，甚至是错误的。如同康白情的《新诗短论》，其中提倡“自然的音节”，对于今天的创作，已经没有任何意义了；而其中谈及的新诗的创作方法，提出“新诗的精神端在创造……如果以前有了这么一种诗情，此作品就不必再作了”等观念，却依然很有价值。所以，我们在阅读和学习这些文章时，有必要主动去除那些已“过时”的观念。

为了编选更多这样的好论文，给诗人和诗歌爱好者奉献一部有较高“营养价值”的好书，编者查阅了大量资料。应该感谢这个便利的网络时代，感谢那些为知识作出贡献的单位和工作人员。譬如国家图书馆去年开辟了“民国专栏”，将大量民国书籍扫描上传到了网上，可以公开查阅，并下载阅读；而浙江网络图书馆还可以检索到大量民国文学作品，更是提供了“文字提取”的功能，这使得编者的编选工作更具有准确性和全面性。最终，编者选定这 28 篇有代表性的诗论，按写作和发表日期排序。为了便于作者的阅读，编者对文中提及和引用的部分典故和特定名称，也作了注解。

当然，一个选本的价值取向，也代表了编者个人的见解。在编选这本书时，编者一直遵循前面提及的原则，并不看重作者的名气，故不少“名篇”并未编入，希望读者能予以理解与包涵。

2013 年 6 月于杭州

目　录

Hu Shi 胡 适

【题解】 胡适(1891—1962),安徽绩溪人,著名学者、诗人、历史学家、文学家、哲学家。新文化运动领袖之一。中国第一个写新诗的人。1920 年出版中国第一部新诗集《尝试集》。

1919 年 10 月,胡适发表《谈新诗》一文,这是新诗运动初期的一份纲领性文献,标志着中国“诗界革命”真正的开始。

《谈新诗》的核心思想是“诗体大解放”,认为只有诗体解放了,新诗的其他诸问题如写作方法都会得到解决。也就是说,形式问题是新诗建设的核心问题。

作者还通过新诗人的具体创作来阐明:提倡新诗,并非要全盘抛弃旧诗,而是脱胎于旧诗,甚至还保留有旧诗词的部分特征和气息。作者之所以这么说,恐怕一方面是基于新诗乃初级阶段,尚不成熟,不少诗歌形式依然未完全摆脱旧诗词的习气以及内容文白夹杂的事实;另一方面,也是避免与反对新诗者的对立,以“曲线救国”的方式争取他们的理解和支持。毕竟,新事物,从诞生到完善,有一个漫长的过程。

最后，作者还谈及了新诗创作的方法，提出“凡是好诗，都是具体的”，反对“抽象的说法”。即使是抽象的材料，也要用具体的写法来表达。“抽象的议论是不会成为好诗的。”在“诗言志”的传统思想的影响下，诗歌一直扮演着抒情的角色。而胡适在文中纠正了这种错误的观念，并引用古今的作品来论证诗歌“叙事”的历史现实，还原了诗歌的本来面目。当然，这里所说的叙事与抒情，是指写作方法，而“诗歌的本质就是抒情”之说，则是指诗歌彰显的意境，是诗人在诗歌中所表露的情感与情怀，二者并不矛盾。

胡适肖像

一 谈新诗——八年来一件大事

一

民国六年(一九一七)一月一日,《新青年》第二卷第五号出版,里面有我的朋友高一涵[①] 的一篇文章,题目是《一九一七年预想之革命》。他预想从那一年起中国应该有两种革命:(一) 于政治上应揭破贤人政治之真相;(二) 于教育上应打消孔教为修身大本之宪条。高君的预言,不幸到今日还不曾实现。“贤人政治”的迷梦总算打破了一点,但是打破他的,并不是高君所希望的“立于万民之后,破除自由之阻力,鼓舞自动之机能”的民治国家,乃是一种更坏更腐败更黑暗的武人政治。至于孔教为修身大本的宪法,依现今的思想趋势看来,这个当然不能成立;但是安福部[②] 的参议院已通过这种议案了,今年双十节的前八日北京还要演

① 高一涵(1885—1968),新文化运动的主将之一。

② 民国六年,张勋复辟失败后,冯国璋任总统,段祺瑞任国务总理。段祺瑞亲信徐树铮拨款 80 万,让王揖唐在政客和议员中组织派系依附段氏,经常在北京西城安福胡同聚会,由此产生“安福俱乐部”。王揖唐还安排安福系成员带足经费,回本省操纵选举,结果国会参、众两院议员席位大多为安福系占有,故时人称之为“安福国会”。

出一出徐世昌亲自祀孔的好戏!

但是同一号的《新青年》里,还有一篇文章,叫做《文学改良刍议》,是新文学运动的第一次宣言书。《新青年》的第二卷第六号接着发表了陈独秀君的《文学革命论》。后来七年四月里又有一篇《建设的文学革命论》。这一种文学革命的运动,在我的朋友高君做那篇《一九一七年预想之革命》时虽然还没有响动,但是自从一九一七年一月以来,这种革命——多谢反对党送登广告的影响——居然可算是传播得很远了。文学革命的目的是要替中国创造一种“国语文学”——活的文学。这两年来的成绩,国语的散文是已过了辩论的时期,到了多数人实行的时期了,只有国语的韵文——所谓“新诗”——还脱不了许多人的怀疑。但是现在做新诗的人也就不少了。报纸上所载的,自北京到广州,自上海到成都,多有新诗出现。

这种文学革命预算是辛亥大革命以来的一件大事。现在《星期评论》出这个双十节的纪念号,要我做一万字的文章,我想,与其枉费笔墨去谈这八年来的无谓政治,倒不如让我来谈谈这些比较有趣味的新诗罢。

二

我常说,文学革命的运动,不论古今中外,大概都是从“文的形式”一方面下手,大概都是先要求语言文字文体等方面的大解放。欧洲三百年前各国国语的文学起来代替拉丁文学时,是语言文字的大解放;十八、十九世纪法国嚣俄[①]、英国华次活[②](Wordsworth)等人所提倡的文学改革,是诗的语言文字的解放;近几十年来西洋诗界的革命,是语言文

① 嚣俄后译为雨果(1802—1885),法国作家。

② 华次活后译为华兹华斯(1770—1850),英国诗人。

字和文体的解放。这一次中国文学的革命运动,也是先要求语言文字和文体的解放。新文学的语言是白话的,新文学的文体是自由的,是不拘格律的。初看起来,这都是“文的形式”一方面的问题,算不得重要。却不知道形式和内容有密切的关系。形式上的束缚,使精神不能自由发展,使良好的内容不能充分表现。若想有一种新内容和新精神,不能不先打破那些束缚精神的枷锁镣铐。因此,中国近年的新诗运动可算得是一种“诗体的大解放”。因为有了这一层诗体的解放,所以丰富的材料,精密的观察,高深的理想,复杂的感情,方才能跑到诗里去。五七言八句的律诗决不能容丰富的材料,二十八字的绝句决不能写精密的观察,长短一定的七言五言决不能委婉表达出高深的理想与复杂的感情。

最明显的例就是周作人君的《小河》长诗(《新青年》六卷二号)。这首诗是新诗中的第一首杰作,但是那样细密的观察,那样曲折的理想,决不是那旧式的诗体词调所能表达得出的。周君的诗太长了,不便引证,我且举我自己的一首诗作例:

应该

他也许爱我,——也许还爱我,——
但他总劝我莫再爱他。
他常常怪我;
这一天,他眼泪汪汪的望着我,
说道:“你如何还想着我?
想着我,你又如何能对他?
你要是当真爱我,
你应该把爱我的心爱他,
你应该把待我的情待他。”

…………

他的话句句都不错，——

上帝帮我！

我“应该”这样做！

（《尝试集》二，五六）

这首诗的意思神情都是旧体诗所表达不出的。别的不消说，单说“他也许爱我，——也许还爱我”这十个字的几层意思，可是旧体诗能表达得出的吗？

再举康白情君的《窗外》：

窗外的闲月，

紧恋着窗内蜜也似的相思。

相思都恼了，

他还涎着脸儿在墙上相窥。

回头月也恼了，

一抽身儿就没了。

月倒没了，

相思倒觉着舍不得了。

（《新潮》一，四）

这个意思，若用旧诗体，一定不能说得如此细腻。

就是写景的诗，也须有解放了的诗体，方才可以有写实的描画。例如杜甫诗“江天漠漠鸟飞去”，何尝不好？但他为律诗所限，必须对上一句“风雨时时龙一吟”，就坏了。简单的风景，如“高台芳树，飞燕蹴红英，舞困榆钱自落”之类，还可用旧诗体描写。稍微复杂细密一点，旧诗就不够用了。如傅斯年君的《深秋永定门晚景》中的一段（《新潮》一，二）：

……那树边，地边，天边，

如云，如水，如烟，

望不断，——一线。

忽地里扑喇喇一响。

一个野鸭飞去水塘，

仿佛像大车音浪，漫漫的工——东——当。

又有种说不出的声息，若续若不响。

这一段的第六行，若不用有标点符号的新体，决做不到这种完全写实的地步。又如俞平伯君的《春水船》中的一段（《冬夜》一，四）：

……对面来个纤人，

拉着个单桅的船徐徐移去。

双橹插在舷唇，

皺面开纹，

活活水流不住。

船头晒着破网。

渔人坐在板上，

把刀劈竹拍拍的响。

船口立个小孩，又憨又蠢，

不知为什么？

笑眯眯痴看那黄波浪……

这种朴素的写景诗乃是诗体解放后最足使人乐观的一种现象。

以上举的几个例，都可以表示诗体解放后诗的内容之进步。我们若用历史进化的眼光来看中国诗的变迁，方可看出自《三百篇》到现在，诗的进化没有一回不是跟着诗体的进化来的。《三百篇》中虽然也有几篇很好的长短句，如《坎坎伐檀兮》《园有桃》之类；但是《三百篇》究竟还不曾完全脱去"风谣体"（Ballad）的简单组织，直到南方的骚赋文学发生，方才有伟大的长篇韵文。这是一次解放。但是骚赋体用"兮""些"等字煞尾，停顿太多又太长，太不自然了。故汉以后的五七言古诗删除没有意思的煞尾字，变成贯串篇章，便更自然了。若不经过这一变，决不能产生《焦仲卿妻》《木兰辞》一类的诗。这是二次解放。五七言成为正宗诗体以后，最大的解放莫如从诗变为词。五七言诗是不合语言之自然的，因为我们说话决不能句句是五字或七字。诗变为词，只是从整齐句法变为比较自然的参差句法。唐五代的小词虽然格调很严格，已比五七言诗自然的多了。如李后主的“剪不断，理还乱，是离愁，别有一般滋味在心头”。道已不是诗体所能做得到的了。试看晁补之[①]的《蓦山溪》：

……愁来不醉，不醉奈愁何？

汝南周，东阳沈，

劝我如何醉？

这种曲折的神气，决不是五七言诗能写得出的。又如辛稼轩[②]的《水龙吟》：

……落日楼头，断鸿声里，江南游子，

把吴钩看了，阑干拍遍，

无人会，登临意。

这种语气也决不是五七言的诗体能做得出的。这是三次解放。宋以后，词变为曲，曲又经过几多变化，根本上看来，只是逐渐删除词体里所剩下的许多束缚自由的限制，又加上词体所缺少的一些东西如衬字的套数之类。但是词曲无论如何解放，终究有一个根本的大拘束；词曲的发生是和音乐合并的，后来虽有可歌的词，不必歌的曲，但是始终不能脱离“调子”而独立，始终不能完全打破词调曲谱的限制。直到近来的新诗发生，不但打破五言七言的诗体，并且推翻词调曲谱的种种束缚；不拘格律，不拘平仄，不拘长短，有什么题目，做什么诗；诗该怎样做，就怎样做。这是第四次的诗体大解放。这种解放，初看去似乎很激烈，其实只是《三百篇》以来的自然趋势。自然趋势逐渐实现，不用有意的鼓吹去促进他，那便是自然进化。自然趋势有时被人类的习惯性守旧性所阻碍，

---

① 晁补之（1503—1110），北宋文学家，为“苏门四学士”（另三人为黄庭坚、秦观、张耒）之一。

② 即辛弃疾。

到了该实现的时候均不实现，必须用有意的鼓吹去促进他的实现，那便是革命了。一切文物制度的变化，都是如此的。

三

上文我说新体诗是中国诗自然趋势所必至的，不过加上了一种有意的鼓吹，使他于短时期内猝然实现，故表现上有诗界革命的神气。这种议论很可以从现有的新体诗里寻出许多证据。我所知道的“新诗人”，除了会稽周氏弟兄之外，大都是从旧式诗、词、曲里脱胎出来的。沈尹默君初作的新诗是从古乐府化出来的。例如他的《人力车夫》（《新青年》四一）：

日光淡淡，白云悠悠，

风吹薄冰，河水不流。

出门去，雇人力车。街上行人，往来很多；车马纷纷，不知干些什么。

人力车上人，个个穿棉衣，个个袖手坐，还觉风吹来，身上冷不过。

车夫单衣已破，他却汗珠儿颗颗往下堕。

稍读古诗的人都能看这首诗是得力于《孤儿行》一类的古乐府的。我自己的新诗，词调很多，这是不用讳饰的。例如前年做的《鸽子》（《尝试集》二，二七）：

云淡天高，好一片晚秋天气！

有一群鸽子，在空中游戏。

看他们三三两两，

回环来往，

夷犹如意，——

忽地里，翻身映日，白羽衬青天，十分鲜丽！

就是今年做诗，也还有带着词调的。例如《送任叔永回四川》的第二段：

你还记得，我们暂别又相逢，正是赫贞[1]春好？

记得江楼同远眺，云影渡江来，惊起江头鸥鸟？

记得江边石上，同坐看潮回，浪声遮断人笑？

记得那回同访友，日暗风横，林里陪他听松啸？

懂得词的人，一定可以看出这四长句用的是四种词调里的句法，这首诗的第三段便不同了：

这回久别再相逢，便又送你归去，未免太匆匆！

多亏得天意多留你两日，使我做得诗成相送。

万一这首诗赶得上远行人，

多替我说声"老任珍重珍重！"

这一段便是纯粹新体诗。此外新潮社的几个新诗人——傅斯年、俞平伯、康白情——也都是从词曲里变化出来的，故他们初做的新诗都带着词或曲的意味音节。此外各报所载的新诗，也很多带头词调的。例太多了，我不能遍举，且引最近一期的《少年中国》（第二期）里周无君[2]的《过印度洋》：

圆天盖着大海，黑水托着孤舟。

也看不见山，那天边只有云头。

也看不见树，那水上只有海鸥。

那里是非洲？那里是欧洲？

我美丽亲爱的故乡却在脑后！

怕回头，怕回头，

一阵大风，雪浪上船头，

飕飕，吹散一天云雾一天愁。

这首诗很可表示这一半词一半曲的过渡时代了。

---

① 赫贞，即美国纽约的哈德逊河。

② 即周太玄（1895—1968），生物学家、教育家、翻译家、政论家、社会活动家和诗人。

四

我现在且谈新体诗的音节。

现在攻击新诗的人，多说新诗没有音节，不幸有一些做新诗的人也以为新诗可以不注意音节。这都是错的。攻击新诗的人，他们不懂得“音节”是什么，以为句脚有韵，句里有“平平仄仄”“仄仄平平”的调子，就是有音节了。中国字的收声不是韵母（所谓阴声），便是鼻音（所谓阳声），除了广州入声之外，从没有用他种声母收声的。因此，中国的韵最宽。句尾用韵真是极容易的事，所以古人有“押韵便是”的挖苦话。押韵乃是音节上最不重要的一件事。至于句中的平仄，也不重要。古诗“相去日已远，衣带日已缓。浮云蔽白日，游子不顾返”，音节何等响亮？但是用平仄写出来便不能读了。

平仄仄仄仄，平仄仄仄仄。

平平仄仄仄，平仄仄仄仄。

又如陆放翁：

我生不逢柏梁建章之宫殿，安得峨冠侍游宴？

头上十一个字是“仄平仄平仄平仄平平平仄”，读起来何以觉得音节很好呢？这是因为一来这一句的自然语气是一气贯注下来的；二来呢，因为这十一个字里面，逢宫叠韵，梁章叠韵。不柏双声，建宫双声，故更觉得音节和谐了。

诗的音节全靠两个重要分子：一是语气的自然节奏，二是每句内部所用字的自然和谐，至于句末的韵脚，句中的平仄，都是不重要的事。语气自然，用字和谐，就是句末无韵也不要紧。例如上文引晁补之的词“愁来不醉，不醉奈愁何？汝南周，东阳沈，劝我如何醉？”这二十个字，语气又曲折，又贯串，故虽隔开五个“小顿”方才用韵，读的人毫不觉得。

新体诗中也有用旧体诗词的音节方法来做的，最有功效的例是沈尹默君的《三弦》(《新青年》五,二)：

中午时候,火一样的太阳,没法去遮拦,让他直晒长街上。静悄悄少人行路;只有悠悠风来,吹动路旁杨树。

谁家破大门里,半院子绿茸茸细草,都浮着闪闪的金光。旁边有一段低低的土墙,挡住了个弹三弦的人,却不能隔断那三弦鼓荡的声浪。

门外坐着一个穿破衣裳的老年人,双手抱着头,他不声不响。

这首诗从见解意境上和音节上看来，都可算是新诗中一首最完全的诗。看他第二段"旁边"以下一长句中,旁边是双声;段,低,低,的,土,挡,弹,的,断,荡,的,十一个都是双声。这十一个字都是"端透定"(D,T)的字,模写三弦的声响,又把"挡""弹""断""荡"四个阳声的字和七个阴声的双声字(段,低,低,的,土,和,的)参错夹用,更显出三弦的抑扬顿挫。苏东坡把韩退之《听琴诗》改为送弹琵琶的词。开端是"呢呢儿女语,灯火夜微明。恩冤尔汝来去,弹指泪和声"。他头上运用五个极短促的阴声字,接着用一个阳声的"灯"字,下面"恩冤尔汝"之后,及用一个阳声的"弹"字,也是用同样的方法。

吾自己也常用双声叠韵的法子来帮助音节的和谐。例如《一颗星儿》一首(《尝试集》二,五八)：

我喜欢你这颗顶大的星儿,
可惜我叫不出你的名字。
平日月明时,
月光遮尽了满天星,总不能遮住你。
今天风雨后,闷沉沉的天气,
我望遍天边,寻不见一点半点光明。
回转头来,
只有你在那杨柳高头依旧亮晶晶地。

这首诗“气”字一韵以后，隔开三十三个字方才有韵，读的时候全靠“遍，天，边，见，点，半，点”。一组叠韵字（遍，边，半，明，又是双声字）和“有，柳，头，旧”一组叠韵字夹在中间，故不觉得“气”“地”两韵隔开那么远。

这种音节方法，是旧诗音节的精彩（参看清代周春的《杜诗双声叠韵谱》），能够容纳在新诗里，固然也是好事。但是这是新旧过渡时代的一种有趣味的研究，并不是新诗音节的全部。新诗大多数的趋势，依我们看来，是朝着一个公共方向走的。那个方向便是“自然的音节”。

自然的音节是不容易解说明白的。我且分两层说：

第一，先说“节”——就是诗句里面的顿挫段落。旧体的五七言诗两个字为一“节”的。随便举例如下：

风绽—雨肥—梅（两节半）

江间—波浪—兼天—涌（三节半）

王郎—酒酣—拔剑—斫地—歌—莫哀（五节半）

我生—不逢—柏梁—建章—之—宫殿（五节半）

又—不得—身在—荥阳—京索—间（四节外两个破节）

终—不似—一朵—钗头—颤袅—向人—欹侧（六节半）

新体诗句子的长短，是无定的；就是句里的节奏也是依着意义的自然区分与文法的自然区分来分析的。白话里的多音字比文言多得多，并且不止两个字的联合，故往往有三个字为一节，或四五个字为一节的。例如：

万一—这首诗—赶得上—远行人。

门外—坐着—一个—穿破衣裳的—老年人。

双手—抱着头—他—不声—不响。

旁边—有一段—低低的—土墙—挡住了个—弹三弦的人。

这一天—他—眼泪汪汪的—望着我—说道—你如何—还想着我？想着我—你又如何—能对他？

第二，再说“音”——就是诗的声调。新诗的声调有两个要件：一是平仄要自然，二是用韵要自然。白话里的平仄，与诗韵里的平仄有许多大不相同的地方。同一个字，单独用来是仄声，若同别的字连用，成为别的字的一部分，就成了很轻的平声了。例如“的”字，“了”字，都是仄声字，在“扫雪的人”和“扫净了东边”里，便不成仄声了。我们简直可以说，白话诗里只有轻重高下，没有严格的平仄。例如周作人君的《两个扫雪的人》（《新青年》六，三）的两行：

祝福你扫雪的人！

我从清早起，在雪地里行走，不得不谢谢你。

“祝福你扫雪的人”上六个字都是仄声，但是读起来自然有个轻重高下，“不得不谢谢你” 六个字又都是仄声，但是读起来也有个轻重高下。又如同一首诗里的“一面尽扫，一面尽下”八个字都是仄声，但读起来不但不拗口，并且有一种自然的音调。白话诗的声调不在平仄的调剂得宜，全靠这种自然的轻重高下。

至于用韵一层，新诗有三种自由：第一，用现代的韵，不拘古韵，更不拘平仄韵。第二，平仄可以互相押韵，这是词曲通用的例，不单是新诗如此。第三，有韵固然好，没有韵也不妨。新诗的声调既在骨子里——在自然的轻重高下，在语气的自然区分——故有无韵脚都不成问题。例如周作人君的《小河》虽然无韵，但是读起来自然有很好的声调，不觉得是一首无韵诗。我且举一段如下：

……小河的水是我的好朋友，

他曾经稳稳的流过我面前，

我对他点头，他对我微笑，

我愿他能够放出了石堰，

仍然稳稳的流着，

向我们微笑……

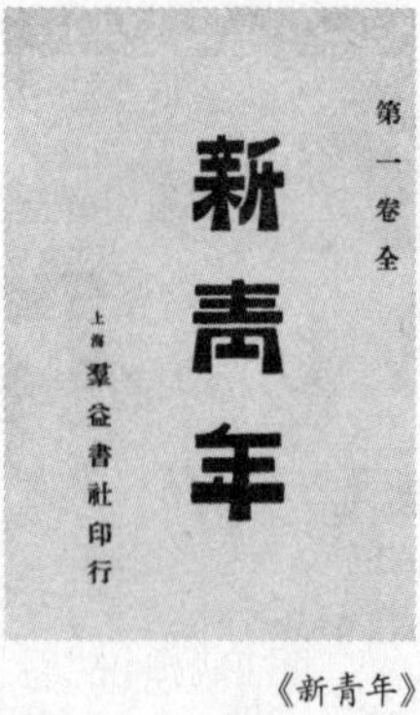

《新青年》

又周君的《两个扫雪的人》中一段：

……一面尽扫，一面尽下：

扫净了东边，又下满了西边；

扫开了高地，又填平了洼地。

这是用内部词句的组织来帮助音节，故读时不觉得是无韵诗。内部的组织——层次，条理，排比，章法，句法——乃是音节的最重要方法。我的朋友任叔永[①]说，“自然二字也要点研究”，研究并不是叫我们去讲究那些“蜂腰”“鹤膝”“合掌”等等玩意儿，乃是要我们研究内部的词句应该如何组织安排，方才可以发生和谐的自然音节。我且举康白情君的《送客黄浦》一章（《草儿在前集》一，一二）作例：

送客黄浦，
我们都攀着缆，——风吹着我们的衣裳——
站在没遮拦的船楼上。
看看凉月丽空，
才显出淡汝的世界。
我想世界上只有光。
只有花，
只有爱！
我们都谈着，——
谈到日本二十年来的戏剧，
也谈到“日本的光，的花，的爱”的须磨子。
我们都相互的看着，
只有寿昌有所思，
他不曾看着我，
他不曾看着别的那一个。
这中间充满了别意，
但我们只是初次相见。

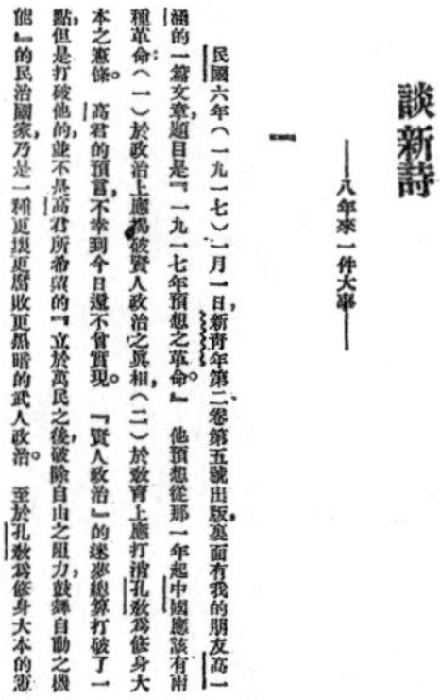
談新詩

——八年來一件大事——

一

民國六年（一九一七）一月一日，新青年第二卷第五號出版，裏面有我的朋友高一涵的一篇文章，題目是『一九一七年預想之革命』。他預想從那一年起中國應該有兩種革命：（一）於政治上應爲破賢人政治之眞相，（二）於教育上應打消孔教爲修身大本之憲條。高君的預言，不幸到今日還不曾實現。『賢人政治』的迷夢總算打破了一點，但是打破他的，並不是高君所希望的『立於萬民之後破除自由之阻力鼓舞自動之機能』的民治國家，乃是一種更壞更腐敗更黑暗的武人政治。至於孔教爲修身大本的憲

胡適文存　卷一　談新詩

胡适：谈新诗

① 即任鸿隽（1886—1961），化学家和教育家。

五

我这篇随便的诗谈做得太长了,我且略谈"新诗的方法"作一个总结的收场。

有许多人曾问我做新诗的方法,我说,做新诗的方法根本上就是做一切诗的方法;新诗除了"新体的解放"一项之外,别无他种特别的做法。

这话说得太笼统了,听的人自然又问,那么做一切诗的方法究竟是怎样呢?

我说,诗须要用具体的做法,不可用抽象的说法。凡是好诗,都是具体的;越偏向具体的,越有诗意诗味。凡是好诗,都能使我们脑子里发生一种——或许多种——明显逼人的影像。这便是诗的具体性。

李义山诗"历览前贤国与家,成由勤俭败由奢",这不成诗。为什么呢?因为他用的是几个抽象的名词,不能引起什么明了浓丽的影像。

"绿垂红折,风绽雨肥梅"是诗。"芹泥垂燕嘴,蕊粉上蜂须"是诗。"四更山吐月,残夜水明楼"是诗。为什么呢?因为他们都能引起鲜明扑人的影像。

"五月榴花照眼明"是何等具体的写法!

"鸡声茅店月,人迹板桥霜"是何等具体的写法!

"枯藤老树昏鸦,小桥流水人家,古道西风瘦马,夕阳西下——断肠人在天涯!"这首小曲里有十个影像连成一串,并作一片萧瑟的空气,这是何等的写法!

以上举的例都是眼睛里起的影像,还有引起听官里的明了感觉的。例如上文引的"呢呢儿女语,灯火夜微明,恩冤尔汝来去,弹指泪和声",是何等具体的写法!

还有能引起读者浑身的感觉的。例如姜白石词，“暝入西山，渐唤我一叶夷犹乘兴”。这里面“一叶夷犹”四个合口的双声字，读的时候使人们觉得身在小舟里，在镜平的湖水上荡来荡去。这是何等具体的写法！

再进一步说，凡是抽象的材料，格外应该用具体的写法，看《诗经》的《伐檀》：

坎坎伐檀兮，置之河之干兮，
河水清且涟漪，
不稼不穑，胡取禾三百廛兮！
不狩不猎，胡瞻尔庭有县貆兮！

社会不平等是一个抽象的题目，你看他却用如此具体的写法。又如杜甫的《石壕吏》，写一天晚上一个远行客人在一个人家寄宿，偷听得一个捉差的公人同一个老太婆的谈话。寥寥一百二十个字，把那个时代的征兵制度，战祸，民生痛苦，种种抽象的材料，都一齐描写出来了。这是何等具体的写法！

再看白乐天的《新乐府》，那几篇好的——如《折臂翁》《卖炭翁》《上阳宫人》——都是具体的写法。那几篇抽象的议论，如《七德舞》《司天台》《采诗官》——便不成诗了。

旧诗如此，新诗也如此。

现在报上登的许多新体诗，很多不满人意的。我仔细研究起来，那些不满人意的诗犯的都是一个大毛病——抽象的题目用抽象的写法。

那些我不认得的诗人做的诗，我不便乱批评。我且举一个朋友的诗做例。傅斯年君在《新潮》四号里做了一篇散文，叫做《一段疯话》，结尾两行说道：

我们最当敬重的是疯子，最当亲爱的是孩子。疯子是我们的老师，孩子是我们的朋友。我们带着孩子，跟着疯子走，走向光明去。

有一个人在北京《晨报》里投稿，说傅君最后的十六个字是诗不是文。后来《新潮》五号里傅君有一首《前倨后恭》的诗——一首很长的诗。

我看了说,这是文,不是诗。

何以前面的文是诗,后面的诗反是文呢?因为前面那十六个字是具体的写法,后面的长诗是抽象的题目用抽象的写法。我且抄那诗中的一段,就可明白了:

倨也不由他,恭也不由他!——
你还赧他。
向你倨,你也不削一块肉;向你恭,你也不长一块肉。
况且终竟他要向你变的,理他呢!

这种抽象的议论是不会成为好诗的。

再举一个例。《新青年》六卷四号里面沈尹默君的两首诗,一首是《赤裸裸》:

人到世间来,本来是赤裸裸,
本来没污浊,却被衣服重重的裹着,这是为什么?
难道清白的身不好见人吗?那污浊的,裹着衣服,就算免了耻辱吗?

他本想用具体的比喻来攻击那些作伪的礼教,不料结果还是一篇抽象的议论,故不成为好诗。还有一首《生机》:

刮了两日风,又下几阵雪。
地上的嫩红芽,更僵了发不出。
山桃虽是开着,却冻坏了夹竹桃的叶。
人人说天气这般冷,
草木的生机恐怕都被摧折;
谁知道那路旁的细柳条,
他们暗地里却一齐换了颜色!

这种乐观,是一个很抽象的题目,他却用最具体的写法,故是一首好诗。我们徽州俗话说人自己称赞自己的是“戏台里喝彩”。我这篇谈新诗里常引我自己的诗做例,也不知犯了多少次“戏台里喝彩”的毛病。现

在且再犯一次,举我的《老鸦》做一个“抽象的题目用具体的写法”的例罢:

我大清早起,
站在人家屋角上哑哑的啼。
人家讨嫌我,
说我不吉利:
我不能呢呢喃喃讨人家的欢喜!

民国八年,十月

选自《胡适文存》第一册(全四册),亚东图书馆,1931年版。

Yu Pingbo　俞平伯

【题解】 俞平伯 (1900—1990)，浙江湖州人，现代诗人、作家、红学家。1918 年，以白话诗《春水》崭露头角。1922 年，与刘延陵、朱自清、叶圣陶创建新文学史上第一个诗歌团体“中国新诗社”和第一个诗歌杂志《诗》月刊。

俞平伯不仅新诗创作颇丰，同时也是一位热烈欢呼新诗诞生、为新诗摇旗呐喊的诗论家。影响比较大的还有《诗底进化的还原论》《白话诗的三大条件》《社会上对于新诗的各种心理观》《作诗的一点经验》等诗论。

在这篇文章中，作者交待了写作此文的背景，那就是一些人对新诗出现主观抒情的不满，觉得太抽象了。这颇像当代“朦胧诗”出现时的情景。俞平伯批评了这种观念，认为诗是自由的，“诗是个性的自我的表现”，“诗人底共相只在表现和创造”。同时，诗也在表现普遍性。“诗不但是自感，并且还能感人”。所以，诗“是把人生普遍的情感，而自己所曾体验的，明明白白，委委婉婉，在笔尖下写出来，去宣扬人世底光，底花，底爱”。

俞平伯还提出，诗有时也是“反社会”的。这其实是指出了诗歌的一种社会功能。这也是诗歌的“普遍性”特征表现。当社会出现种种丑恶时，有的诗人会成为一个“反社会性者”。也就是说，诗人不能一味地表现自我狭隘的情感，还应表现社会普遍的现象，包括假丑恶。这不但说明诗人不是离群的，恰恰证明诗人是在场者。

俞平伯肖像

二　诗底[1] 自由和普遍

近时新诗底作风，颇从纯客观的描写转到兼有主观的抒发，这也是一件可喜的事。但是也颇有人疑惑这个不是正当趋向，觉得这类作品太抽象了，或者太神秘(mystic)一点。并且还有人争辩文学是贵族底或平民底这个问题。我觉得在这些忧虑中间，含有多少误解在内，于是写这篇短文。

关于文学是贵族底或平民底这个问题，我不必再讲。周作人先生在《平民的文学》已讲得很明白。(见《新青年》及《点滴》)他以为区别是在于普遍和真挚这两点特性，并且还明白指出“平民”和“通俗”意义底不同。我看这些争论，大都是把“平民”和“通俗”这两个词弄混了，所以缠绕不清。我们所要求的，只是平民底，所不定是通俗底文学。有人做通俗底作品，我们欢迎而不反对。但是我们却不肯把文学限于极拘狭的范围，阻碍它底创造和发展。

至于有点主观的倾向，这纯然是事实，而且我以为是当然要有的。完全脱离事实的幻想，在诗中过量表现，自然是一种毛病。但幻想在诗中间也有相当的位置，不该鲁莽的排斥它，所谓侧重主观和幻想，意义

① 底即“的”，五四时期的一种表达方式。下同。

广狭本有区别；况现今底作品幻想色彩也不很多。在新诗萌芽底时期，正该让它发长去，似乎还没有“施以警戒”，“一棒打死”的必要。

《新潮》

我对于做诗第一个信念，是“自由”。诗的动机只是很原始的冲动，依观念底自由联合，发抒为词句篇章。我相信诗是个性的自我——个人底心灵底总和——一种在语言文字上的表现，并且没条件没限制的表现。个性底自我原依遗传习惯两大要素而决定；所以各个人对于一切事物底态度，和从一切的刺激——在外或在内——所生的感兴各各不同，从而所发生的文学诗歌，亦各各不同。在这些殊异或差别底中间，方能显露出诗底真美。既决不能“东风压倒西风”；也决没有立了一个固定的形式，无论在表面或在实质上，来范围诗人底个性的道理。诗人底共相只在表现和创造。至于所表现的，所创造的是什么？谁能知道？他自己没有写出以前也不知道啊！

我最讨厌的是形式。不但那些音律句法底老谱，叫人皱眉不消说了；就是那些学问上的偶像，所谓“道气”，当做诗的时候，也恨不得远远请他们去。排弃呢，自然排不干净的；不过再崇拜着，恭恭敬敬请进来这也殊可不必。既有得这样，做篇哲学上或科学上的论文，好多着呢！何苦来压在诗神底脊梁上，使他喘不得气。我不看轻知识，更不看轻科学底知识；不过以为做诗只是做诗，不是要卖弄学问。把真率的诗趣变成机械的，这不是件“两败俱伤”可叹息的事吗？

老实说吧，做诗本没甚希奇，不用装出一副嘴脸，绕弯儿说话。做诗原是自己发抒所要说的，不得不说的话，博心理上一种痛快安慰；不是戴顶高帽子，给自己受罪。所以要写就写，写得出就写；若写不出或不要写就算了。我平素很喜欢读民歌儿歌这类作品，相信在这里边，虽然没有完备的艺术，却有诗人底真心存在。诗人原不必定有学问，更不是会弄笔头，只是他能把他所真感着的，毫无虚饰毫无做作的写给我们。年代远了，个性还活泼泼在那边动。他底，他底作品底美和爱，我们感着；他曾经感受的美和爱，我们也因此重新感着。即有许多神秘的作品，但如能和作者底精神同化，便能感着一重更深的快乐。诗底好坏原不在了解底难易，是在了解以后，能给我们一个深切的印象或不能为判断底标准。浮飘飘的艺术，有什么用？刻在谱上的艺术，更有什么用？在一个印板印出来的作品，懂得一千首又怎么样呢？世间又何必定要有这些诗呢？

一切桎梏无论在哪方面都打开，让个性自己去，让它小孩子般的跳跃。两三千年的梦，可以不必再去寻了吧！我说："涂脂抹粉"的诗神，你去！"垂绅正笏"的诗神，你也去。留着这个，以外不要再留着。

我对于做诗第二个信念是"普遍"。这个似和前面的观念不相联合，似乎个性的发挥，有碍于诗底普遍。但这个忧虑实在是很无谓的。我们从各方面观察，晓得自由和普遍并没有"相妨"的地方，所谓"相妨"，真真是个表面啊！

前边曾说过，诗是独立的表现自我；但是一方也是在同类人们中表现自我。从文学底潮流，可以看见这个事实。文学当然离不了语言而存在，语言底起源完全是应付群居的需要，所以一切文学都含有社会的要素(social factor)。诗不但是自感，并且还能感人；一方是把自己底心灵，独立自存的表现出来；一方又要传达我底心灵，到同时同地，以至于不同时不同地人类。这种同感(sympathy)的要求，在社会心理学上看来，是很明显而且重要的。人人都有，天才的诗人有了更加强烈，每每从他底作品流露出来；因为自己底同感既强，要求旁人和我同感的欲望也因之而强。这根社会的带子把诗人缚住，所以只管让他自由，却依然不失去诗底普遍性。

但还有个疑问，就是历来诗人有许多——至少一部分"反社会性者"(anti-socia1ist)，这是什么缘故呢？岂不是没有群的本能和同感的情绪吗？若然是没有，或者很弱；那么，上边立论底根据就不免动摇。我对于这个反问，姑且试试去解答。

这个事实，诗人的孤介，我是很承认；但是并不能就因此擅定他底社会的要求薄弱。社会的本能固然能决定个人对于社会的态度；但别的心灵历程，也一样可以做这类行为底“前设”或“决定者”。所以对于“反社会性者”底心理解释，与其说他没有或有而很弱的社会本能，不如说他底社会本能（强弱没有一定）被反对的心灵诸历程压迫，不能得到原来的表显为妥。

还有一个解释可以补助前说，可以证明群的本能无时而不存在。诸本能底表现原分两种：① 直接的表现，是本能表现的原始形式。② 间接的表现，是本能被压迫而起的。好像一个人跑路，起先原是直直的去，碰着墙壁然后转个弯。这些反社会性的诗人，虽在表面上很讨厌群居，事实上却也并没有独居。举一个极端的例讲吧，中国式的“隐士”——往往是诗人——常常与“木石居与鹿豕游”。但细细分析，他何曾实在离群。要晓得群这个观念本不是固定的。同类底人自然是群底最初本义，但也未始不可把这个观念移转扩充到动物或无生物。这些对象——刺激物底移转，在心理学上看来，是很平常而可能的。就是说隐士先生在深山里面不觉得寂寞底缘故，是他已把“木石鹿豕”人化了（personified），做他底伴侣。他不是真没有伴，却是找了个平常人所不认识的伴。《孟子》上所谓“居”“游”，正暗示我们这层意思。我们不可为表面现象所迷惑，忽略间接迂曲的事实。我还记得《庄子》上面说：“逃空虚者，闻人足音跫然而喜矣！”可见隐者心里，爱群的欲望未始没有啊。在科学方法上讲，这个只算是个貌似的例外。

我相信有社会本能潜伏在“反社会性者”底心灵，能决定或指挥他底行为。本来行为的动机，在无意识域中找出，是经验上习见的事实。即使退一步讲，承认这个真是例外；我们还可以用人性同异底考量，来解说自由普遍可以并存。人和人中间心灵上底差异诚然是大，或者竟是很大;但个性终究超不过共相。因为个人在他底情感及思想,无时无地不受社会势力所影响,不为社会势力所约束改变。所以在一定范围之内,各个人底心灵历程底发达径路和性质不能大异;因而表示思想的方法,虽以时和地而生差异,大致总可以共通。这也是诗有普遍性,在心理学上一个根据。为了诗底解放——诗人个性自由表现和创造,而觉得怀疑或忧虑,看了这篇短文,或者可以稍释然了。若还有人拘守着他底太老师底教训,拿"只此一家并无分出"的话头,来争诗底正统;那么,我们就自认做的是散文,不是诗,也没甚要紧。我们只把要说的话说了,再有如何如何的批评,也没法更改的了!周先生在《小河》诗序上说得好,我拿来作个收结:

"或者算不得诗,也未可知;但这是没有什么关系。"(见《新青年》六卷二号)

一九二〇,十二,十四,在杭州。

选自《新潮》三卷一号,一九二一年十月。

Kang Baiqing 康白情

【题解】 康白情(1896—1959),四川安岳人，中国白话诗的开拓者之一。著有诗集《草儿》《河上集》等。

康白情在五四运动时期，不仅是学界的风云人物,也是白话诗的急先锋。而他对新诗的理论建设,也有着巨大的贡献。代表理论作品就是这篇《新诗短论》，最初于1920年以《新诗底我见》为题发表在《少年中国》上,后作修改编入诗集《草儿》。

和胡适一样，由于历史的局限，在文章中，康白情尚未完全打破旧诗的桎梏，提倡“自然的音节”。但本文最大的意义在于给新诗的创作指出了具体的方向。这些观点在今天仍有很强的指导意义。譬如康白情认为：“新诗的精神端在创造,因袭的,摹仿的,便失掉他的本色了。做一首诗,就要让这一首诗有独具的人格,如果以前有了这么一种诗情,以后的就不必再作了。”在康白情看来,诗人应该是人类精神的引领者和创造者，要在创作中开拓独特的诗情，善于从平常事物中发现不一样的意境。而要成为有创造性的诗人,必须有一定的修养：人格的修养，知识的修养，艺术的修养，感情的修养。这种对诗艺的高追求，在诗歌低俗化、口语化、简单化的今天，非常有借鉴意义。

康白情肖像（1950 年）

三　新诗短论

这篇文章是从《少年中国》第一卷第九期里《新诗底我见》一篇改题目而成的。原来我当他仅以发表我对于新诗底直觉，其实差不多尽是科学的条件。不经科学的研究，绝不会有这么锻炼的直觉的。旧名对社会遗两个恶影响：一则令人疑他出于我独断的直觉，减少他底信用；再则令人误认直觉万能，将以一切判断诉诸直觉。所以改为今名。原文校勘疏漏，错讹很多。后来经几家从钞底选载，以讹传讹，遗误读者不少，实在抱歉！现在除仔细校勘外，更有些须删改。这篇东西不详不尽，不过规模不差，苟以当新诗宣传底一种檄文罢了。

这篇于章尾总系几行新诗，半为暗示新诗底美，半为要作一种创格的文章——其实还脱胎于章回小说。但是诗这个东西，大抵触物比类，宣其性情，而不能尽究指归。古人傅会[①]由我，正好引用，可惜没有新诗。今人健在，不敢轻于借重他。那么要没有危险，最好引用自己的，并不是自傲。至于篇里引用古今书籍底地方很多，因为善忘而又图省事，所以一律不注出处，并不是掠美。深愿读者原谅！

当他初稿时候，我正在繁忙的上海，实在不能作文；不过为了或种[②]

① 同“附会”。

② 某种之意。

的需要,勉强草成这篇,恰好是一种短论。等到稍有余暇,才把他实验地、思辨地、批评地、修改地、细密地重著出来。这些或得于启发的直觉,或得于科学的根据,或得于朋友间相互质难底结果。去年我过南京底一夜,为了“新诗是贵族的”一个判断,我和六个朋友舌战了三点多钟,毕竟两不相亏。我在主义上承认了他们的,他们在真理上承认了我。我愿读者对于这篇有怀疑底地方严格地批评,庶几到底求得一个是处,更能发见许多的新义,使我能于重著底时候格外精详,或者尽改今天底论点,那更是真理之幸了!

一个科学家,他并不在以娴于科学史、科学通论和科学方法论等等见称,而贵能具体地发现几个科学上底事实或真理。文学家也是这样:不仅在能批评,而在能创造。有些鄙薄批评的,说做文学家不成功才去做批评家,甚至于说,批评底书是教书匠看的,虽属偏激之论,也足见空论不足尚了。即如这篇所要说的,都是些“什么是什么”“为什么”或“怎么样”,仅足以给我们一些抽象的观念,而不能直接助我们产生真正的作品;能直接助我们的,还是要“什么”。所以与其研究关于作品底空论,宁肯观摩古今真正的作品,而与其观摩别人底作品,又宁肯自己去创造。新诗底精神端在创造。我愿世间文学的填词啊,努力探寻宇宙底奥蕴,创造成些新诗,努力修养,创造自己成一个新诗人!

“要煮清茶,
须亲到山头找源泉去。”

一

诗究竟是什么?

我说,我斟酌各家底说法而断以己见说:在文学上,把情绪的、想象的意境,音乐地、戏剧地写出来,这种的作品就叫做诗。

那么都是诗了,怎么又有新诗呢?

新诗所以别于旧诗而言。旧诗大体遵格律,拘音韵,讲雕琢,尚典雅。新诗反之,自由成章而没有一定的格律,切自然的音节而不必拘音韵,贵质朴而不讲雕琢,以白话入行而不尚典雅。新诗破除一切桎梏人性底陈套,只求其无悖诗底精神罢了。

那么诗和散文没有分别了?

不然,有诗的散文;也有散文的诗。诗和散文,本没有什么形式的分别。不过主情为诗底特质,音节也是表现于诗里的较多。诗大概起源于游戏冲动,而散文却大概起源于实用冲动。两个的起源稍异,因而作品里所寓底感情不同,因而其所流露底节奏也有差异,因而人一见就可以辨其为散文为诗。若更要追寻为什么?便只好诉诸直觉了。

宇宙间底事事物物,无一样不是我们底诗料。他们都活鲜鲜地等着,专备诗人底运用。巧匠把断瓦残砖盖成一所华屋,拙匠把采椽丹楹弄来没有了颜色,其操持都在匠心和匠手。物如的世界,原是蠢的;经过心底锻炼,才觉得有些美;更淘去较粗的美,而把更精的充量的表现出来,就是艺术。以热烈的感情浸润宇宙间底事事物物而令其理想化,再把这些心象具体化而谱之于只有心能领受底音乐,正是新诗底本色呵。

“我想世界上只有光,
只有花,
只有爱!”

二

旧诗底好的,或者音调铿锵,或者对仗工整,或者词华秾丽,或者字眼儿精巧,在全美底一面,也自有其不可否认底价值,为什么要有新诗呢?我想为了种种的逼迫,这实在是必然的趋势:

（一）社会上经济的组织不完善，人不聊生，于是对于旧的制度文物，一切怀疑，而各色新的主义应运而生，就诗坛也不能不受其潮流底撼动；一面因惯过繁赜的生活，脑质疲劳，经营物质的生活之余，更无暇用心于纤巧的事，自然见着繁琐的东西就觉得十分烦腻，想根本改造他；他一面却因思虑过多而致脑力衰弱，转成深思底病，又觉得肤浅的作品，不能满足我们享乐底欲望，谨严的格律，简单的形式，不能装入我们深远的思想，那么只好另辟境界了。你看变风雅作于周室之衰，辞赋作于战国乱离底时候，五言盛于汉底末世，七言成于五胡乱华之后，如词如曲，都正当宋元忧患底际会生成。这些都是因经济的关系而起内的反应，可以引证的。

（二）庚子拳变以后，从枪炮以至学术思想，逐渐输入中国。中国人逐渐有了科学的脑筋，于是在诗里也不免要想得一些具体的观念，旧诗拘泥于形式，不能应我们底要求，只得革命。

（三）法兰西大革命后，自然主义的文学勃兴，而诗体也有一个大解放。明治维新后，日本底诗坛起了大扰动，直由新格律而进为"自由诗"，由华词进而为白话。近几年这种法兰西风和日本风传入英格兰和美利坚这两处又起了诗国底大革命。大抵麦饭遇着酒娘[①] 少有个不发酵的。

辛亥革命后，中国人底思想上去了一层束缚，染了一点自由，觉得一时代底工具只敷一时代底应用，旧诗要破产了。同时日本、英格兰、美利坚底"自由诗"输入中国，而中国底留洋学生也不免有些受了他们底感化。看惯了满头珠翠，忽然遇着一身缟素的衣裳；吃惯了浓甜肥腻，忽然得到几片清苦的菜根，这是怎么样的惊喜！由惊喜而摹仿；由摹仿而创造。去年有许多的新诗，又已回输过日本去了。

---

① 即酒酿。《笑林广记》："人问何为叫做酒娘，答曰：'糯米加酒药成浆便是。'又问既有酒娘，为甚没有酒爷。答曰：'放水下去就是酒爷。'其人曰：'若如此说，你家的酒是爷多娘少的了。'"

（四）物穷则变。诗由三百篇而辞赋，而乐府，而五言，而七言，而词，而曲，都是循着一定的程径，由体裁底束缚而变为自由的。到了曲，辞句已经用白话了；体裁已经很自由了；不作散文的诗，更可以怎么变去呢?

（五）从历史上看来，人群思想底进化，是从法古而至于法今，从师人而至于师己，从地方的而至于世界的。新诗以当代人用当代语，以自然的音节废沿袭的格律，以质朴的文词写人性而不为地方底故实所拘，是在进化底轨道上走的。——进化非人力所能挡得住的。

有了这些逼迫而知道新诗底成就就是绝不可免的。为了文学底进化，我们不可不为新诗努力。新诗底美，深藏在官快的美底第二层。我们要舍得丢掉那么些铿锵的音调，工整的对仗，浓丽的词华，精巧的字眼儿，庶几真正的新诗可得而创造了。

“暴徒就是破坏底娘，
进化是破坏底儿。
要得生儿，
除非自己做娘去！”

三

但是，新诗底要素是些什么，也不可不为商量。普通做诗，照前面说过的，是把情绪的、想像的意境，音节地、戏剧地写出来。所写的是内容，写的是形式。新诗既有别于旧诗，我们不可不具体地更给他们一个分别。

就形式说，有音节的和戏剧的两个作用。音节的是读法；戏剧的是写法。

（一）旧诗里音节的表见，专靠音韵平仄清浊等满足感官底东西。

因为格律底束缚,心官于是无由发展;心官越不发展,越只在格律上用工夫;浸假[1]而仅能满足感官;竟嗅不出诗底气味了。于是新诗排除格律,只要自然的音节。

情发于声。因情底作用起了感兴,而其声自成文采,又看感兴底深浅而定文采底丰歉。这种文采就是自然的音节。我们感兴到了极深底时候,所发自然的音节也极谐和,其轻重缓急抑扬顿挫无不中乎自然的律吕。不要说诗,我们但读大文学家底散文,其音节底和谐,不但可以悦耳,并足以悦心,使我们同他起同一的感兴。又不要说散文,我们但听大演说家底演说,其音节底和谐,也不但可以悦耳,并足以悦心,使我们同他起同一的感兴。这都是情动于中而形于言,莫知其然而然的。无韵的韵比有韵的韵还要动人。若是必要藉人为的格律来调节声音而后才成文采,就足见他底情没发,他底感兴没起,那么他底诗也就可以不必作了。感情底内动,必是曲折起伏,继续不断的。他有自然的法则,所以发而为声成自然的节奏;他底进行有自然的步骤,所以其声底经过也有自然的谐和。音呀,韵呀,平仄呀,清浊呀,有一端在里面,都可以使作品越增其美,不过总须听其自然,让妙手偶得之罢了。

诗要写,不要做;因为做足以伤自然的美。不要打扮而要整理,因为整理足以助自然的美。做的是失之太过,不整理的是失之不及。新诗本不尚音,但整理一两个音就可以增自然的美,就不妨整理整理。新诗本不尚韵,但整理一两个韵就可以增自然的美,又不妨整理整理。新诗本不尚平仄清浊,但整理一两个平仄清浊就可以增自然的美,也不妨整理整理他。“罗衣何飘飘,轻裾随风旋!”没有平仄,但我们觉得他底调子十分高爽。因为他有清浊。“江南好采莲,莲叶何田田!鱼戏莲叶间。鱼戏莲叶东,鱼戏莲叶西,鱼戏莲叶南,鱼戏莲叶北。”没有格律,但我们觉得他底调子十分清俊。因为他不显韵而有韵,不显格而有格,随口呵出,得

---

① 假如之意。

自然的谐和。“滴滴琴泉。听听他滴的是什么调子？”既没有韵，也没有清浊，但我们觉得他底调子十分响亮，而且有些神奇。因为他有平仄而兼有音——就是双声和叠韵。总之，新诗里音节底整理，总以读来爽口，听来爽耳为标准；若到真妙处，更可以比官快更进一层。太戈儿[1]底《园丁集》里说，“你那样软笑低吟，不是我底耳，只有我底心能听”。要到只有心能听，那更不用说有了自然的音节，就四围都无处不是韵了。

（二）戏剧的作用，在把我底感兴，完全度给读者。我底感兴所以这样深，是由于对于对象得了一个具体的印象；读者是否能和我起同一的感兴，就看我是否把我所得于对象底具体的印象具体的写出来。我们写声就要如听其声；写色就要如见其色；写香若味若触若温若冷就要如感受其香若味若触若温若冷。我们把心底花蕊开在一个具体的印象上，以这个印象去叩人家底心；他得到这个东西，便内动地自己构成一个，引起他自己底官快；跟着他再由官快进而为神怡，得到美底享乐，而他底感兴起了。这个似乎说，诗是为人而作的；其实不然。就结果说，这种的写法，都是为了读者；而就动机说，只不过是迫于艺术冲动而为自己表见。我底诗一脱稿，我自己也就成了读者了。能引起我自己感兴底再生，就能引起别人感兴底共鸣。我们看“小胡同口/放着一副菜担/满担是青的红的萝卜/白的菜，紫的茄子/卖菜的人立着慢慢的叫卖”。我们读了就如看见的一样。“忽地里扑喇喇一响/一个野鸭飞去水塘，仿佛像大车音波，/漫漫地工——东——当。”我们读了就如听见的一样。这就是具体的写法，就是戏剧的作用。原来宇宙在横的一面只是有，在纵的一面只是动。戏剧是最能美化宇宙动象底艺术，所以最好的文学必得借镜于戏剧。这本是文学里应有的通德，不过旧诗限于格律，不能写得到家，如今新诗和散文携手，自然能写得到家了。

就内容说，有情绪的和想像的两种意境。

---

① 即泰戈尔。

(一) 诗是主情的文学。没有情绪不能作诗,有而不丰也不能作好。勿论紧张或弛缓,兴奋或沉郁,而我们底感情上只有快不快。由是勿论我们底情绪为欢乐为悲哀,都可以引起我们美底感兴,而催我们作诗——甚且越悲哀,在诗人底味上觉得越美。诗人不一定是神经质的,但当其诗兴大发,不可不具神经质底作用。诗人看世界都是有生气的,因为要有生气才有死气,要有美和丑底对比才生快不快底感情。我们看一个砚池:看他和即墨黑公[①] 管城毛公[②] 会稽楮先生[③] 相与为友,镇日都过的很清洁的生活;他在案上静着,自然幽雅地和他们傍着;动的时候,便互助地成就许多有益的事。我们在这里,觉得十分羡慕他,不管他有没有诗意,但至少总起了一点游戏的感兴。又看他静便静着,动便动着:机械地忙着而不知道为什么;成就许多有益的事而于他自己无与,就和些朋友一块儿生活着,也只是不得不然,随便应酬罢了。我们在这里,又觉得十分可怜他,不管他有没有诗意,但至少又总起了一点无聊的感兴。原来宇宙只是一个真,不管人间底美不美。但我们要把他看作美或看作不美,他却没有法子拒绝的。情绪是主观的,而引起或托情绪的是客观的。我们要对于宇宙绝对地有同情,再让他绝对地同情于我,浓厚的情绪就不愁不有了。

(二) 有浓厚的情绪而没有丰富的想像去安排他,毕竟也不中用。我们要让死气的世界都带了生气,都着了情底彩色,非想像不为功。要把所要的材料加以剪裁使其适合尺度,也非想像不为功。要把所得的材料加以调整,构成所要的东西,更非想像不为功。想像抽这一个印象底这一节,又抽那一个印象底那一节,构成一个新意境,构成一个诗的世界。

---

① 砚的雅号。宋苏易简《文房四谱·砚谱》引唐人文嵩《即墨侯石虚中传》云:“石虚中,字居默,南越人,因累勋绩,封之即墨侯。”

② 笔的雅号。韩愈为笔立传封爵,其拟人化寓言《毛颖传》云:“毛颖者,中山人也,封诸管城,号曰管城子,……与绛人陈玄、弘农陶泓、会稽楮先生友善。”

③ 纸的雅号。出处同上。

还有几样东西，不是言语所能说得明白的，也提个影子。第一，新诗在诗里本是要图形式解放的，那么就什么体裁也不能拘，而尚自由的体裁。次则遣词要质朴而命意要含蓄。《红楼梦》所以令人百读不厌呢，因为他底命意都不是裸然显露的。含蓄并不是要隐晦；明了并不是不能含蓄。什么“温柔敦厚”哪，是属于作家个人的修养和社会底风教，和这个无关；不过使言有尽而意无穷，令读者一唱三叹，却是艺术上可以做到的。不然，一看就尽，味同嚼蜡，还有什么好处呢。再次则神秘固不是诗里必须的东西，但因其中乎人类底天性，也可以兴起一种美感，所以有时因想像而涉于神秘，也正不必排去的。最后就是风格要高雅。怎么样才是高雅？这是很难说的，而且也非纯靠艺术所能达到的。我在这里，只好要求新诗人自己努力于人格底完成罢了。

“四围底人籁都寂了。
只有她缠绵的孤月
尽照着那碧澄澄的风波
碰着船舷里绷垅地响。
我知道人底素心，
水底素心，
月底素心——一样。
我愿水送客行，
月伴我们归去！”

四

新诗底大旨大概不错了。我对于他还有几条意见，也不妨拉杂写出来：

（一）新诗在诗里，既所以图形式底解放，那么旧诗里所有的陈腐规矩，都不妨一律打破。最戕贼人性的是格律，那么首先要打破的就是格律。新诗并不就是指白话诗;白居易底诗老妪可诵,宋儒好以白话入诗,宋元人底词曲也大体是白话,但我们不能承认他们是新诗。新诗也并不就是指散文的诗:《论语》记子路遇荷蓧丈人底事,陶潜底《桃花源诗记》和屈原宋玉苏轼他们底几篇赋,都可以说是散文的诗,但我们也不能承认他们是新诗。对于文学,在"当代人用语"底原则里,我主张做诗的散文和散文的诗。就是说,作散文要讲音节,要用作诗底手段;作诗要用白话,又要用散文的语风。至于诗体列成行子不列成行子,是没有什么关系的。

每每诗里必要用韵,就好用韵来敷衍,以致诗味淡泊,不堪咀嚼;新诗重在精神,不必拘韵,偶然用韵以增美底价值,也要不失自然。

修辞的工夫虽不可少,但绝不可流于过饰;葩藻之词盛,自然言志之功隐了。所以我们底诗,要在质朴、真挚、清洁里讨生活,不要在典丽、矫饰、秾艳里讨生活。但不过饰呀,并不是说可以蓬头跣足。西子花钿[1]宫装,固有损他自然的美,要使他蒙一块下灶布见客,人又不能不掩鼻而过之了。

还有,文法也是一个偶像。本来中国文里,没有成文的文法;就使有文法,只要在词能达意底范围里,也不宜过拘。在散文里要顾忌文法,我已觉得怪腻烦的;作诗又要奉戴一个偶像,更嫌没有自由了。而且零乱也是一个美底元素。我们只求其美,何必从律?杜甫底"红稻啄余鹦鹉粒,碧梧栖老凤凰枝"。这种的倒装句法,本为修辞家所许可的,不能以通不通去责他。所以我在诗坛,要高唱"打破文法底偶像"!

(二)新诗和旧诗,是从形式上分别的。一种形式可以装勿论什么种精神。所以新诗不必要装一种新主义,以至勿论一种什么主义。即如白话文,就是一个形式的东西:可以拿来作鼓吹无政府主义底传单,也就可以拿去作黄袍加身的劝进表。新诗也是一样:可以嘲咏风月,也就

---

① 花钿,古时妇女脸上的一种花饰。

可以宣扬风教；可以夸耀烟云，也就可以讽切政体；可以写“男的女的都在水田里”，也就可以写“鸳鸯瓦冷，翡翠衾寒”。就说平民的文学罢，一种是实写平民的生活，一种是使平民都能了解。“腰镰刈葵藿，倚杖牧鸡豚”，可算是实写平民的生活了；而我们不能当他做新诗。“不采湖中红藕，不认风前乌桕；留取一丝情，系在白门疏柳。回首！回首！看是谁将心负！”可算使平民都能了解了；而我们也不能当他做新诗。反之，把东西洋旧时讴歌君主，夸耀武士的篇章，用新诗底形式译出来，我们却不能不承认他是新诗。可见诗了诗，主义了主义——新诗固不必和什么新主义一致了。

进一步说，就是在文学上底什么主义，新诗也不必有的。和古典的不相容，不用说了，就是什么浪漫的哪，自然的哪，象征的哪，也不是一个新诗人自己该管底事。我们做诗，尽管照我们自己最好的做去，不必拘于一格。至于我们底作品究竟该属于那一格，留给后来的文学史家作分类底材料好了！

这些，勿论怎么样，总是真理上底事，，主义上我却怎么样呢？我认识“我”就是宇宙底真宰。我想完成“小我”以完成“大我”。我认识做人是我们底事业，发挥人性是做人所必具底条件。我想从兽性和神性中间找出人性来。我认识劳动是我们底天职，田野是我们底花园，劳动者是我们底好朋友。走到花园里，去找诗的生活去。

（三）新诗的精神端在创造。因袭的，摹仿的，便失掉他底本色。做一首诗，就要让这一首诗有独具的人格。如果以前有了这么一种诗情，以后的就不必作了；因为两美并立，便两败俱伤，何必多此一举呢？而况事实上并不能两美并立么？

（四）诗和词底分别，也只在乎形式而不在乎精神。所谓“词士轻偷，诗人忠厚”，只关一时代底风化，不能推以为诗和词底分别的。词和曲底分别也是这样。新诗既可以创造，“新词”“新曲”又有什么不可以创造呢？所以有不讲格律，而其体裁风格和词曲太相近的，我便想要强分他为“新词”“新曲”。

我所以要分出“新词”和“新曲”，是怕把新诗底体裁风格混卑了——其实不必。

我以为就是一种形式的东西，也各有其独具的精神。如诗如词如曲以至新诗“新词”“新曲”，都该各有领域，不容相混。要做旧诗，就要严守格律；填词就要倚声；作曲就要按谱。我们依格律作一首白话诗，只能叫他做非古典主义的古诗或律诗，不能叫他做新诗。一样，我们用白话作的词或曲，也只能叫他做非古典主义的词或曲，不能叫他做“新词”或“新曲”。甚且就勿论用文言或白话作一种讲格律底东西，如果错了些须规矩，就不能还说他是那一样东西。例如填一阕“烛影摇红”，我们改了几个平仄节奏，就不能还说他是“烛影摇红”，最好给他另起一个名字。因为我们自已底东西要保有个性，就不能不尊重别人的个性呵。

（五）新诗也可以唱的。因为只要有一串声音就可以唱的。这个话不用我注释。朱熹答陈体仁底信里说：“来教谓：‘诗本为乐而作，故今学者必以声求之；则知其不苟作矣。’此论善矣。然愚意有不能无疑者。盖以《虞书》考之，则诗之作，本为言志而已；方具诗也，未有歌也；及其歌也，未有乐也；以声依永，以律和声。则乐乃为诗而作，非诗为乐而作也。”那么新诗可以唱就勿庸疑了。

我很愿能为新诗制成些乐谱。但一种乐谱只许套一首新诗；而一首新诗却可以有几个乐谱。

（六）诗是主情的文学，诗人就是宇宙底情人。那么要作诗，就不可不善养情。

但是感情和知识每每是不能并容的。我们底知识够了，我们底感情就薄了，又怎么样呢？我想只好让感情和知识各向偏方面发展，而不必取其调和。就是说：在科学上要痛用知识，而不掺入感情；在诗上要痛抒感情，而不必顾忌知识。（我还说，在事业上要痛持意志，而不可为感情知识所动摇呢。）

科学给我们说：花是生殖植物底器官；恋爱是兽欲的冲动；就人间种种精神上底动作，也不过是物质的要求罢了。这么说来，诗人就根本破产了！我们在这里，只好放下知识，任我们底冲动去做；冲动到了那里，我们就做到那里。就使知识明明给我们说，世界底前途没有希望，我们至少也还要存个悲观；因为就是悲观，也还有些悲哀的情绪，也就还可以有为。要是因为知识到家之故而生超苦乐观，那就不免要丧失人性了！正要知其不可而为之，才是人生底趣味呵！

（七）诗起源于自己表见底艺术冲动。当其自己表见底时候，有实用底意义和价值；及其既成，便觉得有精神的美，而生一种神秘的快乐，又有快乐底意义和价值。所以诗是“为人生底艺术”和“为艺术底艺术”调和而成的。但有偏主前一说的说，诗不问工拙，唯其志。又有偏主后一说的说，诗不问善恶，唯其美。实际上，没有志不能作诗，既成诗就终归是言中有物的，而没有美便不成其为诗了。不过诗底风格，系乎作家底人格。即如朱熹说：“齐梁间人诗，读之使人四肢皆懒慢不收拾。”人间固有以四肢皆懒慢不收拾为美的；能使人这样，就是他们底艺术；只是风格太卑了。我们说诗，处处都要他于世道有补，固未免“头巾气”太重，然而在自己表见之内而不能以最高尚的人格表见于最高雅的风格里，也是诗人底丑了！

唉！不谙“高山流水”之韵的呢，“打骨牌”就工了。不乐缟衣綦衿之雅的呢，绿衣黄裳就美了。为了人生，我们怎么可以不唱诗底高调呢？

（八）“平民的诗”，是理想，是主义；而“诗是贵族的”，却是事实，是真理。怎么说呢？艺术冲动底起，必得当人生静观底时候。我们正役心于人生底奋斗，必不能作诗。即如说伏羲以佃以渔，作《网罟之歌》，恐怕也是要晒网的时候才能作的。大多数，大多数的人是终日奋斗的。我们不能使大多数的人作诗，足证诗底起源是贵族的了。又，审美观念底起，也必得当人生静观底时候。我们正役心于人生底奋斗，必不能作艺术底鉴赏。即如西湖底“船家”，我们要同他谈湖光怎么样滟潋，山色怎么样空蒙,他一定是含糊答应的。大多数,大多数的人是终日奋斗的。我们不能使大多数的人都得诗底享乐,足证诗底效用又是贵族的了。而从历史观察,社会是进化的,但诗也是进化的。大多数的人文化程度增高,少数人底文化程度更增高了。我们没有法子齐自然底不平等,那么据过去算将来,诗又有十之八九是贵族的了。

惟其诗是贵族的,所以从历史上看,他有种种形式的变迁,而究其实一面是解放,一面却是束缚,一面是容易作,一面却是不容易作好。我们看从三百篇以至词曲,作品底数量迭有增加,而其重量和数量底比例率恐怕只有减少,就可以知道了。

惟其诗是贵族的,所以诗尽可以偏重主观,触物比类,宣其性情,言词上务求明了,只尽力之所能及而不必强求人解——见仁见智,不是作者所宜问的。

勿论怎么样,感情终归是不可以理解的。真理虽是这样,我们却仍旧不能不于诗上实写大多数人底生活,仍旧不能不要使大多数的人都能了解,以慰藉我们底感情。所以诗尽管是贵族的,我们还是尽管要作平民的诗。夜深了!夜深了!我们总渴盼明天快天亮哟!

> "我们叫了出来;
> 我们就要做去。"

五

好,要说到新诗底创造了。不过这是没有挨方子的,只好略述我自己底经验。

新诗底创造,第一步就是要选意。在诗人的眼里,宇宙就是一首大诗。所以诗意是随时有的,只等我们选其味儿浓厚的写出来罢了。我们说选意,却不是有意的去选,而是无意的去选。就是说,有了深刻的感兴，又迫于艺术冲动，不得已而后作；如果有几分得已，觉得也可以不作，那便是这个诗意不好，竟可以爽性割爱，或者觉得弃之可惜，而笔又不愿意写，那便是我们底诗兴不浓，也可以爽性割爱。

意选好了，觉得非作不可了，就要布局。要把所有这首诗里底意境搜出来；要把所有搜出来底东西剪裁过来；要把所有剪裁过底东西排列起来。布局就是诗意底整理。体裁就是布局底形式的表现。

局布好了，就要环境化。就是说，要把自己化入这个诗意底环境，或者让这个诗意底环境化入自己底想像。这就是要使我底感兴更深，要使我底印象更觉得鲜明浓丽。

环境化了，就要写。要随口写；要随心写；要一气呵成的写。

写好了，最后还要读。读就是批评。要当做别人底诗读，不要当做自己底诗读。读着有不顺口底地方，就是音节不好，可以把他改了。读着有不称心底地方，就是体裁或其他的东西不好，也可以把他改了。读过后觉得兴味萧然，不能引起我感兴底再生，就是这首诗根本不好，根本没有存在底价值，那么简直可以把他烧了。

一读，二读，三读，通过了——这首诗做好了。

“斑斓的石色，
赭绿的草色，
和这红的，黄的，紫的，蓝的，白的，松铺在一地底山花相衬。
　——人压在半天里。
这么一块扎细花底破袖！
花草都含愁，
为着落日，也为着秋。
我说，‘不用愁呵！
天地不老，我们都正在着花呵’！”

六

勿论一件什么事,都不是偶然可以做到的。其间必有许多的关系。我们要明白这许多的关系而一一有一种预备底工夫，这事就可以迎刃而解了。“割鸡焉用牛刀?”固然不错,却总不能不用“鸡刀”。就是“鸡刀”,就要有十分的预备。先要把铁匠找好,把钢炼好,把刀打好,把锋口磨好;把割鸡底手段练习好,然后才不至于临时无措。其实这是很经济的;因为可以供很久的应用。作诗比如割鸡,也要从根本上预备工具起。新诗是新诗人创造的；那么要预备新诗底工具，根本上就要创造新诗人——就是要作新诗人底修养。

一个新诗人要怎么样修养呢?

(一)“问渠那得清如许?为有源头活水来。”不是说要清源才有清流么?我尝说:“苏轼底文章以理胜,韩愈底文章以气胜,而他们俩的都能出奇制胜,奔放自如。但初读苏轼的,觉得他底文笔很好,而继读韩愈的之后,才觉得他的一落千丈了。这就是他底人格底高尚不及韩愈。”推到诗坛,要得高雅的作品,先要诗人有高尚的理想,优美的情绪,要得他有高尚的理想,优美的情绪,先要他有高尚的人格,要得他有高尚的人格,先就不可不让他作人格底修养。

人格是个性的。我们完成我们底个性,使他尽量从偏方面发展,就是完成我们底人格。如李白底飘逸,杜甫底沉郁,高岑底悲壮,孟郊底刻苦,都各有所偏;偏到尽头,就是他们底人格底真价。如有主张要有中和的,就要极端偏于中和;中和到尽头,也就是他底人格底真价。人格底修养没有什么,只是要发展一个绝对的个性罢了。

(二)作诗本来靠天才,但知识不充,就天才也有时而尽。所以又要有知识底修养。杜甫说,“读书破万卷,下笔如有神”!这就是他亲笔的供状，就是知识底修养底第一个条件。但读书并不是说止于诗学一类底书，更须及于美学、修辞学、社会学种种，而自然科学也须加以涉猎。他底第二个条件就是观察。观察有两种作用：一种是证明书本的知识；一种是撷取经验的知识。观察有两个对象：一个是自然，要穷究宇宙底奥蕴；一个是社会，要透见人性底真相。

（三）学问叫我们能知；艺术叫我们能做。所以又要有艺术底修养。这个可以得两种方法。直接的方法，在乎实习；只须我们常做，自然我们作诗底艺术日比一日的好起来了。间接的方法，在乎从旁面取观摩之资。美在诗里形式的表见，属于空间的是词句，是体裁，属于时间的是音节，是风格。而可资以为观摩的，又可以得两件事。第一是多读有价值的作品：不但中国的要读，就外国的也要读；不但要读诗，并且要读美的散文；并且读底时候，要看上眼，听上耳，读上口。第二是多习几种美术：图画可以使我们底诗里有色；音乐可以使我们底诗里音节谐和；雕刻造型种种美术可以使我们作诗曲尽戏剧的作用之妙；只是习底时候，也要看上眼，听上耳，做上手。

（四）诗是主情的文学，已再三说到了。没有浓厚的情绪，什么诗也作不好的。所以，最后还要有感情底修养。关于这个，有三件事可以做的。第一是在自然中活动。作诗要靠感兴；而感兴就是诗人底心灵和自然底神秘互相接触底时候感应而成的。所以要令他常常生感兴，就不能不常常接触自然。朋友宗白华说："直接观察自然现象底过程，感觉自然底呼吸，窥测自然底神秘，听自然底音调，观自然底图画。风声，水声，松声，涛声，都是诗声底乐谱。花草底精神，水月底颜色，都是诗意诗境底范本。"他底话要是不错，那么自然又不仅是催诗的妙药，并且是诗料底制造厂了！第二是在社会中活动。感情里最重要的元素是同情；而其最最重要的，更是对于人间底同情。同情是物理上底共鸣作用，是要互相接触才能生的。而同情底深浅又和互相接触底次数成正比例。秀才对于八股文有浓厚的同情；因为他底比邻只是八股文。遁世家对于人生没有同情，因为他见着人生就跑，所以越跑就越远了。我们要对于人间有同情，除非在社会中活动。我们要和社会相感应而生浓厚的感兴，因以描写人生底断片，阐明人生底意义，指导人生底行为，庶几可以使诗无愧为为人生底艺术。第三是常作艺术底鉴赏。因为不过美底生活，不能免掉人生底干燥。如音乐，如图画，如文学，种种艺术，非常事鉴赏，不足以高尚我们底思想，优美我们底感情。

总之，勿论一件什么事，都不是偶然可以做到的。谁愿我们以最经济的方法，努力做去罢了。

“多挖几锄，
多收成几颗。”

1920年3月25日，初稿于上海。

1921年4月5日，订正于美国。

选自康白情诗集《草儿》，亚东图书馆，1922年出版。

Ye Shengtao 叶圣陶

【题解】 叶圣陶(1894—1988),原名叶绍钧,江苏苏州人,著名作家、教育家、编辑家、文学出版家和社会活动家。1919年加入北京大学学生组织的"新潮社",开始发表小说、新诗、文学评论和话剧剧本。1922年出版诗集《雪朝》(与朱自清等人合著)。

叶圣陶早年投身"五四"新文化运动后,即开始写作新诗并大力倡导和推动我国新诗歌运动。他是中国新诗社的成员,是现实主义写作的先驱之一。

在这篇短文中,叶圣陶着重探讨了诗的泉源问题。人们常说,诗歌来源于生活,又高于生活,但诗应该写什么样的生活,是一个问题。在叶圣陶看来,"空虚的生活是个干涸的泉源""惟有充实的生活是汩汩无尽的泉源""所以充实的生活就是诗"。主张"描写工作,就表出厚实的力量;发抒烦闷,就成为切至的悲声;赞美则满含春意;咒诅则力显深痛;情感是深浓热烈的;思虑是周博正确的"。诗人要深入生活的内部,不仅自己要生活充实,有真切的生活感受,才能写出真正的感动人的诗歌来。

四　诗的泉源

当“诗人”这两个音给我听到、“诗人”这两个字给我看见的时候，我总感觉不大自然，或者说于耳于目不大顺适。这或者是由于我的偏见。我以为“诗人”指的是一种特异的人，并且有把这种特异的人与一般大众区别开来的意思。人家或者说：“我们发出这两个音，写出这两个字，本意就是这样。”但是我感到不自然，不顺适。

人家又常说“作诗”或是“写诗”，一样地足以立刻引起我的那种感觉。有些人刻刻在那里搜寻和期待，他们的经心比猎人猎取野兽的还要加胜，这也使我代他们感到傍徨不安。他们看这个“作”或“写”好像也是生活中不可或缺的一件事，正如吃饭和做工。在一定的时间内没有新的诗篇产出，就觉得异样地不安宁，正如饥饿和闲散无聊的时候所感受的。

叶圣陶肖像

我的意思浅薄而固执，我认为“诗人”这个名字和“农人”“工人”不一样，不配成立而用来指一种特异的人。世间没有除了“作诗”“写诗”以外就无所事事的，仅仅名为一个“诗人”的人。“作诗”或“写诗”也和“吃饭”“做工”不同，不是生活中不可或缺的事，不做就有感到缺少了什么的想念。换一句说，这算不得一回事。

我并非看轻“诗人”，鄙薄到不愿意用这个名字来称呼谁；也不是厌恶“作诗”或“写诗”，说无论如何我们不该这么做。我只不愿意我们做一个被特异称呼的“诗人”，不愿意我们比猎人猎取野兽更经心地“作诗”或“写诗”。

诗是什么的问题，很惭愧不能明确地解答出来。但是也可以作护短的说辞：即解答出来了，于诗的世界又有什么益处？

还是回过来探索诗的泉源吧。假若没有所谓人类，没有人类这么生活着，就没有诗这种东西。这是一句幼稚可笑的话，聪明的人或者要冷笑着说：“何止是诗？哪一件人事不是这个样子？”固然，一切人事都是这个样子，都因为人类这么生活着所以才有。生活是一切的泉源，也就是诗的泉源。所以说到诗就要说到生活——在此要声明的，并不为要达到作诗的目的才说到生活。我们生而为人，怎能不说到生活呢？

两个不同的形容词加到生活上去，表示出生活的相反的两端的，通用的是“空虚”和“充实”。判定生活的属于哪一端，由于各人的内观，而旁人为客观的观察，往往难得其真。我们常常欢喜代人家设想，说这个人的生活何等空虚，那个人的生活何等不充实。其实所谓这个人和那个人未必感到这等的缺憾，所以不一定同我们一样设想。现在欲避免这一层错误，只得就我们内观所得的来说。

听说佛宗有所谓“禅定”的一个法门，不声不见，不虑不思，用来注释空虚的生活或者是最适切的了。我们虽不讲什么禅定，却有时也入于相类的境界。不事工作，也不涉烦闷，不欣外物，也不动内情，一切止是淡漠和疏远，统可加上一个消极的“不”字。好的生活和坏的生活都是积极的，惟有这“一切不”的生活是异样的空虚。但是我们确有时过这一种生活，或者延绵下去，至于终身。

反过来说，别一种生活就是“不一切不”的。有工作则不绝地工作，倦于工作则深切地烦闷，强烈地颓废；对美善则热跃地欣赏赞美，对丑恶则悲悯地咒诅怜念；情感有所倾注，思虑有所系属；总之，一切都深浓和亲密。无论这是好的生活，足以欣喜恋慕的，或是坏的生活，足以悲伤厌弃的，但本身内观的当儿总觉得这生活的丰富和繁茂。明白地说，就是觉得里面包含着许多的东西，好像一个饱满的袋子。

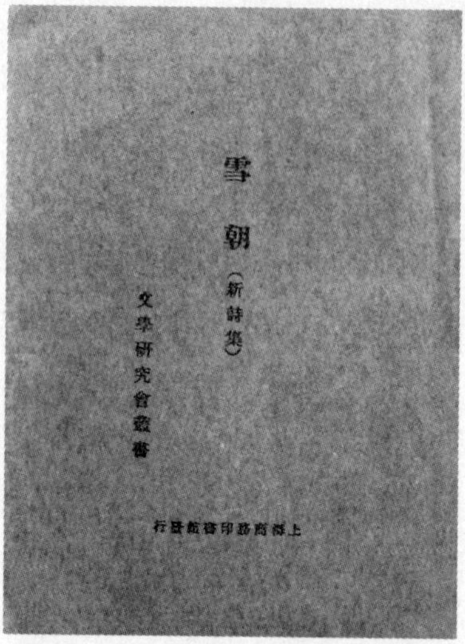

《雪朝》封面

现在说到诗。空虚的生活是个干涸的泉源，也可说不成泉源，哪里会流出诗的泉来？因为它虽名为生活，而顺着它的消极的倾向，几乎退入于不生活了。惟有充实的生活是汩汩无尽的泉源。有了源，就有泉水了。所以充实的生活就是诗。这不只是写在纸面上的有字迹可见的诗啊。当然，写在纸面就是有字迹可见的诗。写出与不写出原没有什么紧要的关系，总之生活充实就是诗了。我尝这么妄想：一个耕田的农妇或是一个悲苦的矿工的生活比一个绅士先生的或者充实得多，因而诗的泉源也比较的丰富。我又想，这或者不是妄想吧。

我们将以“诗人”两字加到哪一类人的身上去呢？若说凡是生活充实的人便是诗人，似乎有点奇怪；或者专以称呼曾经写出些诗来的人，又觉得不妥。固然，有些人从充实的生活的泉源里疏引些泉水，写出些诗篇来。这不过是他们高兴这样做，有写作的冲动，别的人只是没有这种冲动罢了。只将“诗人”称呼他们，对于同他们一样地具有充实的生活的人又将怎样呢？

由高兴和冲动所引出的事似乎与生活中不可或缺的事有点区别。

我们由于高兴而去游山，或者由于冲动而长啸一声，不能说游山和长啸就是不可或缺的事。我们若是具有充实的生活，可以不用经心，问什么要不要从那里疏引些泉水出来。忽然高兴，忽然冲动，就写出些字迹，成为纸面的诗篇。一辈子不高兴，不冲动，就一辈子不写，但我们的诗篇依然存在。特地当它一回事，像猎人那样搜寻和期待，这算什么呢？

这是从高兴写、有写的冲动的一方面说。因为生活充实，除非不写，写出来没有不真实不恳切的，决没有虚伪浮浅的弊病。半盈澄澈的泉源自然流出清泉。所以描写工作，就表出厚实的力量；发抒烦闷，就成为切至的悲声；赞美则满含春意；咒诅则力显深痛；情感是深浓热烈的；思虑是周博正确的。这等的总称，便是"好诗"。好诗的成立不在乎写出的人被称为"诗人"，也不在乎写出的人有了这写出的努力，而在乎他有充实的生活的泉源啊。

生活空虚的人也可以写诗，但只是诗的形罢了。写了出来的好诗既然视而可见，诵而可听，自然凝固为一个形。形往往成为被摹拟的。西子含颦，尚且有人仿效呢。所以到我们眼睛里的诗有满篇感慨，实际却浑无属寄的，有连呼爱美，实际却未尝直觉的；情感呢，没有，思虑呢，没有，仅仅具有诗的形而已。汲无源的泉水，未免徒劳；效西子的含颦，益显丑陋。人若不是愚笨，总不愿意这样做吧。

原载《诗》月刊第1卷第4号，1922年4月15日；选自《叶圣陶论创作》，上海文艺出版社，1982年出版。

Xu Zhimo　徐志摩

【题解】 徐志摩（1897—1931），现代诗人、散文家。虽然他没有写过诗歌理论和评论方面的专著，但主编过《诗刊》《新月》，为刊物所写的前言、后记、按语和为一些诗集写的序，都表达了自己独特的诗观。

这篇文章是他在《努力周报》发表的《杂记》中的一节，文章的主旨即为标题。作者批判了这三种不良倾向的诗。认为真诗、好诗是“情绪和谐了（经过冲突以后）自然流露的产物”，而假诗则是“剽窃他人的情绪与思想来装缀他自己心灵的穷乏与丑态”，坏诗则“因为缺乏相当的艺力”，做出来的诗不伦不类。对于“形似诗”，作者将此定义为“外表诗而内容不是诗”，并将“教导诗、讽刺诗、打油诗、酬应诗”都归为此类。具体来说，是分行写的“私人日记”、不连贯的散文、逐句抬头的信札、小孩初期学话的成绩等等。

在这三种“诗”中，作者最痛恨假诗，因为假诗的动机是“诈欺”，缺乏良知，并以著名诗人郭沫若的一句诗为例进行尖锐地批评。

作者指出的这三种“诗”，在今天依然大行其道，尤其在诗歌缺乏“标准”的今天，“形似诗”更盛，让读者分辨不了何为好诗。

五　坏诗，假诗，形似诗

到底什么是诗，谁都想来答复，谁都不曾有满意的答复。诗是人天间基本现象之一，同美或恋爱一样，不容分析，不能以一定义来概括的。近来有人想用科学方法来研究诗，就是研究比量诗的尺度、音节、字句，想归纳出做好诗的定律，揭破历代诗人家传的秘密。犹之有人也用科学方法来研究恋爱，记载在恋中人早晚的热度，心搏的缓急，他的私语，他的梦话等等，想勘破恋爱现象的真相。这都是人们有剩余能耐时有趣味的尝试，但我们却不敢过分佩服科学万能的自大心。西洋镜从镜口里望进去，有好风景，有活现的动物世界，有繁华的跳舞会，有科学天才的孩子们就揎拳撸臂的不信影子会动，一下子把镜匣拆了，里面却除了几块纸版，几张花片，再也寻不出花样的痕迹。

所以“研究”做诗的人，尽让他从字句尺度间去寻秘密，结果也无非把西洋镜拆穿，影戏是看不成了，秘密却还是没有找到。一面诗人所求的只是烟士披里纯[1]，不论是从他爱人的眉峰间，或是从弯着腰种菜的乡下女孩的歌声里，神感一到，戏法就出，结果是诗，是美，有时连他自己看了也很惊讶，他从没有梦想到能实现这样的境界。恋爱也是这样，

① 英文 inspiration，出自梁启超的译音，灵感之意。

随他们怎样说法,用生理解释也好,用物理解释也好,用心理分析解释也好,只要闭着眼赤体小爱神的箭锋落在你的身上,你张开眼来就觉得天地都变了样，你就会作为你不能相信的作为，人家看来就说你是疯了——这就是恋爱的现象。受了小爱神箭伤的人，只愿在他蜜甜的愁思,鲜美的痛苦里,过他糊里糊涂无始无终的时刻,他那时听了人家头冷血冷假充研究恋爱者的话,他只是冷笑。

所以宇宙间基本的现象——美、恋爱、诗、善——只有各个人自己体验去。你自身体验去,是唯一的秘诀。高尔斯华绥(John Galsworthy)[①]《皮局》(The Skin Game)那戏里,女孩子问她的爹说:

"By the way,Dad,That is A Gentleman? "

Hillcrish:"No,You cann't define it,you can only feel it。"[②]

但我们虽则不能积极的下定义，我们却都承认我们多少都有认识评判诗与美的本能。即使不能发现真诗真美,消极的我们却多少都能指出这不是诗,这不是美。一般的人只是知其然而不知其所以然。评衡的责任就在解释其所以然。一般人评论美术,只是主观的好恶,习惯养成的趋向。评衡者的话,虽则不能脱离广义的主观的范围,但因他的感受性之特强,比较的能免除成见,能用智理来翻译他所感受的情绪。再加之学力,与比较的丰富的见识,他就能明白地写出在他人心里只是不清切的感想——他的话就值得一听。评衡者(The Critic)的职务,就在评作品之真伪,衡作品之高下。他是文艺界的审判官。他有求美若渴的热心,他也有疾伪如仇的义愤。他所以赞扬真好的作品,目的是奖励;批评次等的作品,目的是指导;排斥虚伪的作品,目的是维持艺术的正谊与尊严。

人有真好人、真坏人、假人、没中用人;诗也有真诗、坏诗、假诗、形似诗(Mereverse)。真好人是人格和谐了自然流露的品性;真好诗是情绪

① 约翰·高尔斯华绥(1867—1933),英国小说家、剧作家。

② 大意是:"爹爹,为什么说那人是个绅士? ""不,绅士可没法解释,你只能去体会它。"

和谐了(经过冲突以后)自然流露的产物。假人或作伪者仿佛偷了他人的衣服来遮盖自己人格之穷乏与丑恶，假诗也是剽窃他人的情绪与思想来装缀他自己心灵的穷乏与丑态。不中用人往往有向善的诚心,但因实现善最需要的原则是力,而不中用人最缺乏的是力,所以结果只是中道而止走不到他心想的境界;做坏诗的人也未尝不感觉适当的诗材,但他因为缺乏相当的艺力,结果也只能将他想象中辛苦地孕成的胎儿,不成熟地产了下来,结果即不全死也不免残废。Charles Sorley[①]有几句代坏诗人诉苦的诗:

We are the homeless even as you,
Who hope but never can begin。
Our hearts are wounded through and through
Like yours,but our hearts bleed within;
Who too make music but our tones
Shake not the barrier of our bones。[②]

坏诗人实在是很可怜的,他们是俗话所谓眼泪向肚里落的。他们尽管在文字里大声哭叫,尽管滥用最骇人的大黑杠子! 尽管把眼泪鼻涕浸透了他们的诗笺,尽管满想张开口把他们破碎了的心血,一口一口的向我们身上直喷——结果非但不能引起他们想望的同情，反而招起读者的笑话。

但如坏诗以及各类不纯粹的艺术所引起的止于好意的怜与笑,假诗(Fake Poetry)所引起的往往是极端的厌恶。因为坏诗的动机,比如袒露着真的伤痕乞人的怜悯,虽则不高明,总还是诚实的,假诗的动机却只是诈欺一类,仿佛清明节城隍山上的讨饭专家,用红蜡烛油涂腿装烂疮,闭着眼睛装瞎子,你若是看出了他们的作伪,不由你不感觉厌恶。

---

① 查尔斯·索雷(1895—1915),英国反战诗人。

② 译文:“像你这样的流浪儿,/怀着希望却从未有过开始。/我们的心屡遭创伤/如同你们一样,内心在流血;/我们奏乐吟唱/那顿挫不是响板,而是我们的音调颤抖不已。”

葛莱符司的比喻也很有趣。他是我们康桥的心理学和人种学者Rivers的好友，所以他也很喜从原民的风俗里求诗艺的起源。现代最时髦的心理病法，根据佛洛德[1]的学理，极注重往昔以为荒谬无理的梦境与梦话，这详梦的办法也是原民最早习惯之一。原民在梦里见神见鬼，公事私事取决于梦的很多，后来就有详梦专家出现，专替人解说梦意，以及补说做梦人记不清切或遗忘了的梦境。他为要取信，他就像我们南方的关魂婆、肚仙之类，求神祷鬼，眼珠白转的出了神，然后说他的"鬼话"或"梦活"。为使人便于记忆，这类的鬼话渐渐趋向于有韵的语体——比如我们的弹弦子算命。这类的巫医，研究人种学者就说是诗人的始祖。但巫医的出入神(trance)也是一种艺术，有的也许的确是一种利用"潜识"的催眠术，但后来成了一种营利的职业，就有作伪的人学了几句术语，私服麻醉剂，入了昏迷状态，模仿"出神"；有的爽性连麻醉剂也不用，竟是假装出了神，仿效从前巫医，东借西凑的说上一大串鬼话骗人敛钱。这是堕落派的巫医，他们嫡派的子孙，就是现代作伪的诗人们。

适之有一天和我说笑话，他说我的"尝试"诗体也是作孽不浅，不过我这一派，诗坏是无可讳言的，但总还不至于作伪；他们解决了自己情绪的冲突，一行一行直直白白的写了出来，老老实实的送到报上去登了出来，自己觉得很舒服很满意了，但他们却没有顾念到读他们诗的人舒服不舒服，满意不满意。但总还好，他们至少是诚实的。此外我就不敢包了。现在fake poetry的出品至少不下于bad poetry的出品。假诗是不应得容许的。欺人自欺，无论在政治上，在文艺里，结果总是最不经济的方策，迟早要被人揭破的。我上面说坏诗只招人笑，假诗却引人厌恶。诗艺最重个性，不论质与式，最忌剿袭，intellectual honesty(良知)是最后的标准。无病呻吟的陋习，现在的新诗犯得比旧诗更深。还有mannerism of

---

① 即弗洛伊德。

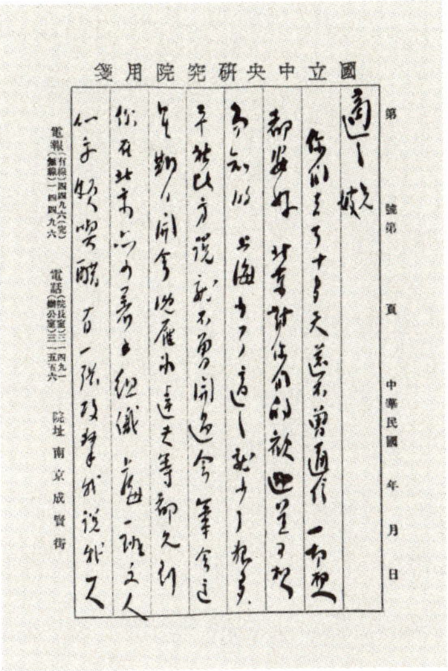

徐志摩致胡适信札

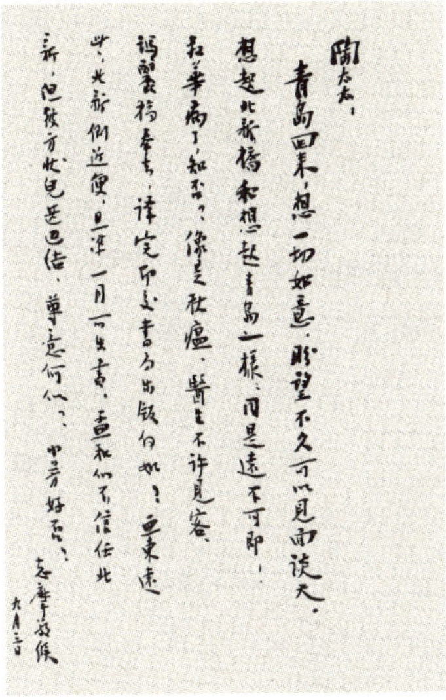

徐志摩致陶太太信札

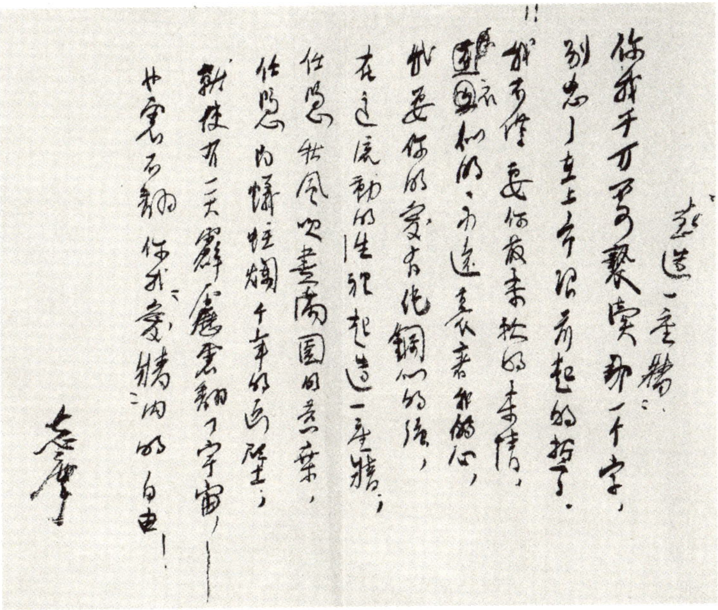

徐志摩诗稿民国十四年(1925)写本

peck and sentiments(滥情癖),看了真使人肉麻。痛苦,烦恼,血,泪,悲哀等等的字样不必说,现行新文学里最刺目的是一种mannerism of description(形容癖)。例如说心,不是心湖就是心琴,不是浪涛汹涌,就是韵调凄惨。说下雨就是天在哭泣,比夕阳总是说血,说女人总不离曲线的美,说印象总说是网膜上的……

我记得有一首新诗,题目好像是重访他数月前的故居,那位诗人[①]摩按他从前的卧榻书桌,看看窗外的云光水色,不觉大大的动了伤感,他就禁不住"泪浪滔滔"。固然做诗的人,多少不免感情作用,诗人的眼泪比女人的眼泪更不值钱些,但每次流泪至少总得有个相当的缘由。踹死了一个蚂蚁,也不失为一个伤心的理由。现在我们这位诗人回到他三月前的故寓,这三月内也并不曾经过重大变迁,他就使感情强烈,就使眼泪"富裕",也何至于像海浪一样的滔滔而来!

我们固然不能断定他当时究竟出了眼泪没有,但我们敢说他即使流泪也决不至于成浪而且滔滔——除非他的泪腺的组织是特异的。总之形容失实便是一种作伪,形容哭泪的字类尽有,比之泉涌,比之雨骤,都还在情理之中,但谁能想象个泪浪滔滔呢?最后一种形似诗,就是外表诗而内容不是诗,教导诗、讽刺诗、打油诗、酬应诗都属此类,我国诗集里十之七八的五律七律都只是空有其表的形似诗。现在新诗里的形似诗更多了,大概我们日常报上杂志里见的一行一行分写的都属此类。分析起来有分行写的私人日记,有初学做散文而还不甚连贯的练习,有逐句抬头的信札,有小孩初期学话的成绩等等。

选自《努力周报》1923年4月22日、5月6日的《杂记》,文末原有"未完"字样,但后来没有再写下去。

---

① 指郭沫若,所引述的诗句为郭沫若《泪浪》一诗。

【题解】 饶孟侃(1902—1967),江西南昌人,诗人、外国文学研究家。新月派成员之一。主要作品有诗集《泥人集》等。

饶孟侃不仅是著名的诗人，也是优秀的诗歌评论家。他主张诗歌的意象要单纯、朴实自然,贴近社会生活,要有感情,同时要有周密的技巧。

在这篇《新诗话》中,作者这两个方面的主张值得我们学习。

一是土白入诗的问题。他认为,土白可以入诗,也应该在诗歌中占有一席之地。而且,土白入诗的难度更高，因为这有一个技巧的问题,并非土白直接入诗。因为“言语并不是诗而承认言语中有诗，所以土白诗也最不容易运用”。今天大行其道的口语诗也是如此，本身是没有问题的，但问题是如何运用好口语。如果写成了所谓“梨花体”和“羊羔体”,弄成了文字游戏,这是必须提防和反对的。

作者还谈到诗歌的情绪。认为情绪是诗歌不可缺少的成分,而“诗里的情绪就是人的性情”。在作者看来,诗歌的情绪应该表现诗人的真性情，表现正面的情绪，而非局限在“感伤主义”中不能自拔。

六　新诗话

一、土白入诗

土白能不能入诗？这又是一个很值得讨论的问题。据我所知道在现在一般写新诗的作家当中，并不是个个人都相信土白在新诗里有充分发展的可能。他们反对用土白作诗，最大的理由是因为他们主张作诗应该有一定的词藻，应该在一定的题材或体裁当中发展。要是我们相信诗学革命即是为的要求一种具体的、亲切的方法去实现人生，那么一定知道这种主张的确是太偏。我现在分开两方面来讨论"土白入诗"这个问题，一方面是申说我主张土白能入诗的理由，一方面是讲土白在新诗里的成绩。

我不但相信土白有入诗的可能，而且相信土白诗在新诗里并要占一个重要的位置。我们知道一切诗的灵魂都是脱胎于人生，而人的惟一的表现又即是语言，（我不说文字，因为文字，无论它是文言或语体，即是一种人为的和普遍化的语言）所以往往在语言里我们也能发现一点诗意和类似诗的节奏。不但如此，而且生活单纯的人们，他们语言当中所含的诗的成分尤其丰富。我记得有一次同几个朋友在饭馆子里就遇着这样一位老哥，轻缓疾徐、若隐若现的节奏在他语言中流露出来，我们听了差不多不觉得是有人在说话，而以为他是在念一首土白诗。一个人说话能有这种妙处，固然不是件常见的事，但是我们却可以从这一点推想到土白在新诗里一定有大发展的可能。

我说土白在新诗里有大发展的可能，并不是指新诗都应该用土白写，其实土白诗在新诗里将来至少也不过占一个小部分。不过它决不至于和小诗一样，处于附庸的地位，它至多和别的新诗只该有体裁上的区别，我曾经屡次说到一种特殊的情绪应该有一种特殊的音节和体裁，才能够充分的把它的妙处表现出来。新诗里所以有时候定要引用土白，也即是因为有几种情绪，非土白诗不能表现。我们虽然知道普通的语体文，是和四行一节的格式一样，有表现多种情绪的可能，但是我们知道它决不能表现一切情绪。

说到这里我想大家一定知道用不着讨论土白入诗的可能与不可能，因为这问题已经成了必能的事实，所以现在惟一的困难就是怎样去运用它。我们都知道言语并不是诗而承认言语中有诗，所以土白诗也最不容易运用，因为作诗到这种时候全要特别在“诗句的组合上用功夫，他得用纯粹的土白去组合有节奏的诗句，一不小心马上就有露出破绽的危险。所以在新诗当中要算土白诗最难做，也即是因为一切都得作者自己去创造，去搜求，绝对不能假借描写来掩饰。所以要是一个作家能够用土白把诗写好，我们就可断定他是个真诗人，因为能写好土白诗，别的体裁当然更是不成问题。而土白诗的好处也很少有人懂得，往往一个作家因为无故受一顿闲气而使他灰心，使他怀疑自己，这的确是很可惜的事。写到这里我忽然想起了两个人：一个是刘宝全，一个是梅兰芳。在一般人看总以为梅艺员是天下无双，而其实他的成功完全是由他的面貌和装饰得来的，其实这种人为的艺术并没有什么希奇，而一个纯粹用真本领来表现的刘宝全却始终没有人懂得，没有人敢当众呼一声他是个天才,他是个真正的艺术家。虽然有很多人欢喜听他的大鼓,但是他们又何尝懂得他的好处,懂得他比梅兰芳高过几倍呢?把刘宝全来比土白诗,把梅兰芳来比Jennysonian派的新诗真是恰切不过。

土白诗固然不能绝对的普遍,但是在土白诗里有一种特别的风味就是它能暗示一种内在的感觉,使你读到妙处能亲切的感觉到一种特别的风味,好像隐隐听到呼唤声音,把眼一闭就在你眼前活现了。除非那首诗非用别地的土白不可,我主张都用北京的土白来写土白诗,那么也许可以从不普遍当中求得普遍了。找另一个理由是觉得北京话的发音准确,而且非常铿锵,这种成分尤其在诗里是需要的。我们现在再看土白诗在新诗当中的成绩如何。

土白诗大概最先是在《志摩的诗》里看到。作者对新诗最大的一个贡献就是冒大韪来尝试土白诗,而且土白诗在他集子的位置还比较高,这的确是一个很可以纪念的成绩。《残诗》固然是一首很好的诗,很好的土白诗,但是因为它不是纯粹用土白写的,我所以不打算在这里举它作例子。在他集子里纯粹用土白写诗的还有一首《一条金色的光痕》也很好。这首诗本是个绝对的例子,可惜前六行插入一段描写致令减色不少;其实不用那段描写我们也可以从诗句里揣摩得出来他是个"刘姥姥"式的乡下妇人。

只要看

> 认真则格位就是太太,真是老太婆哩,
>
> 眼睛赤花,连太太都勿认得哩!

我们就知道她是一位五旬开外的老太婆。再看

> 格位李家阿太老年格运气真勿好,全靠场头上东帮帮,西讨讨,吃一口白饭,每年只有一件绝薄欧棉袄靠过冬欧。

我们一定又知道这位老太婆是在纽着嘴缓缓的诉说,也许眼角中还含着一泡眼泪呢。不说别的,只"我看一半是老病,西北风作兴有点欧"这一句话的本身就充满了诗意,再看

…………我还想去

买一力锭箔；我自己屋里野是滑白欧，

我只有五升米烧顿饭，本两个帮忙的吃，

伊拉抬个材，外加收作，饭总要吃一顿欧，

……太太认真好来，真体恤我，拉穷人……

我们又知道这位老太婆的诚朴慷慨，自己家里只剩五升米也一齐拿来款待帮忙的人，似乎她还觉得穷人体恤穷人是应该的，别人再肯体恤那更是额外。这是多么感动人的一个人物！全诗在技术上的小毛病固然很多，但是一首技术不完美的好诗仍旧是好诗，好诗的技术再完整，那更是难能可贵了。

再要举的一个绝的例子就是闻一多先生的《天安门》，在这首诗里我认为是土白诗又更进一层做到了音节完善的境界。这首诗发表以后不但一般读者没有认识它，忽略了它的好处，而且作者为这首诗还挨了一位大诗人的骂，真是冤枉。我很久就想把这首诗的好处介绍给大家，现在趁谈土白诗的时候略略说一点，尤其是一个很好的机会。这首诗除了倒数第二句稍为弱一点，通体上差不多是一气呵成的，而且用北京土白来写北京洋车夫的口吻，尤其是恰合这首诗的身份。这首诗的音节，在节拍上虽没有绝对的方式可寻，但是大致可以说是由四个拍子（或音尺）组合成的，在韵脚上也很仔细，凡是一句的末了要是用“的”“了”“儿”等等虚字押韵的，它下面的一个字也必定同时协着韵，譬如在

那不才十来岁儿？干吗的？

脑袋瓜儿上不是枪轧的？

两句里，“吗”字和“轧”字也协了韵，这种韵在外国诗里也有名叫Feminine Rhyme复韵。在音节上大概是如此。我们看

先生，调我喘气……那东西，

您没有瞧见那黑漆漆的，

没脑袋的，蹶腿的多可怕！

还摇晃着白旗儿说着话。

这一段描写鬼的土白写得多么亲切，暗示力多么大。我们读完了只要立刻把眼睛闭上，一定揣摩得出一个喘着气的车夫黑暗中在中央公园西边一带说话。再看

我说刚灌上俩子儿的油……

和

谢谢！挣您二斤杂货面儿！

这两句话当中引用的土白，我们又知道一句极普通的言语，用在得当的地方立刻又换了一个模样，所以从运用材料当中我们又可以看出一个作家的本领来。再看

得！就算咱拉车的倒霉了！
赶明日北京满城都是鬼，
那也好，先生，您说对不对？

这一段话的口吻，的确有北京洋车夫说话胡扯的风味，而且用它作一个结束，也是很自然的。这首诗的特点据我看出的大概是这几点，也许还有没提到的，那都让读者自己去领略。据说刘半农先生的《瓦釜集》也是纯粹用土白写的，可惜我还没有看到，不能在这里说什么话。

二、情绪与格律

这年头儿说话真要特别仔细，你必得说话带着注解，你必得随身带着号筒，从丹田里运出真气来大声呼喊，人家才能勉强听出一个大致，否则那虑心过重的朋友们便要走过来问你是不是先漏了第一句才说第二句的。到这种时候你也用不着去和他争辩，只有自认晦气的套上号筒，加上注解把第一句话再给他大声的重说一遍，才算是没事。

我们都知道一首诗里根本少不了的成分就是情绪，所以要谈诗，第

一句话就得承认情绪在诗里是个先决的问题，到第二句话才能谈到格律。现在因为我们谈了一谈格律和音节，便有人走过问为什么把第一句话漏了不讲。其实第一句话又何曾漏了，不过没有带着注解细细的申述，有些人便以为是没有说罢了。现在时间还不很晚，让我加上注解来细细解说一番。

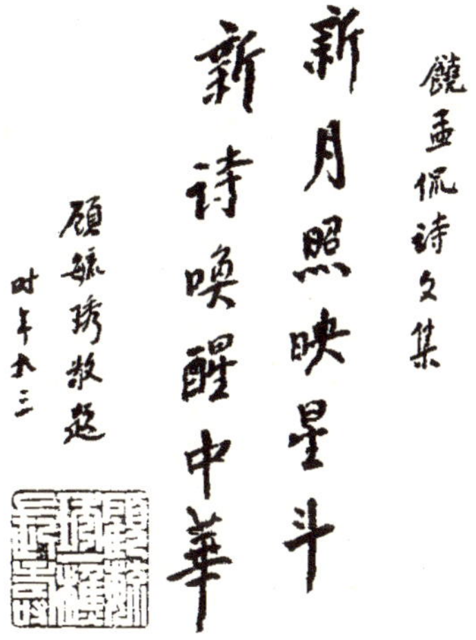

饶孟侃诗文集

如其我们要把一首诗来比作一个人，那么诗里的情绪就是人的性情。一个人有一个人的性情，所以一首诗也应该有一首诗的情绪。我们所以不讨论情绪而专谈格律音节，是因为我们已经认定了情绪是一首诗里必须的东西，它的存亡即是诗的生死，再没有讨论的余地。除非是我们现在根本否定一个人没有性情，一首诗没有情绪，到那时候情绪和性情根本动摇了，也许才有讨论的必要。

现在因为有的作家已经更进一步顾到格律音节，有些能力还顾不到的朋友们在后面看得心焦，便大声的嚷着什么“情绪空了”“内容呆了”“新诗的死期到了”。这些话固然不必介意，不过在这里我们却不能不把情绪和格律分个清楚，免得再生别的枝节。一首诗里有没有情绪，那是另外一个问题。一首有情绪的诗，无论格律是不是齐整，音调是不是铿锵，它还是有情绪的，决不能因为加上了整齐的格律音节便立刻变得没有情绪。反过来说，一首没有情绪的诗，无论有没有格律和音节，它归根还是照样的没有情绪，也决不能因为它没有加上整齐的格律音节，就会变得有了情绪。我方才曾经把人的性情比作诗的情绪，现在我们也可以把人的衣服来比作诗的格律。情绪和格律的关系在诗里就好像是一件衣服的尺寸大小,颜色深浅,花样新旧,材料粗细和一个人的性情有关系一个样。有的人喜欢穿得非常漂亮,但是也有人喜欢穿得朴素一点,这完全是跟着一个人的性情走的。所以要是我们能够假定人的性情可以一部分由穿衣服里表现出来，那么同时也就可以断定一首诗的情绪也可以一部分由格律里表现出来。说到这里我们大概又知道格律并不会妨碍情绪,而情绪反可以借着格律表现了。

现在一班人因为觉得有的诗里没有情绪，但贸然断定是格律和音节妨碍了情绪的发展，其实真正能够妨碍情绪的东西并不是格律和音节,而是冒牌的假情绪。这种冒牌的假情绪换个名称又叫作“感伤主义”(Sentin entalism)。现在的新诗差不多有一百份的九十五份是这怪物的支配。我们不要趁早把它的假面具撕破,倒真正有“新诗的死期到了”的危险。这问题太大,在这里不必细说,等我有空闲再专拿它来和大家谈谈。

三、译诗

我看了天心和志摩谈译诗的公开信，觉得他所说的谈译诗的话并没有十分抓到痒处。所以我也不免在这里代天心先生再抓一抓。译诗真是一件万难的事,尤其是要想把它译成诗(不是散文),是更难的一种工作。我们知道有些人因为怕别人攻击不懂原文,便咬着牙齿死板板的照着字面上的意思直译下来。我并不是反对译诗应当忠实,但是我认为谈到“译诗”两个字,“译”字和“诗”字应该是一般的重要。现在有许多译诗的“译家”多半是眼睛里只看见“译”字而没有看见“诗”字,所以译出的东西都是一些半诗半散文的东西。因此我认为以其译诗偏重“译”字,还远不如偏乎“诗”字。因为偏重“诗”字的结果就是离了一点原意,只要它能成为一首诗,总比那不成诗又不成散文的东西好的多。

这是从那坏的一方面讲。要是我们说得认真一点,译诗不但应当把原诗的意思抓住，而且同时也应当依照原诗把它的韵脚、格式和音尺一并译出。译诗谈到这种地方，才可以说是难，才可以说是不许有自由。译诗能够做到这样的精细，那就等于创作了。顺便举个例子来说，我记得本刊[①]第六号上华茨华斯那首诗（就是天心先生译的那首）的原文是"一""三"和"二""四"互相用韵，而"一""三"两行又是四个音尺组成和"二""四"两行又是三个音尺组成的。等我们来再看看译者的作品，就知道形式上和原诗完全是两个东西。这种的译诗固然在现在还算是可以的东西，但是可以的也只有这种成色，坏的那就更不用讲了。

我们又知道英国有一位诗人的地位完全是由翻译得来的。这位诗人就是译Rubaixat of Omar Knayyam的Fitzgerald[②]。据考据家讲，他那首长诗和原诗不同的地方很多，只因为那首诗译得好，译得是一首好"诗"，所以如今他传到一个文学史里不朽的位置。这样看起来，译诗还是看重"诗"字的妥当些。

原载《晨报副刊·诗镌》第8号（1926年5月20日）、第9号（1926年5月27日）；选自《饶孟侃诗文集》，王锦厚、陈丽莉编，四川大学出版社，1997年出版。

---

① 《晨板副刊·诗镌》。

② 爱德华·菲茨杰拉德（Edward Fitzgerald），英国诗人、翻译家，翻译过波斯诗人哈雅姆的传世之作《Rubaixat of Omar Knayyam》（《鲁拜集》）。

Zhou Zuoren　周作人

【题解】 周作人(1885—1967),浙江绍兴人。鲁迅之胞弟。新文化运动中是《新青年》的重要作者。“五四运动”之后,与郑振铎、沈雁冰、叶绍钧、许地山等人发起成立“文学研究会”,并与鲁迅、林语堂、孙伏园等创办《语丝》周刊。

周作人写的新诗并不多,但在五四时期颇有影响,而他的诗论较之新诗更有成就。如《论小诗》《情诗》。

这篇《诗的效用》,是针对俞平伯的《诗底进化的还原论》中“好的诗底效用是能深刻地感多数人向善的而写的”的观念而提出的不同意见。

在周作人看来,写诗不必刻意去追求所谓“效用”,因为“真的艺术家本了他的本性与外缘的总合,诚实的表现他的情思,自然的成为有价值的文艺,便是他的效用”。也就是说,诗是诗人情感的自然流露,而非刻意的做作。所以,只要不去写那些“不道德”的题材,诗歌写什么都可以,都是“全而善美”的。

周作人还批评了那种以多数人能否了解

来衡量文艺好坏的标准，认为作家首先应该写自己和自己熟悉的感情生活，而不应为了迎合和迁就读者而写作，否则，会陷入假大空的境地。所以，作家应该主动去引导读者的趣味，而不是受制于读者，被“大一统”，从而丧失个性。

周作人肖像

七　诗的效用

在《诗》第一号里读到俞平伯君的《诗底进化的还原论》，对于他的"好的诗底效用是能深刻地感多数人向善的"这个定义，略有怀疑的地方，现在分作三项，将我的意见写了出来。

第一，诗的效用，我以为是难以计算的。文艺的问题固然是可以用了社会学的眼光去研究，但不能以此作为唯一的定论。我始终承认文学是个人的，但因"他能叫出人人所要说而苦于说不出的话"，所以我又说即是人类的。然而在他说的时候，只是主观的叫出他自己所要说的话，并不是客观的去体察了大众的心情，意识的替他们做通事，这也是真确的事实。我曾同一个朋友说过，诗的创造是一种非意识的冲动，几乎是生理上的需要，仿佛是性欲一般；这在当时虽然只是戏语，实在也颇有道理。个人将所感受的表现出来，即是达到了目的，有了他的效用，此外功利的批评，说他耗废无数的金钱精力时间，得不偿失，都是不相干的话。在个人的恋爱生活里，常有不惜贡献大的牺牲的人，我们不能去质问他的在社会上的效用，在文艺上也是一样。真的艺术家本了他的本性与外缘的总合，诚实的表现他的情思，自然的成为有价值的文艺，便是他的效用。功利的批评也有一面的理由，但是过于重视艺术的社会的意义，忽略原来的文艺的性质。他虽声言叫文学家做指导社会的先驱者，实际上容易驱使他们去做侍奉民众的乐人，这是较量文学在人生上的效用的人所最应注意的地方了。

第二,"感人向善是诗底第二条件",这善字似乎还有可商的余地,因为他的概念也是游移惝恍,没有标准,正如托尔斯泰所攻击的美一样。将他解作现代通行的道德观念里的所谓善,这只是不合理的社会上的一时的习惯,决不能当做判断艺术价值的标准,现在更不必多说也已明白了。倘若指那不分利己利人,于个体种族都是幸福的,如克鲁泡特金[1]所说的道德,当然是很对的了。但是"全而善美"的生活范围很广,除了真正的不道德文学以外,一切的文艺作品差不多都在这范围里边。因为据克鲁泡特金的说法,只有资本主义迷信等等几件妨害人的生活的东西是恶,所以凡非是咏叹这些恶的文艺便都不是恶的花。托尔斯泰所反对的波特来耳的《恶之华》[2]因此也不能不说是向善的,批评家说他是想走逆路去求自己的得救,正是很确当的话。他吃印度大麻去造"人工的乐园",在绅士们看来是一件怪僻丑陋的行为,但他的寻求超现世的乐土的欲望,却要比绅士们的饱满的乐天主义更为人性的,更为善的了。这样看来,向善的即是人的,不向善的即是非人的文学。这也是一种说法。但是字面上似乎还可修改,因为善字的意义不定,容易误会,以为文学必须劝人为善,像《明圣经》《阴骘文》一般才行,——岂知这些讲名分功过的"善书"里,多含着不向善的吃人思想的分子,最容易使人陷到非人的生活里去呢!

第三,托尔斯泰论艺术的价值,是以能懂的人的多少为标准。克鲁泡特金对于他的主张,加以批评道:"各种艺术都有一种特用的表现法,这便是将作者的感情感染与别人的方法,所以要想懂得他,须有相当的一番训练。即使是最简单的艺术品,要正当的理解他,也非经过若干习练不可。托尔斯泰把这事忽略了,似乎不很妥当,他的普遍理解的标准

---

① 彼得·阿历克塞维奇·克鲁泡特金(1842—1921),俄国革命家和地理学家,"无政府共产主义"创始人。以道德学术闻名于世。

② 后译为波德莱尔的《恶之花》。

也不免有点牵强了。”这一节话很有道理。虽然托尔斯泰在《艺术论》里引了多数的人明白《圣经》上的故事等等的例，来证明他们也一定能够了解艺术的高尚作品，其实是不尽然的。《圣经》上的故事诚然是艺术的高尚作品，但是大多数的人是否真能艺术的了解赏鉴，不免是个疑问。我们参照中国人读经书的实例，推测基督救国的民众的读圣经，恐怕他的结果也只在文句之末，即使感受到若干印象，也为教条的传统所拘，仍旧貌似而神非了。譬如中国的《诗经》，凡是“读书人”无不读过一遍，自己以为明白了，但真是知道《关雎》这一篇是什么诗的人，一千人里还不晓得有没有一个呢。说到民谣，流行的范围更广，似乎是很被赏识了，其实也还是可疑。我虽然未曾详细研究，不能断定，总觉得中国小调的流行，是音乐的而非文学的，换一句话说即是以音调为重而意义为轻。《十八摸》是中国现代最大民谣之一，但其魅人的力似在“嗳嗳吓”的声调而非在肉体美的赞叹，否则那种描画应当更为精密，——那倒又有可取了。中国人的爱好谐调真是奇异的事实，大多数的喜听旧戏而厌看新剧，便是一个好例，在诗文界内也全然相同。常见文理不通的人虽然古文白话一样的不懂，却总是喜读古文，反对白话，当初颇以为奇，现在才明白这个道理：念古文还有声调可以悦耳，看白话则意义与声调一无所得，所以兴味索然。文艺作品的作用当然不止是悦耳，所以经过他们的鉴定，不能就判定他的感染的力量。即使更进一层，多数的人真能了解意义，也不能以多数决的方法来下文艺的判决。君师的统一思想，定于一尊，固然应该反对，民众的统一思想，定于一尊，也是应该反对的。在不背于营求全而善美的生活之道德的范围内，思想与行动不妨各各自由与分离。文学家虽希望民众能了解自己的艺术，却不必强将自己的艺术去迁就民众。因为据我的意见，文艺本是著者感情生活的表现，感人乃其自然的效用，现在倘若舍己从人，去求大多数的了解，结果最好也只是“通俗文学”的标本，不是他真的自己的表现了。

选自周作人散文集《自己的园地》，北新书局，1927年出版。

Liu Dabai　刘大白

【题解】 刘大白(1880—1932),浙江绍兴人,诗人、文学史家。五四运动前就开始写白话诗,是新诗的倡导者之一。出版的诗论著作有《旧诗新话》《白屋说诗》等。

这篇诗论,是刘大白力挺新诗的名作之一。在文中,他承认新诗初期并没有完全摆脱旧诗的束缚,认为这是旧诗到新诗过渡的必然现象,新诗只是求解放,必须先解放了思想,才能彻底摆脱旧诗的桎梏。同时也提出,“在相当的场合,偶然地采用一点旧诗底外形律,只消用得恰好,也依然不失其为新诗”。这当然是基于当时的现实而言。

更值得赞赏的是,刘大白还提出了新诗的创作方法,认为新诗最重要的是内容,“使美妙的情绪波动着,引起读者底美妙的情绪底同样的波动”。同时,要有适当的形式来和内容相称。即“选取美妙的句调和美妙的辞采,作的表现内容律底波动的适当的凭藉”。也就是今天我们所说,诗歌是“最佳语言的最佳组合”。

八　从旧诗到新诗

中国诗坛上近来受了外来的文艺思潮底影响，发生了一种大变动，产生了所谓新诗。从旧诗到新诗，题材和内容，固然都有了变动，但是形式上的和工具上的变动，因为是最表面的，所以最容易使人们觉到，而所受到的反抗也最强烈。从旧诗到新诗的形式上的和工具上的变动，是解放的，是从束缚的解放到自由的，从僵死的解放到生活的；宗旨，是从古典的解放到罗曼的。工具上的解放，是不用鬼话而用人话。其实，周秦以前的诗篇，本来是用人话写出的。汉代以后，用人话写出的诗篇，二千多年来不曾断绝。这些固然是不能否认的事实。即使那些死活要反对用人话写出诗篇的活死人们所做的鬼话诗篇中，也无不有人话夹在其间，甚至有时候全篇都是人话。这因为从六朝唐宋以来，人话早经侵袭到文人们底诗篇领域中，和鬼话混合着。他们不知不觉地因袭着习惯，于写出诗篇的时候，把人话和鬼话兼用，仿佛承认着这些人话也是鬼话，而不再意识到这些就是人话似的。

刘大白肖像

可是人话革命的旗帜竖起以后，彰明较著地主张用人话作工具来写出诗篇，他们却哗然地反对起来。这本来是一件很可笑的事。不过工具上的解放底反对，一经历史的证明，他们或许也觉得无谓了，而最反对的，似乎这是在形式上的解放。其实，形式上的解放，在历史上也并非没有实例可指。像前篇从《毛诗》到《楚辞》中所说，从《毛诗》到《楚辞》，减少了许多律声，是中国文学第一次受外族文学影响的解放；翻译佛教经论中偈颂的时候，把有韵诗改为无韵诗（梵文偈颂本来是有韵诗，因为译诗用韵，最容易失掉真相，所以佛教经论底翻译者们，废止了用韵，以免掉失真），是中国文学第二次受外族文学影响的解放。虽然第二次的解放，因为没人仿，中途夭折了，不曾成为诗坛上有力的普遍的变动，但是第一次的解放，却是影响极大，不能否认的。可见现在的从旧诗到新诗的形式上的变动，正合从前的从《毛诗》到《楚辞》的形式上的变动相仿佛。如果现在的变动要反对，从前的变动也应该反对了。

他们或许说："从前的变动，不过减少几种律声罢了，不像现在的新诗，完全废除了律声，所以应该反对。"然而诗篇的所以能成为诗篇，本来不专仗着外形的律声的，而且如果专仗着外形的律声，而不注重内容的律声，依然不成为诗。现在所废除的，只是外形律而不是内容律，何况有时候外形律也并不完全废除呢！所以反对新诗的，只是迷恋着旧诗的外形律，而不曾注意到诗篇底内容律的缘故。

现在拿美人来譬喻诗篇吧。凡是一个美人，第一，要有美的生命；第二，要有美的骨架；第三，要有美的肌肉。这三者是美人底要素，缺一不可的。至于第四，才轮到美的修饰。如果是一个真正的美人，有了美的生命，美的骨架，美的肌肉，赤裸裸地显出她本身真正的美来给人家看，本来用不着什么修饰。本身真正的美不足了，才需要抹面涂唇烫发画眉穿耳镶牙束腰缠足等等的修饰，去帮助她眩惑人家的眼官。所谓美的生命，就是美人的内容；美的骨架和美的肌肉，就是美人的外形；美的生命底活跃的波动，表现在美的骨架和美的肌肉上，就是美人底内容律。至于美的修饰，是依着外形上的而唇发眉牙腰足等等而加以妆点的，这就是所谓的外形律了。美人并非一定要屏弃修饰，在相当的时候，颦一下子眉，捧一下子心，掠一下子云鬓，转一下子秋波，也未始不能助长她底天然美。但是如果全仗着美的修饰来掩盖她底美底缺陷，那么，浓妆艳抹的嫫母无盐[①]——或者竟是没有生命的土偶木偶，能承认她是真正的美人吗？同样，诗篇是以情绪为生命，以句调为骨架，以辞采为肌肉的。美的情绪底波动，从美的句调美的辞采上表现出来，这就是诗篇底内容律；而一切的外形律，无非就句调辞采等等的外形上，加以种种的修饰罢了。要是只认有外形律的就是诗，而一位没有外形律的就不是诗，那么，许多备具外形律的《三字经》《百家姓》……以及《汤头歌》之类，难道也承认它们是诗吗？至于许多内容够不上充作诗篇底内容，而仗着外形律底掩蔽，冒充着诗篇，而在那里眩惑人们的眼官的，一经把它们底外形律完全解除了，不是也不成其为诗篇吗？所以以废除了外形律为应该反对，是根本不曾知道诗篇底要素何在的。

不过或许更有人说："现在的所谓新诗，有些兼职内容也并不是诗，不过是分行写出的散文，或者竟是零碎的记账罢了。"不错，现在号称新诗的群中，确是有这些不成为诗的东西混杂着。但是这正是前边所说的内容够不上充作诗篇的内容的。从前把这些非诗篇的内容，硬装在外形律的模型中，冒充着诗篇，而眩惑人们底眼官，人们被它眩惑着，也就麻麻胡胡地承认它是诗篇了；现在把外形律完全解除了，自然把非诗篇的内容完全呈露，而不能再给予人们以眩惑了。所以这可以说是本非美人而只学了裸体，并非裸体就不是美人，而美人不应该裸体。

还有些反唇相稽的说："有许多新诗并不曾完全废除外形律，依然脱不了词调或曲调底传统气息，所以只好算是新诗其表而旧诗其里

① 指丑女。嫫母是黄帝时代有名的丑女，但有才，善纺织，黄帝娶为次妃；无盐是春秋有名的丑女，但德才兼备，后成为齐宣王的王后。

的。”更有些要做新诗的人们，也自尽供招也似地说：“我们所做的这些新诗，毕竟是放脚式的蓝青新诗，而不是天足式的道地新诗；天足式的道地新诗，还要产生于后一群脱尽了传统气息的新诗人之手。”这些话自然是事实。但是(一) 这也可以说是从旧诗到新诗的过渡时代的必然的现象，不必以为这是新诗进步的前途底障碍，或者甚至怀疑到新诗底毕竟不能成立。(二) 新诗对于旧诗，只是要求解放。局部的解放或是全部的解放，都是一种解放；脱不了词调或曲调底传统气息的新诗，对于旧诗也毕竟是局部地解放了。(三) 主张废除外形律，也并不是绝对的。新诗可以完全不用外形律，但是也并不绝对地禁止采用外形律。正如美人在相当的时候，颦一下子眉，捧一下子心，略一下子云鬓，转一下子秋波，只消不是过分地做作，反而斲丧[1] 她底天然美的，何尝不可呢？所以新诗人所应该反对而主张废除的，是旧诗中很繁重很谨严很板滞的足以斲丧诗篇底天然美的外形律；而在相当的场合，偶然地采用一点旧诗底外形律，只消用得恰好，也依然不失其为新诗。

至于此后新诗底作法，究竟应该如何呢？第一，当然要注重内容，使美妙的情绪波动着，引起读者底美妙的情绪底同样的波动。但是这种内容律底波动，何所附丽，何从表现呢？所以第二，要从外形上选取美妙的句调和美妙的辞采，作的表现内容律底波动的适当的凭藉。这所谓美妙的句调和美妙的辞采，可以包含着美妙的音节。音和节可以分开来讲：音是声音，节是节奏。美妙的声音，融合在美妙的辞采当中；而美妙的节奏，显出在美妙的句调里面。因为诗篇是给人家读的，是要使读者用听觉感受的，所以一面虽然不用或少用外形律，以免还得有自然的音节。有美妙的句调，有美妙的辞采，而且句调辞采中包含着美妙的音节，才可以把美妙的情绪底波动表现出来。不过最要注意的，是选取句调选取辞采选取音节的时候，都要以内容为中心，和所要表现的情绪相应。句

---

① 读zhúo sàng，伤害之意。

调有刚劲的,有柔和的;辞采有壮丽的,有清腴的;节奏有急促的,有舒徐的;声音有高亢的,有婉曼的:都要依着题材底性质,作为选取的标准,使它们恰好和内容相称,那才可以算是真正的美妙的。否则,外形和内容两不相应,即使有很好的内容,也受累于外形而表现得不能充分了。打着铁绰板,弹着铜琵琶,是只配唱苏玉局[①]的"大江东去"的;如果唱起柳屯田[②]的"杨柳岸晓风残月"来,那是多么不相称呢?

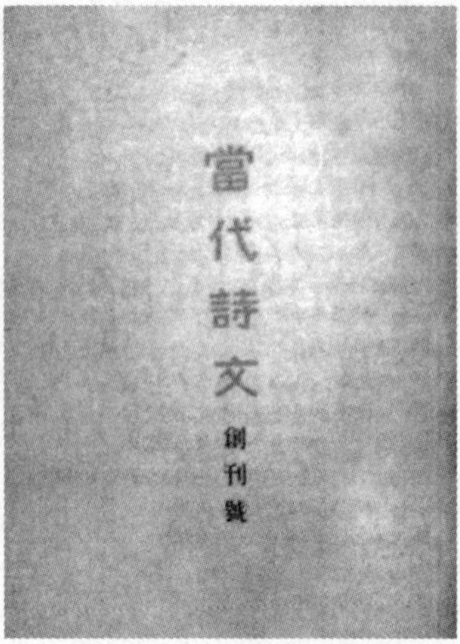

《当代诗文》创刊号

外形底句调辞采和音节,和内容底情绪不相称,已经不能成为好诗。至于有些诗差不多没有什么内容,而只是把句调琢磨着,辞采堆砌着,音节搬弄着,那便仿佛是大出丧的时候,只看见一队队的仪仗,一班班的和尚尼姑道士乐队底铺排,而不见了尸棺,这便叫做"出丧忘记了棺材"。从前旧诗中没有诗的内容而仗着外形律掩护着,以眩惑人家底眼官的,也便是"出丧忘记了棺材"的。那么,新诗旧诗,又有什么两样呢?所不同的,或许是旧的又加上了一班细吹细打的十番吧。

但是,看大出丧的人们,本来看到不过是那些一队队的仪仗,一班班的和尚尼姑道士军乐队以及细吹细打的十番,至于棺材底有无,本来满不在乎,所以无内容的旧诗新诗,都能受人家欢迎。

选自《当代诗文》创刊号,1929年。

---

① 苏轼曾任玉局观提举,后人遂以"玉局"称苏轼。

② 柳永官至屯田员外郎,故世称柳屯田。

Chen Mengjia 陈梦家

【题解】 陈梦家(1911—1966),生于南京,祖籍浙江上虞,现代诗人、古文字学家、考古学家。早年师从徐志摩、闻一多,是新月派的重要成员之一。

这是陈梦家为《新月诗选》所写的序言,一共三个部分,因第三部分只是论述入选诗人的诗作,故这里只节选前两个部分。

本文以诗意的文字阐述了新月诗派的主张,其中在形式上对格律的推崇已不值得我们去分析。而其对诗歌内容的见解,却是非常有价值的。作者认为,诗歌有"两重创造的涵义":一是语言上要体现诗歌的精华特征,同时要创造新的诗歌意境;二是诗人要忠实于自己而创作,要准确适当地表达,也就是说,诗"要把最妥帖、最调适、最不可少的字句,安放在所应安放的地位"。

在文中开头,作者对新诗的现状与未来十分忧虑,认为新诗没有一个统一的标准,丧失了方向。历史总是有惊人的相似,这也是今天诗坛的状态。但正如陈梦家所言,"我们自己相信只是山涧的一支小小的水,也有过多少曲折蜿蜒的路程，每一段路使我们感到前面尽是无穷创造的天地”，不论怎样，诗人不能停止对诗艺的探索与实验，哪怕走的是一条弯路。

陈梦家肖像

九 《新月诗选》序言(节选)

一

新诗在这十多年来正像一支没有定向的风,在阴晦的气候中吹,谁也不知道它要往哪一边走。早上和黄昏的流云,本没有相同的方向,因为地面上直流的长河有着他们不变的边岸。中国的新诗,又比是一座从古就沉默的火山。这一回,突然喷出万丈光芒沙石与硫磺交杂的火焰,只是炫亮,却不是一宗永纯的灿烂。人,全有他们指望的永恒,但是风暴与虹一切天界奇丽的彩霞,总只是暂时间的美,不是永常的光明。所以尽管细,细得像一支山泉的水源,她静静的流,流过千重万重的山,在山涧里悄悄走着生命无穷的路,耐着性,并不有多大狂妄的夸张,她只是悄悄的无停留地流。渐渐的,她如蚕丝越吐越长,她也不要惊奇她所成就的宏伟的事业,因为她是一条长江的起源。那一时她流,流进了海口,当她回头一望几万里遥远的过程(她自己原没有想到那样长),再望到大海里自由与辽阔的世界,她怎样能不欢喜?

我们自己相信只是山涧的一支小小的水,也有过多少曲折蜿蜒的路程,每一段路使我们感到前面尽是无穷创造的天地。我们也曾遇到些石砾的阻碍,但我们有的是流不尽的气力,和一个永远前向的指望;背后流过那长长的流水不再欺骗我们,给了我们更深的信心,教我们淡忘了当前小小的阻碍,忍耐的开辟新的路子。我们欢喜,因为水总是越流越大,且不问她要成就的是一滩湖还是一流长河,但我们企望的是看得见大海,在大海里应和浪花的喧响的歌。我们厌弃寂寞。

十年来的新诗,又像一只小船在大海里飘;在底下有那莫可以抵抗汹涌的从好远的天边一层卷一层越过越强蛮的水浪,追着船顺着它行;但侧面那从更辽远的高山丛林间吹来的大风,也有难以对制的雄力,威胁风帆朝着它的方向飘。船只有一个舵,他要听从哪一方才好?我说,不是风,也不是水势。他应该一半靠着风一半靠着水势在风和水势两下牵持不下的对抗中找一个折中的自然趋向。

我们自己相信一点也不曾忘记中国三千年来精神文化的沿流（在东方一条最横蛮最美丽的长河),我们血液中依旧把持住整个中华民族的灵魂;我们并不否认古先多少诗人对于民族贡献的诗篇,到如今还一样感动我们的心。可是到了这个世纪,不同国度的文化如风云会聚在互相接触中自自然然溶化了。我们的小船已经不复是在内河里单靠水势或一根牵绳向前行,船出了海口在大洋里便不由你自己做主,因为风抵住你的帆蓬!（她至少也有一半操纵的力量。)外国文学影响我们的新诗,无异于一阵大风的侵犯,我们能不能不受她大力的掀动弯过一个新的方面?那完全是自然的指引。我们的白蔷薇园里,开的是一色雪白的花,飞鸟偶尔撒下一把异色的种子,看园的人不明白,第二个春天竟开了多少奇丽的蔷薇。那全有美丽的,因为一样是花。

我们再一计数十年来的航行,到底走了多少路程?不是吗?有的时候纡缓,因为安稳总是顶好;有的时候急速,谁都爱赶走快路;有的时候只来回地打转,船失了主张,船手有的招怪风有的招怪水势,向左向右,快,慢,伙计们各有各的主意,全部让步;来共同商议一致的策略。一支舵，不能撑开两样的方向。船在船尾梢上，但另外一支舵是开船人的"齐心"。伙计们在驶行上多争执，不知耽误了多少行程。在沙滩上搁浅的时候，有的人就躺下睡着了。剩下那警醒的蛮壮的，齐心合力把船救出了沙滩，友谊与热诚的携手。一同认定一个方向走。现在船在海洋上，惊涛和礁石常遇到，但是险恶中使他们知道谨戒，使他们坚强。

我们自己相信是在同一方向努力的人。对于新诗，单凭了自己(这少数人)算是指出一个约略的方向。这方向，只是这少数人共同的信心。我们在相似或相近的气息之下裹着同样以严正态度认真写诗的精神(并且只为着诗才写诗)，我们希望一点苦心总不会辜负自己。现在我回顾过去五六年中各人的诗作，收集来作为我们热诚的友谊与共同的努力的纪念。中国写诗的人尽多，但我不打算做一次完全的收集，只凭这十数人小小努力的成绩，贡献在读者的前面，给他们一点整个的印象。功罪完全让给读者去评定，我们甘愿担当公正的罪名。

这诗选，打北京《晨报·诗镌》数到《新月》月刊以及最近出世的《诗刊》并各人的专集中，挑选出来的。我敢说，这里并没有可以使人惊异或赞美的光辉，我们不期盼立时间成就的"大"，尽管小，小得只要"纯"。几粒小小的星子，她只是黑夜里一个启示，因为未来的光旦有着更大的光芒，太阳伟大的灿烂是无可比拟的，数不到小星自己。

二

我们喜欢"醇正"与"纯粹"。我们爱无瑕疵的白玉，和不断锻炼的纯钢。白玉，好比一首诗的本质，纯粹又美；钢代表诗人百炼不懈的精神：如生铁在烈火中烧，在铁砧上经过无数次大锤的捶打，结果那从苦打和煎熬中锻炼出来的纯钢，才能坚久耐用。我们以为写诗在各样艺术中不是件最可轻易制作的，他有规范，像一匹马用得着缰绳和鞍辔。尽管也有灵感在一瞬间挑拨诗人的心，如像风不经意在一支芦管里透出谐和的乐音，那不是常常想望得到的。精心刻意在一件未成就的艺术品上预先想好它最应当的姿态，就能换的他们苦心的代价。听人在三弦上拉出传神的曲调，尽是那么简单的三根弦，那么一弯平常的弓，和几只指头的拨弄，自有他得神的“技巧”。谁能说他们的手指在琴弦上的拨弄，不是经过了多少回的试验？一个天才难说从来就懂得最适当地位。一首好诗，固然一定少不了那最初浸透诗人心里的灵感，就如灯，若使有油没有火去点是不会发亮的。但是小小一盏火，四面有风得提防要小心火焰落下去，你让怎样卫护已经点亮的火，使它在自己能力的圈子里发最辉煌的光。一个做诗人也要有如此细心与耐心。

匠人在方玉石上想要雕镂出奇美的图像，他先要有一个想象，再要准备好一把锐利的刀，又要手腕，要准确地把自己的想象描在玉石上，因为一个匠人最大的希望、最高的成功是在作品上发现他自己的精神的反映。醇正与纯粹是作品最低限的要求。那精神的反映，有赖匠人神工的创造，那是他灵魂的移传。在他的工作中，得要安详的思索，想象的完成，是思想或情感清滤的过程。

诗，具有两重创造的涵义：在表现上，它所希求的是新的创造，是从锻炼中提选出的坚实的菁华，他是一个灵魂紧缩的躯壳；在诗的灵感上，需要那新的印象的获取（就是诗的内在，是一首新的诗的发现）。所以写诗人的涵养是必不可少的。真实的感情是诗人最紧要的元素。如今用欺骗写诗的人到处是，他们受感情以外的事物的指示。其次，要从灵感所激动的诗写出来，他要忠实于自己。技巧乃是从印象到表现的过渡，要准确适当，不使橘树过了河成了枳棘。

有些撒种的人，有好的种子却不留心把它撒在荆棘里、石头上或浅土的地方，种子就长不起来。诗，也一样需要适宜栽培的（图画或音乐，一样需要色彩或声调的设置得宜）。所以诗，也要把最妥帖最调适最不可少的字句安放在所应安放的地位：它的声调，甚或它的空气

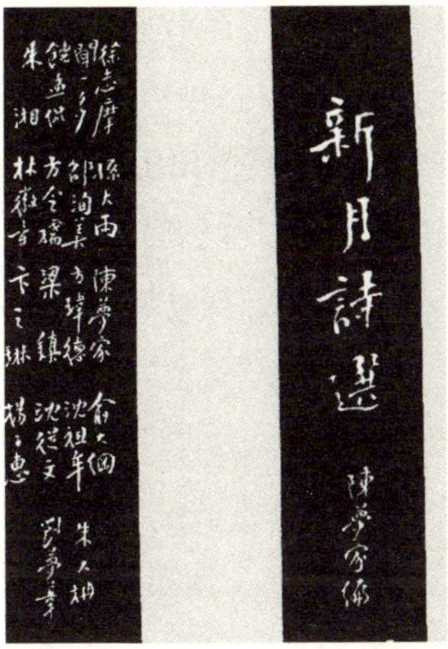

《新月诗选》封面

(Atmostphere),也要与诗的情绪相默契。

为什么一张图画安上了金边就显得清楚?为什么在城外看见鲜红的落日圈进一道长齐的古城墙里就更使我们喜欢?是的,从有限中才发现无穷。一首蕴藏无限意义的诗不在长,也许稀少的几行字句就淹没了读书的海(因为它是无穷意义的缩短)。限制或约束,反而常常给我们情绪伸张的方便。“紧凑”所造就的利益,是有限中想到无限。诗的暗示,捡拾了要遗漏的。

我们不怕格律。格律是圈,它使诗更明显、更美。形式是观感赏乐的外助。格律在不影响内容的程度上,我们要它,如像画不拒绝合适的金框。金框也有它自己的美,格律便是形式上给予欣赏者的贡献。但我们决不坚持非格律不可的论调,因为情绪的空气不容许格律来应用时,还是得听诗的意义不受拘束的自由发展。

我们并不是在起造自己的镣锁,我们是求规范的利用。练拳的人不怕重铅累坏两条腿,他们的累赘是日后轻腾的准备;日久当他们放松了腿上绑着的重铅,是不是他得可以跑得快跳得高,他们原先也不是有天赋的才能,约束和累赘的肩荷造就了他们的神技。匠人决不离他的规矩绳尺,即是标准。诗有格律,才不失掉合理的相称的度量。

既是诗,打从初在心灵中发动起,一直到谱成文字,早就多少变了原样,因为文字到底不能表现我们情绪之整体。所以文字,原是我们的工具,我们永远摆脱不过的镣锁,倘使我们要“写”诗。只是从熟练中,我们能渐渐把持它,操纵它,全靠我们对它深切的交接。我们会把技巧和格律化为自己运用的一部分。但是合理情绪的原来空气的保存,以及诗的价值的估量,是运用技巧或格律的前提。

主张本质的醇正、技巧的周密和格律的谨严差不多是我们一致的方向，仅仅一种方向，也不知道那目的离得我们多远！我们只是虔诚的朝着那一条希望的道上走。此外，态度的严正又是我们共同的信心。认真，是写诗人的好德性，天才的自夸不是我们所喜悦的。我们写诗，因为有着不可忍受的激动，灵感的跳跃挑拨我们的心，原不计较这诗所给与人的究竟是什么。我们不曾把诗注定在哪一种特定的意义上（或用义上），我们知道感情不容强迫。我们从所看的所听的而有感的想的，都一齐写来。灵感的触遇，是不可预料，没有界限的。纵使我们小，小得如一粒沙子，我们也始终忠实于自己，诚实表现自己渺小的一掬情感，不做夸大的梦。我们全是年青人，如其正恋爱着，我们自然可以不羞惭的唱出我们的情歌。但是当我们生活在别样的空气中，别样的情感煽动着我们，我们也承受。世界是大，各人见闻的总只一角落，除非我们的想像，她有最能耐的翅膀辽远的飞。但我们时刻不曾忘掉自己的血，踩着地土，并这时间的罡风，我们的情绪决不是无依凭的从天空掉下的。惑人的新奇，夸张的梦，和刺激的引诱，我们谨慎不敢沾染。把住一点儿德性上的矜持，老老实实做人，老老实实写诗。

总之，我们写诗，只为我们喜爱写。比是一只燕子在黑夜的天空里飞，她飞，低低的唱，曾不记得白云上留下什么记号？只是那些歌，是她自己喜爱的！她的生命，她的欢喜！

二十年八月陈梦家僭拟于上海天通庵。

选自《新月诗选》，陈梦家编，新月书店，1931年9月出版。

Dai Wangshu　戴望舒

【题解】 戴望舒(1905—1950),杭州人,诗人、翻译家。名作《雨巷》被赞“替新诗开创了一个新纪元”, 因此被誉为“雨巷诗人”。1936年,与卞之琳、孙大雨、梁宗岱、冯至等人创办了《新诗》月刊。作为现代派新诗的举旗人,戴望舒无论理论还是创作实践,都对中国新诗的发展产生过相当大的影响。

这篇《望舒诗论》,后收入《望舒草》时改名为《诗论零札》,只有短短17条,但论及了诗体、诗本质、诗创作以及诗审美四个方面的问题。

戴望舒首先明确反对闻一多提出的“诗歌三美”: 音乐美、绘画美和建筑美。认为诗人要“制最合自己的脚的鞋子”,提倡新诗的自由化, 要表现诗人的情绪和合适自己的形式,这形式,是千变万化的,没有固定的模式。而在题材的选择上, 古今中外的题材都可以入诗,并非都是新事物,但都应该反映诗人从中获得的新的情绪。也就是说,诗人要善于从平常事物中发现一般人看不到的东西, 营造一种新的意境。

17句话,每一句话都值得细细品味。

十　望舒诗论[1]

戴望舒肖像

一、诗不能借重音乐，它应该去了音乐的成分。

二、诗不能借重绘画的长处。

三、单是美的字眼的组合不是诗的特点。

四、象征派的人们说："大自然是被淫过一千次的娼妇。"但是新的娼妇安知不会被淫过一万次。被淫的次数是没有关系的，我们要有新的淫具，新的淫法。

五、诗的韵律不在字的抑扬顿挫上而在诗的情绪的抑扬顿挫上，即在诗情的程度上。

六、新诗最重要的是诗情上的nuance[2]，而不是字句上的nuance。

七、韵和整齐的字句会妨碍诗情，或使诗情成为畸形的。倘把诗的情绪去适应呆滞的、表面的旧规律，就和把自己的足去穿别人的鞋子一样。愚劣的人们削足适履，比较聪明一点的人选择较合脚的鞋子，但是

① 本文收入1933年《望舒草》时更名为《诗论零札》。

② 意思为"差异"。

智者却为自己制最合自己的脚的鞋子。

八、诗不是某一个官感的享乐，而是全官感或超官感的东西。

九、新的诗应该有新的情绪和表现这情绪的形式。所谓形式，决非表面上的字的排列，也决非新的字眼的堆积。

十、不必一定拿新的事物来做题材（我不反对拿新的事物来做题材），旧的事物中也能找到新的诗情。

十一、旧的古典的应用是无可反对的，在它给予我们一个新情绪的时候。

《现代》

十二、不应该有只是炫奇的装饰癖，那是不永存的。

十三、诗应该有自己的originalite[①]，但你须使它有cosmopolite[②]性，两者不能缺一。

十四、诗是由真实经过想像而出来的，不单是真实，亦不单是想像。

十五、诗当将自己的情绪表现出来，而使人感到一种东西，诗本身就像是一个生物，不是无生物。

十六、情绪不是用摄影机摄出来的，它应当用巧妙的笔触描出来。这种笔触又须是活的，千变万化的。

十七、只在用某一种文字写来，某一国人读了感到好的诗，实际上不是诗，那最多是文字的魔术。真的诗的好处不就是文字的长处。

选自《现代》第2卷第1期，1932年11月。

① 独创性之意。

② 普遍之意。

Fei Ming 废　名

【题解】 废名(1901—1967),原名冯文炳,湖北黄梅人。1922年考入北京大学预科英文班，开始发表诗和小说。曾为语丝社成员。著有诗论集《谈新诗》。

在这篇《新诗问答》中,废名提出一个很独见的问题:旧诗多数只是形式上是诗,内容上并不是诗,而是散文。譬如“姑苏城外寒山寺,夜半钟声到客船”,是散文的内容,并非诗的内容。而像“临断岸新绿生时,是落红带愁流去”这样的内容才是诗的内容。在废名看来,诗的内容不应该是散文式的白描,而应该有“情思”,也就是“诗情”。所以,判断一首诗是不是诗，得看它的内容是不是诗，至于形式,却应像散文。废名的诗歌创作也是基于这样的理论。

十一　新诗问答

问：可以谈谈关于新诗的意见么？

答：这倒是我喜欢谈的题目。据我所知道的现在作新诗的青年人，与初期白话诗作者，有着很不同的态度。

问：怎样的不同？

答：他们现在作新诗，只是自己有一种诗的感觉，并不是从一个打倒旧诗的观念出发的，他们与中国旧日的诗词比较生疏，倒是接近西方文学多一点，等到他们稍稍接触中国的诗的文学的时候，他们觉得那很好。他们不以为新诗是旧诗的进步，新诗也只是一种诗。

废名肖像

问：你对于这个态度取着什么意见？

答：我以为这个态度是正确的，可以说是新诗观念的一个进步。

问：有些初期做新诗的人，现在都不做新诗了，他们反而有点瞧不起新诗似的，不知何故？

答：据我所知道的初期做新诗的人现在确是不做新诗，这是他们的忠实，也是他们的明智，他们是很懂得旧诗的，他们再也没有新诗“热”，他们从实际观察的结果以为未必有一个东西可以叫做“新诗”。

问：看你的口气，对于刚才所说的两方面似乎都表示同意，然则你对于新诗到底取着什么态度？

答：是的，对于这两方面我都同意，正因为此，我觉得我们才有新诗可谈。然而我首先要谈谈旧诗，我对于新诗能够有我的一点意见，可以说是从旧诗看来的。我所谓旧诗，乃指着中国文学史上整个的诗的文学而说。

问：愿闻其详。

答：要怎样详细的说，我是没有那样的能力的，我只能就我所感得亲切的来说。我觉得中国以往的诗的文学，内容总有变化，虽然总有变化，自然而然的总还是“旧诗”。以前谈诗的人，也并不是不感觉到有一个变化，但他们总以为这是一种“衰”的现象，他们大约以为愈古的愈好。我想这个态度是不合理的。他们不能理会到这是诗的内容的变化，这个变化是一定的，这正是时代的精神。好比晚唐人的诗，何以能说不及盛唐呢？他们用同样的方法做诗，文字上并没有变化，只是他们的诗的感觉不同，因之他们的诗我们读着感到不同罢了。古今人头上都是一个月亮，古今人对于月亮的观感却并不是一样的观感，“永夜月同孤”正是杜甫，“明月松间照”正是王维，“举酒(杯)邀明月，对影成三人”正是李白。这些诗我们读来都很好，但李商隐的“嫦娥无粉黛”又何尝不好呢？就说不好那也是没有办法的，因为那只是他对于月亮所引起的感觉与以前不同。又好比雨，晚唐人的句子“春雨有五色，洒来花旋成”，这总不是晚唐以前的诗里所有的，以前人对于雨总是“雨中山果落”“春帆细雨来”这一类闲逸的诗兴，到了晚唐人，他却望着天空的雨想到花想到颜色上去了，这也不能不说是很好的想像。我首先所引的李商隐的“嫦娥无粉黛”，也正可以这样解释，他望着月亮，却想到粉白黛绿上去了。感觉的不同，我只能笼统的说是时代的关系。因为这个不同，在一个时代的大诗人手下就能产生前无所有的佳作。我还是拿李商隐来说，我看他的哀愁或者比许多诗人都美，嫦娥窃不老之药以奔月本是一个平常用惯了的典故，他则很亲切的用来做一个象征，其诗有云："嫦娥应悔偷灵药，碧海青天夜夜心。"我们以现代人的眼光去看这诗句，觉得他是深深的感着现实的悲哀，故能表现得美，他好像想像着一个绝代佳人，青天与碧海正好比是女子的镜子，无奈这个永不凋谢的美人只是一位神仙了。难怪他有时又想到那里头并没有脂粉。

问：这样说倒很有趣，只是能够断定这一定是作诗人当时的意思么？

答：这话自然很难说，不过我们可以从他的许多诗看出他的灵魂之一致处。他爱用嫦娥与东方朔的典故，大约前者象征理想，后者象征现实，所以他说"窃药偷桃事难兼"。这还近乎表面的说法，若我们探到灵魂深处，可以窥见他对于颜色的感觉，他的诗中关于"月"与"夜"与"花"的联想似乎很特别，如李花诗有"自明无月夜"之句，白菊有"繁花疑自月中生"，又如"深夜月当花"，"独夜三更月，空庭一树花"，我觉得这样的感觉在以前的唐诗里似少见，杜甫有"暗水流花径"，但杜诗引起读者的联想似乎只在夜里的水流，同"石泉流暗壁"一样的是杜甫的句子，倒是张籍的"夜月红柑树，秋风白藕花"动人颜色之感，至少我个人是如此。李商隐关于牡丹的诗每每说到夜里去了，《僧院牡丹》诗有"粉壁正荡水，缃纬初卷灯"之句，另外有一首《牡丹》，起头用些夜的典故，最后两句"我是梦中传彩笔，欲书花叶寄朝云"，我想这真当得起西洋批评家所说的Grand Style，他大约想像这些好看的花朵，虽然是黑夜之中，而颜色自在，好比就是诗人画就的寄给明日的朝阳。这样大抵就是"梦想"，也就是感觉过敏，对于现实太浓，势非跑到天上去不可了。他在另一牡丹诗里有两句"应怜萱草淡，却得号忘忧"，或者可以帮助我们解释这个意思。倘若我的话不是说得完全无稽，则前人把唐诗分作几期以为气体有盛衰之别，不能说是得其真相，他们何曾理会到内容的变化呢？

各时代的诗都可作如是观，三百篇，古诗十九首，魏晋的诗，我们今日接触起来，都感得出这些诗里情感的变化。宋人姜白石的诗我读了也很新鲜（我以为白石词不如诗），觉得这也确不是唐诗里有的。我对于词，也感着一个内容的变化，《花间集》大体说来好比是绘画，宋人词好比是音乐，前者写色，后者写情。南宋人也自有他的内容，好比史邦卿咏雨的句子“临断岸新绿生时，是落红带愁流去”，这种情思实在很佳，却好像不是北宋所有的。中国的诗的文学，到词为止，都是令我自然而然的注视其各自的内容，到了元曲，我的看法却不同，我觉得曲，还是诗，但以诗的文学这个标准来论曲，它似乎没有什么特别的内容，只是体裁上由词而变成曲，所以我以为曲还是诗而没有独自的诗的价值，曲在文学史上的价值当以另一个观点去看。总而言之，我以为中国的诗的文学，到宋词为止，内容总有变化，其体裁也刚刚适应其内容，那一些诗人所做的诗都应该算是“新诗”，而这些新诗我想总称之曰“旧诗”，因为他们是运用同一性质的文字。初期提倡白话诗的人，以为旧诗词当中有许多用了白话，因而把那些诗词认为白话诗，我以为那是不对的，旧诗词，即我所称的“旧诗”，实在是在一个性质之下运用文字，那里头的“白话”是同单音字一样的功用，这便是我总称之曰“旧诗”之故。这样的诗的体裁，其所能表现的内容大约已经应有尽有，后人要再做诗填词，恐怕只是照壶卢画样，即算作者是天才，也总是居于被动的地位，体裁是可以模仿的，内容却是没有什么新的了。在另一方面后来有许多新的文学，如明人的散文，明清的小说，而这些新文学家也都做旧诗，他们的诗却并不怎么了不得，这未必是才力的关系。我再换一个说法，我们从散

《人间世》

文与小说看来,古人的文章确是渐渐变到白话上来了,而且是有意的,只看《红楼梦》作者在开卷第一回的表明态度便可知道,他要用“贾语村言”,奇怪,曹雪芹偏偏还是做旧诗,这颇是令人纳闷的事情。白话文不待新文学运动已经有人写了,而这些写白话文的人不写白话诗,这好像是我们的新诗一个不好的预兆。这自然只是一句笑话,然而我想这里头或者也包含了一点道理。大凡一种新文学,都是这些新文学的作者有一种欲罢不能的势力然后他们的文学成功,至于他们是有意的或是无意的或者还没有关系,词与小说我想都是如此。这种欲罢不能的势力便成为文学的内容,这个内容每每自然而然的配合了一个形式,相得益彰,于是沛然若决江河,莫之能御。说到这里我想把我的话作一个了结,我的重要的话只是这一句:我们的新诗首先要看我们的新诗的内容,形式问题还在其次。旧诗都有旧诗的内容,旧诗的形式都是与其内容适应的,至于文字问题在旧诗系统之下是不成问题的,其运用文字的意识是一致的,一贯下来的,所以我总称之曰旧诗。

问:然则什么是我们的新诗的内容呢?

答:这个我们还得谈旧诗。我说旧诗的内容尽有变化,其运用的文字却是一个性质,然而旧诗之所以成为诗,乃因为旧诗的文字,若旧诗的内容则可以说不是诗的,而是散文的。这话骤然听来或者有点奇怪,但请随便拿一首诗来读一下,无论是诗也好,词也好,古体诗也好,今体诗也好,其愈为旧诗的佳作亦愈为散文的情致,这一点好像刚刚同西洋诗相反,西洋诗的文字同散文的文字文法上的区别是很少的,西洋诗所表现的情思与散文的情思则显然是两种。中国诗中,像“前不见古人,后不见来者,念天地之悠悠,独怆然而涕下”,确是诗的内容,然而这种诗正是例外的诗。“姑苏城外寒山寺,夜半钟声到客船”,其所以成为诗之故,岂不在于文字么?若察其意义,明明是散文的意义。我先前所引的李商隐的“我是梦中传彩笔,欲书花叶寄朝云”,确不是散文的意义而是诗的,但这样的诗的内容用在旧诗便不称,读之反觉其文胜质,他的内容失掉了。这个内容倒是新诗的内容。我的意思便在这里,新诗要别于旧诗而能成立,一定要这个内容是诗的,其文字则要是散文的。旧诗的内容是散文的,其文字则是诗的,不关乎这个诗的文字扩充到白话。

问:你的意思仿佛可以明白,民间的歌谣大约是你所说的"散文的文字"?

答:歌谣确是可以做我们的新诗的参考,我们的歌谣是散文,但我们的歌谣也还能成为韵文,是自然的形成。我们的新诗如果能够自然的形成我们的歌谣那样,那我们的新诗也可以说是有了形式。不过据我的意见这是不大可能的,事实上歌谣一经写出便失却歌谣的生命,而诗人的诗却是要写出来的。写出来,文字上能成为诗,那正是旧诗。所以有人怀疑我们是不是有一个东西可以叫做新诗,那正是从诗的形式上实际观察的结果。

问:难怪你始终只是谈内容,我们的新诗首先要看我们的新诗的内容,原来新诗的诗的形式并没有!

答:我不妨干脆的这样说,新诗的诗的形式并没有。但我相信我们的时代正是有诗的内容的时代,我们的新诗正应该成功,也必得真有我们的新诗出现,我们的新文学才最有意义,单是散文的成绩,我们的新文学未必足以夸过古人,因为我们的散文本可以有一个形式上的成功,哪怕文章的实质还赶不上古人。若我们的新诗成功了,我们的散文也必更有新的散文,恐不是一般人所能窥测的。这些话都近乎空话,有些固然是我自己信得过的,有许多则很出乎我的能力之外,不应该谈,其言不达意处,更请原谅。

选自《人间世》第15期,1934年11月5日。

Mu Mutian 穆木天

【题解】 穆木天(1900—1971),原名穆敬熙,吉林伊通人,诗人、翻译家。

穆木天曾是中国象征派代表诗人，有相关理论文章《谭诗》等。1926 年后转向现实主义创作。1933 年创办《新诗歌》旬刊,倡导现实主义的创作方法和诗歌大众化。这篇《诗歌与现实》,即是论证其现实主义的力作。

尽管倡导现实主义创作，但穆木天并没有排斥诗歌的抒情,相反,他认为,诗歌是抒情的文学,是感情的产物。诗人创作必须要有真挚、强烈的感情。穆木天提倡诗歌要描写现实的生活，但前提是这种生活必须能够唤起自己的情绪,诗人必须对事物有了感情,才能写出好诗来。他反对风花雪夜和标语口号式的“公式主义”和“空想主义”诗歌。在创作方法上，他提倡诗歌的表达要生动、简洁和独创。尤其是“独创”,认为诗人应该有自己的语言,要用独特的语言来表达独特的情绪。这从艺术上对诗人提出了更高的要求。

十二　诗歌与现实

文学是社会的表现，诗歌是文学中的一个分野，自然，也是不能例外。真实的文学，须是现实之真实的反映；自然，真实的诗歌，也须是现实之真实的反映了。

伟大的诗人，如杜甫，如雨果，如歌德，如惠特曼，如密尔敦，如魏哈仑等之所以成为了伟大，就是在于他们在他们的诗作中，反映出当代的社会现实。如果把他们的诗歌同当时的社会关联在一起，我们是可以认识到他们的现实主义。

然而，提到诗歌的现实主义来，也许会引人误会都不定。文学，是有着各种不同的分野。有诗歌，有小说，有剧文学，还有别的。在各种的分野中，有各种不同的表现方式，有各种不同的特殊性。各艺术分野之特殊性，各种样式之特殊性，是我们始终所要肯定的。理解到诗歌之特殊性，然后可以理解到诗歌上之现实主义。对于诗歌上的现实主义如有怀疑，那则是表明着忘却了诗歌的特殊性，而误会到诗歌中之现实的表现是同小说中之现实的表现相同一了。

诗歌是同小说不同的。这是人所共知的道理。诗歌与小说，是性质不相同的。把对于现实的我们的情绪，比较地直接地表现出来，则是诗歌的特殊性。诗歌，是抒情的文学。没有真挚的，强烈的感情，是不得成为诗人的。不只抒情诗是如此,而叙事诗亦然，无论诗中是如何地多量地含着叙事的形(性)质,而要是把那首诗同小说等等东西比较起来，就看得出它的抒情的要素是如何地比较地浓厚了。如果说,哲学,是理智的产物,那么,诗歌则是感情的产物了。

忽视了客观的事物自身之发展的法则,小说,是不得被构成的。同样的情形，忽视了对于事物的诗人的感情之现实的波动，诗也是不得被构成的。

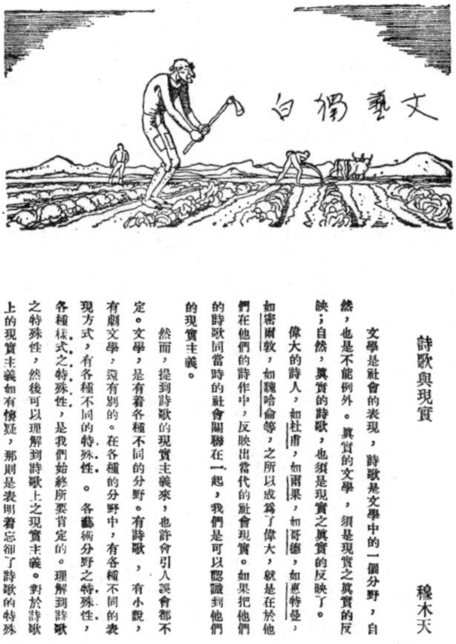
文藝獨白

詩歌與現實　穆木天

文學是社會的表現，詩歌是文學中的一個分野，自然，也是不能例外。眞實的文學，須是現實之眞實的反映；自然，眞實的詩歌，也須是現實之眞實的反映了。

偉大的詩人，如杜甫，如雨果，如哥德，如惠特曼，如密爾敦，如魏哈侖等，之所以成爲了偉大，就是在於他們在他們的詩作中，反映出當代的社會現實。如果把他們的詩歌同當時的社會關聯在一起，我們是可以認識到他們的現實主義。

然而，提到詩歌的現實主義來，也許會引人誤會都不定。文學，是有着各種不同的分野。有詩歌，有小說，有劇文學，還有別的。在各種的分野中，有各種不同的表現方式，有各種不同的特殊性。各藝術分野之特殊性，各種樣式之特殊性，是我們始終所要肯定的。理解到詩歌之特殊性，然後可以理解到詩歌上之現實主義。對於詩歌上的現實主義如有懷疑，那則是表明着忘卻了詩歌的特殊

穆木天:《诗歌与现实》

诗人的真实的感情,是诗歌中所必要的要素。无论是怎么忠实地,怎么客观地,把现实的生活描写出来,是不得成为诗歌的。对于现实的生活在自己的心中,唤起了情绪,而把那种情绪高扬起来,表现出来,才是诗歌。如果把杜甫的《兵车行》细读一遍的话,我们就可清楚地感到那与其说是当时的动乱的社会生活之客观的描写,而宁可以说,是把诗人对于社会现实在心中所起的情绪,高扬起来,表现为诗歌的。仅仅对于事物有正确的认识,而能把它用形象描写出来,是不得成为诗人的。是必须有生动的感情,是必须把对于事物所起的感情,生动地,简扼地,用独创的话语,表现出来,才得成为诗人。对于社会的真实姿态,真实的诗人,是须有他的独特的高昂的情绪。

现在,令我想起了两首诗来。一首,是杜甫的《哀江头》,另一首,则是白居易的《长恨歌》。我们把两者比较一下,就可以知道,情绪,在诗歌中,是有如何的重要性了。同杜甫的《哀江头》,比较起来,《长恨歌》中,情绪是如何薄弱啊!《哀江头》我是百读不厌的,而《长恨歌》,读两遍就令人讨厌了,在《哀江头》中是有着杜甫对于社会现实的所起的崇高的情

绪的。而《长恨歌》的尾巴,只是一种公式似的。如果把《长恨歌》再同《琵琶行》比较一下,也可看得出《长恨歌》是观念的与公式的了。

真实的诗人,是须在其诗中,表现出他的独特的崇高的情绪。那种独特的情绪,代表着在该时代为本质的情绪,而在得以领导该情绪的那种历史的进步性之中越发地卷起波浪,那么,那位诗人则越发地是上乘的诗人。如果,平时,没有真实的崇高的情绪,无论怎么努力作诗,怎么苦吟,怎么用死功,是决不会作出好的诗歌的。要求着用形式以表现出来的,自己的心中的真实情绪,才是诗歌的根源。然而,那种情绪,是必须从现实出发,则是最紧要的关键了。

诗人,对于自己的感情,须是忠实的。但是自己的感情,是否有现实的根据呢,而,自己的感情,对于唤起它的那种现实,是否正确的呢,则是诗人所时时要追求的了。感情,情绪,是不能从生活的现实分离开的,那是由客观的现实所唤起的,是对于客观的现实所怀抱出来的,是人间社会的现实生活之反映。如果在作品中所表现出来的感情,就作者自身说,是无伪的,是真实的,而对于客观的现实是欺骗伪造的感情的话,是没有正确的现实认识之空想的感情的话,那么,则是失掉了客观的真实性与进步性了。诗人,为了对于自己忠实起见,是必须对于客观的现实忠实的。真正地认识客观的现实的人,真正地认识社会的动向的人,是才能获得崇高的真实的感情的。

因为诗人不去追求自己的感情之现实的根据为如何之故,所以中国现代的诗歌,什九,不是“风花雪月”就是“标语口号”了。各种公式主义,空想主义之诗歌之所以被产生出来,是因为不是诗人缺乏感情,就是虽有感情而其感情也无客观的真实性之故。

总之,如果想产生伟大的诗歌的话,我们的诗人是具有着那有客观的真实性的崇高强烈的感情。

选自《现代》,第5卷2期,1934年6月1日出版。

Jin Kemu　金克木

【题解】 金克木(1912—2000),曾用笔名柯可,原籍安徽寿县,生于江西。著名文学家,翻译家,学者。和季羡林、张中行、邓广铭一起被称为北大“燕园四老”。有诗集《蝙蝠集》《雨雪集》。

本文由诗的“晦涩”问题引申开来,认为对于这个问题无需讨论,“言近而旨远”才是好诗。

作者认为,诗人最重要的是要有自己的语言,而不必拘泥于形式。诗人的语言“要有野蛮,朴姿,大胆,粗犷”,要有“新鲜的青春的活力”,这样才能使人耳目一新。而要达到这种境界,必须要“享受生活而又超脱生活,没入生活而又观照生活”,这样才能写出有内容的好诗。所以,作者提倡,要在诗歌里呈现出“一个活人”来,不要做书虫,靠空想和雕琢文字来写诗,而是应该“从生活中汲取不竭的泉源”,在有限的诗性空间里,展示无限的意境。

十三　杂论新诗[1]

一

新诗的晦涩问题从晦涩方面讨论是走不通的路。说晦涩是伟大,是必要,是怎样了不得,都是一些无意义的话。讨论问题并不只在乎做文章,征引多少名人名书名句,堆砌多少形容词都没有用处,因为都没有能够把晦涩划定范围加以分析。晦涩这词的字面跟内涵都无法认定,因为它是由明白而来的,所以非先问什么才是明白不可。若晦涩是由难懂而产生的正面积极的代替字,我们就更得先弄清楚所谓懂,然后才能进而知道所谓难懂。问题是由明白而起,而难题核心在解决明白问题,不在解释后起的所谓晦涩(或朦胧含糊等)。

不过我们不能一下子就透进问题中心,我们不妨先从反面看起,看一半主张诗要明白的人所反对的坏诗是什么样的。这便是不明白清楚

① 本文原署名为“柯可”。

必须加注解才能懂的“笨迷”。这有两方面：第一，字句不明白如话，不合文法，甚至根本不通；第二，意思不明白，必须加注解，像解谜语一样说什么字面代表什么之类才可以使人懂。

以上的话若没有人否认，我们便可以进而研究其中引出的问题。

首先，话不明白，不合文法，不通的诗无论新旧都从来没有人正式提倡鼓吹过，也没有人咬定说诗必以那样为好。有许多人写那种不通的诗是真的，但我们当然不能因此抹杀现有新诗说都不同。诗有时可不必顾忌文法，有时不能用文法图解来分析，但散文中这种省略颠倒的例证也不少，旧诗文中更是充满着。白话文中减少了这种文法例外，白话诗中比旧诗减少了，但比白话文还是多。不过旧时也是诗中比文中多，可见诗原比文要少受文法拘束，但决没有说诗要反文法求不通的道理。诗的容忍量虽说比文大些，但字句不通的诗仍不能是好诗。没有人会把可以明白说出的话颠倒造做得异常奇怪而称之为好诗的条件。词句不通不能加晦涩之类的形容词，只是不通。思想如果是语言的内敛，文学便是语言的外达。传达得恰好合适、效力最大便是最好。若文字尚未能通顺，这便只是思想糊涂或传达技术不够程度，这就是不通。也有时诗人已能通顺却故意作出似乎不通的诗来，这若不是他故意作怪，就一定是别有用心，像写字的既能平正复追险绝，绘画的意不在物但求色美以致不像一样。这不能做不通的藉口，因为一则有一个试验的方法，就是看是否改了别的样子便失去效力，即改得通了反不明白或索然无味；二则这样的拗体可聊备一格而不能为天下倡。所以，不通的诗是要不得的，是顶好不必“刻板”的。也许有人捧不通的诗以为新奇，但这一定是少数，而且无关大局。从前的打油诗跟“哥罐闻焉嫂棒伤”一类的诗大概也有人认为好的，至少作的人自以为好，但那些人中有半个诗人没有？所以，这一种不明白的诗（即词句不通的诗）是应该大家来反对的，不应该发生争论。

现在我们进一步，分析一下，依所谓明白来说有几种诗。因为明白可分外面的词句跟词句所表达的意思两方面,所以可以分成四种诗:第一种词句意思都不明白的,这不用说只是不通的诗。第二种意思明白而词句不明白的(例如“札闼弘庥”之类),这也不是好诗,因为若不是作者的表现本事不成就一定是以艰深文其浅陋。大概没有人能够坚持并且确切证明以上这两种诗是好诗的。

第三种是词句意思都非常明白的,这大约就是所谓“胡适之体”,这种诗的好坏是争论焦点之一。第四种是词句明白而意思不明白须加注解才能使人懂的。这是前面所说的坏诗的第二方面。我们若反对这种诗大概也很少有人提出异议,因为这就等于说谜语不是诗。《诗经》的好处不在以什么美刺什么,《离骚》的好处也不在以美人香草代表什么。那种比喻诗只能算是第二流的东西。

既然不明白的诗都要不得,那么,引起争论的到底是什么一种诗呢?必定是第三种诗(即词句意思都明白的诗)中还包含着不两立的矛盾。这才到了问题的核心,我们非把明白分析一下不可了。

明白有几种:一是词句明白,这不足以解决问题,前面已经说过。二是意思合乎常识,是人人都见到的事实,是人人都已知的道理,因此大家看来都觉得合吾意非常明白。三是意思合乎逻辑的展开跟科学的证明,可以答出“为什么”,可以“拿证据来”的。于是我们得到了问题的症结:主张诗要明白的人所反对的是不合乎常识逻辑科学的诗。他们所认为坏的诗应该是:词句明白,意思也明白却不如平常所想,章节间甚至句与句间都没有逻辑的必然联系,而所含的意思又无法应用科学方法证明。这恰好是第四种明白,却不能为人公认。这种诗是不能解释的诗;若能解释(就是说换别的话说起来更明白更有效),如不是解释错误就是诗做成谜语犯了前面说过的毛病当然不能算是好诗了。

我们还得看看懂也有几种。大概懂可以分做两种:一是能以常识解释,或依逻辑展开,或用科学方法举例证明的;经过一番解说之后,于是乎懂了,懂了以后还可以回讲出来。这是教师讲书时问学生“懂了没有”的所谓懂。这种懂可以说是知。一是不能用上述方法解释的，只有参禅似的彼此悟道。如来拈花迦叶微笑。一偈语说毕，同心会意，若问如何，无人能解。这是极端的例证。这种懂可以说是悟。主张诗要明白的人的意思一定是认为诗要做得如前者的可懂（知），而不可如后者的可懂（悟）的。这也正合了前面分析明白时的规定：反乎第二三种明白的第四种明白不能被人公认[①]。

现在这问题便非常显然而容易解决了。大家来列举一些两方面公认的好诗来分析一下，看看究竟是能用常识解释逻辑展开科学证明而使人知，还是只能凭人的天赋才能（所谓慧根）过去经验及读诗训练（所谓修养）而使人悟。若举不出公认的好诗，那么只有各是其所是不必争论了；若举了出来而各不相同，这也证明了这问题的不能解决；否则问题便简截了当的答复了。再不然的话，便是大家闹意气做文章而不是讨论问题了。

顺便说说我的意见：（一）诗与散文之别根本只在合常识逻辑科学可解说与否。（二）平常以为最明白的无过于歌谣，但歌谣多用比兴，其实仍不易解。（三）好诗词句明白而难加解释，但不能解释并非诗好唯一条件。有了若干年传统的诗其实使人一看便以为好懂而其实并不容易懂，这便往往不是平凡便是滥调。然而好诗也如此，却脱出了这两重危险，这才真是“言近而旨远”，却又不是谜。

二

新诗的不明白除了上述的本质上的原因以外，还有一种不明白是由用兴而起，这便牵涉到了用兴问题，非三言两语可了。大抵从原则上

① 原文如此。

及实际上说用典不但该受准许而且是很难避免的；但用典过多便要使诗只剩下了文字生命而无语言生命。这是指广义的用典,并不是做四六文查类书的那种用典。那种用典可以翻译回头不变,所以是造做,不好!应该禁止。好的用典是只能加注而不能改换的。好诗不能解而往往都可以注。最宜于作注的是诗人自己,但向来很少有诗人肯给自己的诗加详注,这也因为必待注而后明就往往反不能明。近来有些诗的难懂,用典的增多的确是原因之一。旧诗的典故是读诗的第一重训练,大家都熟习了,所以不觉。新诗的用典方面更多,从书本以至于日常生活都无不可以用,因此一个词或一句话后面都有一大堆东西支拄着,所以有力,若但就字面看便茫然了。怎样才算是白描,也是问题。旧诗并非老妪都解,大家却不假思索的把这当做新诗的条件,以为一用白话就可以普及,这其实是错误的。新诗的诗的成分愈重,愈可与旧诗在诗的本质上并驾齐驱,要求于读者的准备工夫愈多。诗不是广告传单,无须屈就观众。投人所好的另有东西在,而且古往今来都不缺乏的。于是这又牵涉到“刻板”问题,就是说究诗竟是为己抑是为人的问题。这已超出技术问题以外更不得了结。我以为诗(也许剧与小说便不同,广告性大些)出于为己终结于为人,基点在:己亦即人;因此,原不必“刻板”,但“刻板”亦无不可。专为“刻板”而作的诗应该更好(即捧场叫好的人应更多),而结果往往并不如此,这也值得注意。于是又推延到了文学价值的“投票”问题。大凡一个小问题无论怎样琐细,追根究底牵涉到一些大的总的理论问题上去。在已有定见的理论家看来,大的(抽象)已无问题,解决小的(具体)应能左右逢源,结果却靠不住。而通常从小问题出发的又往往太实际而追不到那么远。上山跟下山都

金克木

有难处，而且谁也不容易抵抗半路上歧途的诱惑。我是上山主义者，不懂怎样能先到山顶再居高临下来评判山下路。因此我尊重理论而爱好问题，佩服总括而喜欢分析。我觉得好的诗论都是好的文章，就是说近乎只中看的废话，而不是有效的解剖刀，更不能教会人家什么，除非是照样讲空话。应该怎样不是问题，是怎样跟为什么这样才是问题。一样东西的raison d'être（真谛、本质）如何是问题。由小而大，由偏而全，但必得记住是小是偏非大非全，而且更要紧的是先弄清楚问题在哪儿。“问题与主义”到现在也还是问题。但实际上大概早已不成问题了。理论也几乎成了另外一帮人的勾当。没有一个诗人是领受了诗论才会做诗的。没有诗何来诗论？诗论的有用正像哲学的有用一样，可以说人人都有哲学，诗人都有诗论，然而此哲学诗论已非彼哲学诗论。能知未必能行，不知却亦能行。连讲说诗都易起争论（例如叶公超先生《论新诗》文中引的杜甫诗句讲法就跟鄙见不同），何况其他？不过现在已经到了最大最基本的问题：文学批评是什么，有什么作用？大概应该去看看专家的论著，不能单凭眼前经验来妄答了。

三

关于新诗的格律问题最近有叶公超先生在《文学杂志》创刊号中作了一个比较平允而且准确的答案。叶先生的答案是：“格律是任何诗的必需条件。”“我们新诗的格律一方面要根据我们说话的节奏，一方面要切近我们的情绪的性质。”“新诗和旧诗并无争端，诗集上很可以并行不悖。”“新诗人不妨大胆地读旧诗。”我的意见：诗人的诗必须是自己的语言（其实所有好的文学作者都这样），只有依自己的内在要求而定外现的形式（非仅指字数行数等狭义），绝没有先用一个固定的形式（形式固定便是僵死）来套自己的情绪而能做出好诗的道理（这是戴望舒先生已用穿鞋子做过比喻的);偶或有才人能因韵求诗就体裁意而工(例如苏东坡之步韵),但这种做试帖应制填词步韵的办法只能算做到例外而不足悬为准则。在一个诗人习作的开始以及各体俱熟习深知并能自创以后,是可以允许他任意采取既成诗体的。选体与填谱的分别只在自身的主或客。新诗跟旧诗的区别决不仅在用语的不同上。所以新诗人除了是彻底现代的(实际不可能)以外便应该把要以旧诗表现的纯粹旧情绪内容去做旧诗,旧诗表现不了的才用适当的新诗体来传达。这样可以使新诗的轮廓更鲜明而且能括旧诗而不为旧诗所括。新诗人而震惊于旧诗并且为新诗短气的大概都未曾深研旧诗。读而且作旧诗甚至把旧诗灌进新诗里来,加以种种的试验以后才能深知旧诗与新诗的长短;对于外国诗也是这样,读以至于作外国诗以后才知外国诗形式有些什么可以搬来中国试验而又有些什么是不必或不能移植的;这种比较的方法是认识自己坚定自己的道路,这样灌输旧诗洋诗入新诗的作用是开拓新诗的境界,这样的练习是学做诗的初步工夫,以后才谈得到更高的情绪与智慧的修养锻炼问题。然而以主观观客与以客观观主同为二难,所以速成的诗人与诗论家便往往不能窥见此中的奥妙而漫为隔靴搔痒闻者齿冷的一轮。至于新诗有格律而语言自然的节奏正是新诗格律的基本条件,这实在是用不着讲,而一讲就讲不清的话。缠足虽还有残留,做作已不能算是美。诗是美的语言,基于语言而绝不违反语言。若连一个极简单初步的条件例如韵脚都驾驭不了的诗人,很可以不必做诗。不用韵跟不能用韵不同。形式实在是个无须讨论也无法讨论的问题(这不是说对已有的诗的形式的研究),只有用实际的好诗来解决它。能够做诗的人绝不沾沾于形式,因为这是用不着吹嘘的起码条件。极力喊创造试验形式的人往往就是还没有征服形式窥见万仞宫墙之内的丰富的诗的内容的人。这只是些冒充内行的外行人所最爱而且能够讨论的问题。有的诗能唱,诗人也可以去做能唱的诗或歌,但现代的新诗无论有韵无韵都是要合乎自然说话的语调来读的。不过一地方的土语并非口语的极限,而且必须善用以求适合内容。都是说话，但个个人不同，好的诗也首首不同，这也就有了调子。合乎自然语调的新诗可以配谱来唱；能唱而不合自然语调的诗不是好的新诗，只是旧诗或洋诗的拙劣的复制品，否则便是藉重音乐的歌了。千言万语都不如一首真正好诗能解决问题；然而一则诗人似乎本质上就难兼诗论家，往往只知其然而不知其所以然，所以不能自己来说话；二则当代诗论家大半都喜欢搬古董作空论而不大肯分析新出的好诗及坏诗，因此也就只好去争这些讨论所不能解决的问题了。

四

说到了好诗坏诗歌，我想再饶舌一下。我觉得现在的诗形（不是字数行数）已经僵死了，即使不说是所有出名了的诗人至少是已出过集子的诗人都使人看出他们的泉源枯竭，他们的“炒冷饭”。作诗在他们已经由自然要求跟兴趣转到应酬跟负担了。其主要现象之一是书本气太重。这样便使青年被背负起几千年的中外文化传统来成为老人。然而人类现在的情形还只能允许极有限的少数人去做老人的静观，所以这些准老人就露出了未老先衰的姿态。除了专跟人跑的先天虚弱者以外便全是吃得太多了的营养不良的病人。做诗并不是学问。如不专以精巧来武断，历来一切大文学大都来自更野蛮的成分。要有野蛮，朴姿，大胆，粗犷，总之是新鲜的青春的活力来到诗中才能使人耳目一新。这并不是要狂呼大叫：高音促节转头得力气的空虚不继。这不是形式问题。这不是仅仅要正面积极的糊涂的乐观跟冲决藩篱的反叛。向上向下向外向内都可以生出一种稀有的力量来支持起传统而不被它压倒，来继续已有的轨迹而前进一步。现有的诗人似乎全不够给我们乐观的希望，而能有机会刊印的东西几乎全是合乎书本上已有的僵死的形式的，使人甚至从题目跟头几行就可以断定全诗的属于那一种已成的模型。近几年来一般的倾向是向外向内的两歧，全不见有新鲜的滂薄蓬勃或深邃坚定的充分四射横溢的惊人的力量。向外的是枵腹[1]从公，向内的是生产过剩，总之是消化不良营养不足。诗由于人，故基于生活。生活丰富者不要诗，一因生活即诗故，一因诗究非全现实生活故。生活空虚者要诗而不能得。必能兼职，能享受生活而又超脱生活，没入生活而又观照生活，才有诗。就现在的中国新诗看：向外注重现实的都在内容形式双方踏空，空有诗的名目不足为诗的路上的一阶石；向内注重自我的确给新诗可分为若干型，去其摇旗呐喊的小卒不论，每一型中最有成就的主将现在全在空虚挣扎。诗论发达无救于诗亡，即使不足转为诗亡之证明。结论：诗僵死，以过于文明故，必有野蛮大力来始能抗此数千年传统之重压而更进。这只是就现在说，并非终极之论，不能野蛮为鹄的，因野蛮仍将蜕变文明而僵死。以上的话包括三个眼前问题：一是阳刚阴柔的崇高问题，这已有朱光潜先生、梁宗岱先生等论过。我以为文学中并没有金字塔的尖顶，假设一个本没有的东西来讨论也很好，但不能有结果。一是国防诗歌问题。这可分两点：其一，诗是否可先悬标准定范围而后作？若答复了这个问题，国防诗歌便不成问题。若不如此而说是从事国防者的歌唱，则是人的问题而非诗的问题，即如何使人人都专从事国防而不及其他的问题。其次，先悬目的必重功效。有功于国防则成功，无效则失败，这是一个事实问题。一是歌谣问题。歌谣来自民间，自然是野蛮新鲜的活力之所寄托，许多人都以为新诗应取法歌谣，从歌谣取得新生的活力。这是对的，因为这是从一个大的定论中推演出来的，就是说，如果现代新诗要是新的，中国的，就要依据于现在中国的最大多数的人民而不仅靠钻研旧有的书本以及习染外来的风气。但新诗应吸收歌谣而不能把它当做唯一的救星，尤其是不能模仿它，因为那样一来，就又硬化而

① 枵(xiāo)腹：空腹，肚饥。指饿着肚子办公家的事，形容一心为公。

僵死了。总上所说，再补充一下我的狭陋的偏见：我要新诗不是木乃伊式的死美人而是刚强健康的不贫血的活人，我的出发点是生物的宁可野蛮而活，决不文明而死（文明不以求活为止境而以求活为基底）；所以我要求新诗人在作品中现出一个活人来（不论这人是否全像作者），像人一样做多方面的有力的活动，不要只琢磨精巧的文字，捏造虚浮的感情，不要只从书本中撷取无根的思想，要从生活中汲取不竭的泉源；至于文字形式只是初步的不足重轻的问题，这是入门的一关，通不过时尚在诗的门外，而采用现代语言也是自然趋势的必具条件，要记住的只是不要僵死的模型。此外，我希望除了学问宏富思想高深文章美丽的诗论家外再多出几个目光如矩心细如发说话斩钉截铁的人来讨论实际问题，来分析并裁判现有的好诗及坏诗。

选自《新诗》第二卷第三、四期合刊（1937年）。

《新诗》

Li Changzhi　李长之

【题解】 李长之(1910—1978),山东利津人。现代作家、文学评论家、文学史家。有诗集《夜宴》《星的颂歌》等。

在这篇文章中，作者旗帜鲜明地对抗战初期中国诗坛的现状进行了批评，认为当时的诗歌很大程度成为了“口号和标语”“公事和宣传”和“社会新闻”“研究资料”,内容空虚,表现糊涂。作者认为,诗歌应该关注时代,但并非“抱住了社会和时代,以为就是诗”。诗歌的本质是情感,没有真的情感,诗歌就是空洞的、糊涂的,没有价值。有了情感,诗歌的内容不应该有限制,可以关注社会和时代,也可以关注风花雪月。所以,作者尖锐地批评“现代中国诗人所患的毛病是感情上的贫血……这乃是现代诗的真正致命伤”,而原因是诗人不读书,也不读诗,只是在“闭门造车”。所以,中国诗坛要摆脱这种“厄运”,就必须改变自身的生活和写作状态，修炼人格,“赶快充实其生命”。这和当代诗人的状态极为相似。

李长之肖像

十四　现代中国新诗坛的厄运

一、现在需要解放运动

我向来是不愿意说奉承话的，现在我又把一般时髦的批评家不肯说的话说出来了：我觉得中国现在的新诗坛实在贫乏和饥荒，并不如新诗运动的初期。

内容是空虚的，表现是糊涂的，这几乎成了一般的流行病。我不否认有些人想克服这空虚，我不否认有多数人要脱离这糊涂，但是说真的，这样觉悟的人真是稀若晨星，少得像凤毛麟角一样。多数的人却是振振有词，以空虚为高，以糊涂为妙。更多数的人，乃是追随于这空虚和糊涂的空气之中，以为这便是康庄大道了，因此在我们即便不管现在而瞻望将来之际，也不禁在心上投下一个暗影。

所以致此之故，我认为是由于现代诗人的几种迷信在作怪。这真需要说穿，这真需要解放！

二、目前诗人的迷藏戏

现代的中国诗人，对于诗，是像捉迷藏似的，始终没找到诗在哪里。自以为找到的诗，其实却是些疑阵而已。

有的觉得诗是应该表现时代的，现在的时代是大众受压迫又要抬头的时代呵。于是觉得只要代表时代呼声的就是诗了，忘了这同样可以不是诗，而是口号和标语。

有的觉得诗是要有助于民族国家的呵，现在民族迫近存亡的关头了，因此必须战歌，必须杀、杀、杀才是诗，殊不知这又不一定是诗，这可以是公事和宣传！

有的觉得诗不能躲在象牙塔里了，一定要在十字街头。因此凡是在十字街头的就认为是诗了，所以捡煤球的女孩呵，拉洋车的大汉呵，“野鸡”的生活呵，……非此不足以为诗。然而这仍可以是社会新闻，仍可以是社会学家的研究资料，仍可以是改革家的改革目标，并不一定是诗！

站在道德的立场讲，上面这些把诗找错了的，我不能不怀有最诚挚的敬意。只是他们对于社会太关切了，抱住了社会和时代，以为就是诗。但我请你审视一下吧，这并不是诗。是你自己用许多社会学，新闻纸，公事套，把诗来裹起来了，你何尝找着她？

诗有诗的本质，诗有诗之所以为诗者在，英文所谓essence，德文所谓das Wesen。这是什么呢？这就是真的情感。只有真的情感固然也不一定是诗，但是没有真的情感却决不是诗！上面那三种的错。不错在以这些为诗的内容，而在他认为“应该”如此如此，这就是理智的事，这就是意志的事了，理智属于知识界，意志属于道德界，这不是艺术。艺术却是情感的事。同样这三种内容，不是从理智上，“认识”出如此如此，不是从意志上，觉得“应该”如此如此，却是从情感上，极其自由，极其直接，冲口而出,“感到”就如此如此,那才是诗。

捉迷藏,藏了半天,没找到诗的本质是情感。不从感到如何出发,而从认识如何出发,而从应该如何出发,这是现代诗人对于诗的第一重封条,这封条必须揭掉的! 以封条为真相,这是迷信,这迷信必须破除的!

三、不必捡煤球和看风景

既以情感作为诗的本质,情感便不限于感到大众,不限于感到民族国家,不限于有感于十字街头了,这乃是对于诗的内容的第二层解放。

内容绝不该有限制。只要从情感上感到的,就可以入诗。在过去,中国人对于诗的传统观念,未尝不知道诗是情感的事,然而那范围却是狭小得厉害。具体地说,就是以为必须香草美人,必须风花雪月,必须像山水画中所有的淡雅的意境。说得高一点,这未尝不是中国文化上的特殊阵容。然而事过境迁,现在的生活变了,那样的情感已经为现代人所没有了,因此再依样葫芦的话,就不真了,情感不真,就背乎诗的原则,所以现在写那样的内容不会有好诗。不过这影响很坏,到现在一般人看诗,还是要看风景,看有晚霞没有,看有红叶没有,看有青山没有,看有流水没有,看的人既如此,作的人也就在那里勉强瞎镶瞎嵌了,结果没有真的情感,诗是失败了,然而作者莫名其妙,读者也莫明其所以然。

真的情感,换句话,就是活人的情感,活在现代的人,不用说他的情感必有现代的色彩。正如他既是活人,他便也有活人情感中所历久不变的成分。

就活人情感之必有现代的色彩言,作诗大可以不必以过去山水画的风景为限;就活人情感之必有历久不变的成分言,作诗也不必以大众,杀,杀,杀,捡煤球为限。

诚然只是真的情感也不一定是好诗,然而没有真的情感却决不是好诗。真的情感也有高下,有大小,这是看诗人的人格。正如体魄上的强健不是一日可就的,精神上的伟大也不是一日可成。这在平日的培养,而不在下笔时的急拉瞎抓。下笔时而有了顾忌,下笔时而想到了应该如此如彼,这便不是真的情感了,这决不是好诗。

所以,一时没感到大众,没感到杀、杀、杀,没感到捡煤球,不要紧。可以等到感到的时候写。现在只感到山水画中的风景等,也不要紧,感到这个就最好写这个,等到你整个生活、整个情感是改头换面了,那么,再写改头换面的诗,也不迟。总之,情感要真,情感一真,诗的内容上便又解放了一层。

四、情感上的贫血

我曾说,现代中国诗人所患的毛病是感情上的贫血。这是根本原因,这是现代中国诗人和真正的诗行捉迷藏的缘故。

我们找浓烈的情感,没有;我们找深厚的情感,没有;我们找持久的情感。没有!

现代的中国诗人,他可以为他所信的,或者所爱的,奉献其整个生命么?不必说外国,他可以像屈原那样“虽九死其犹未悔”吗?他可以像陶潜那样“朝与仁义生,夕死复何求”吗?他可以像李白那样“人生在世须尽欢,莫使金樽空对月”,以及“人生在世不称意,明朝散发弄扁舟”吗?这是活人的情感,其中有跳跃着的一颗滚热的心!然而是现代诗人所没有的。

我尝说,中国新诗运动以来,只有三个人,一是胡适,二是郭沫若,三是徐志摩。胡适的意义是历史的,我不信现在太看重社会因子的人以为一种运动不提倡也会到来的那种鬼话,所以我认为胡适实在是新诗的第一个功臣。“自古成功在尝试”,在文字工具上他开了路,然而他并没有诗人的性格。有诗人的性格的是郭沫若。粗糙是有之,那是因为他没有表现好，但是本质上是不错的。他曾经崇拜过歌德，崇拜过雪莱，但后来认为马克思在这二人之上了。可是他没有假。他的诗也有口号标语。但那是真正由他情感上感到的。诗人虽然不忘情于现实，但是他必须有反抗现实的勇气，打破现实的胆量，假若他的情感来了的时候，不是这样，他便没有诗人的资格。“哀民生之多艰”，这是屈原不忘情于现实与大众处。然而他能奋不顾身，放弃生命，这就是胆量和勇气了。希望现代的诗人有这种胆量和勇气是太奢望了，那么，小一点，能够多少撇却个人的现实问题，哪怕一短时间，然而也竟不可得。在这里，就还是郭沫若了，他曾经在只有五块钱的时候，从上海乘火车到杭州，去会一个没见过的女人，下了车就已经空空如也了。就这么点冲破现实的魄力和情感，现代中国诗人就很少有。然而郭沫若有，所以他便有那四十二首抒情诗《瓶》了！现代的中国诗人，心目中念念不忘的，不是如何想把稿子迎合读者、顺应潮流吗？这是在诗以内说。在诗以外说，不是忙着如何经营、谋一个位置么？不是在思索如何应付学生的卷子吗？假若当了教员，不是想撇却诗人的工作而翻译点东西，作点论文吗？因为这实际呀！实际是不错，可是这就没有诗了！令人想到郭沫若处，便是郭沫若还有这点不实际的精神。然而郭沫若虽有诗人的本质，可是没发挥到好上去，不纯粹，不优美，况且他也没有专门写诗。专门写诗的是徐志摩。只就专门写诗论，在二十年来的新诗运动中，又不能不给徐志摩一个位置。

这都是比较的话，我找出三个人。但是三个人合起来，也还凑不成一个大诗人。不过话又说回来了，即便分开来看的话，现代中国诗人竟还赶不上他们三个之中的任何一个。胡适没有诗人的情感，但话是明白的，现在找胡适那样明白话的，已经很少了！郭沫若有诗人的情感，而粗糙，而不纯粹。但是现在就找这粗糙、不纯粹的情感的，也几乎没有了！徐志摩的诗漂亮则有之，流利则有之，情感也有，然而是浮薄的，缺少一种来源很深厚很绵长的生命力，然而现在就连这样也不见了。

不说明白话的问题，下面再讲，现在只讲情感上的贫血。说到最伤心处，这乃是现代诗的真正致命伤。所以到这步田地，原因很多很多。文化，社会，民族，时代，都有其构成这个局面的因子，这不是如今三言两语所能尽的。只说显而易见的吧，我觉得现在中国诗人生命上不充实。具体地说，生活没有生活，精神的粮食——书——没有精神的粮食。在新诗运动的前期，那些健将们的确比现在的诗人充实一点。即以胡、郭、徐论，说生活：胡有他的改革事业，郭有他的社会运动，徐有他的情感体验；说读书：胡有他的杜威、赫胥黎，郭有他的歌德、雪莱，徐有他的哈代、培忒(徐志摩曾热烈地赞美过培忒的《文艺复兴》，认为是他的《圣经》)。现代中国诗人有什么？有作了他生命上主宰的事业吗？有作了他热烈向往的人物吗？有作用他，影响他，以造成他精神上特殊面目的书籍吗？

大的因子，我们不能抗拒的不用说了，这些小地方却可以尽力。现代新诗人以及正要从事于新诗的人，赶快充实其生命，承认情感上的贫血加以挽救吧。那么新诗未尝不可以脱离现在这个衰落的泥塘！

五、糊涂和含蓄的分野

内容上的空虚之故及其挽救之方既如上说，现在说到表现上的糊涂问题了。

这原因不单纯。有一部分的原因是国语运动还没普及之故，因为我们没有作到"文学的国语"，所以我们也没作到"国语的文学"。不但没有文学的国语，正确的国语就少，明白的国语就少，说话是糊涂惯了。不过说话是仗着面部表情和手势再加上对方知道事情的前因后果，所以可以达意。但是单单是糊涂话，也没有手势，也没有面部表情，读者也没事前有一点通知，硬搬到纸上，当然只有糊涂了。再一部分的原因，我不客气地说：是因为现代诗人不读书，甚而也不读诗。因为倘若读书、读诗的话，就可以发见别人怎么说法，有没有糊涂的了。现在的诗人只是"闭门造车”。他的话只有他一人能懂而已。

不过最大的原因还是在现代诗人对于诗的一种错误的信念，以为诗的重要价值在隐约、含蓄、朦胧。我以为这错误是有三层的：第一，这些性质可以增加诗的美，但并不是诗的本质，诗的本质是情感。诗有真的情感而没有这些成分不失其为好诗，正如美人裸体也仍然不失其为美人；反过来，空有这些成分，没有真的情感，那便是只有衣服而没有美人了，结果只是些布店的货样而已，生命何有，美又何有。第二，是这些性质只是帮助了诗的美的姿态之一种而已，其实诗的美不止于这一种，把这一种认为是唯一的，这是中国诗人对于美感的病态；例如“马鸣风萧萧”，“落日照大旗”，何尝隐约，何尝含蓄，何尝朦胧，难道不一样美吗？第三，退一步说现在诗人所找到的隐约、含蓄、朦胧，其实还不是真正诗上的隐约、含蓄、朦胧，而是糊涂。

诗有没有隐约、含蓄、朦胧的必要？我的答复是：“绝对有的。”因为必如是然后读者有自己运用其想象的余地，然后有快感，然后觉得吟味无穷。可是这就和糊涂有一个共同点，这共同点就在也令人有想象的余地上，只是想象的结果不是快感而是苦痛，不是吟味无穷，而是莫名其妙了。这样说似乎含蓄和糊涂分不清了吗？似乎永远在一方面说是含蓄，一方面说是糊涂了吗？

不然的，大大不然的。我们有一句话就可以分别含蓄和糊涂：含蓄是令人未尝不懂得作者的意思，是在懂得之中，随了一个线索去想象，去同情，去吟味下去的，而这一个线索却恰恰是作者所要表现的一个线索，糊涂不然，乃是让人猜着不止一个意思，而每一个意思并未必是作者所要表现的意思。分别就在这儿了，在我们能顺着作者所表现出的唯一线索吟味下去的。我们越吟味，越和作者走得一致，越有同情，越从中发现了人类，发现了自己，真是无穷无尽，因此我们快乐，即便含了眼泪，也是痛快的。——这是含蓄所能够的，不是糊涂所能够的。反之，我们东猜西猜，你猜我猜，满不是那么回事，读者的神经已经疲劳了，奔驰得已经痛苦了,却还没有归宿,费尽了聪明人的心血,等到“笨谜”的谜底揭晓,大家还是嚷着不像。——这就是糊涂。

我敢说古今中外,好诗没有糊涂的。只要一入了“笨谜”的魔境的,不会有好诗。陶潜有《述酒》,就是这一类,但是多少人欣赏陶潜是因为这一首《述酒》呢?李商隐的诗号称难懂,然而我敢大胆地说,他的价值不在那些令人莫名其妙的诗而在其说“明白话”的诗。“红楼隔雨相望冷,珠箔飘灯独自归”,这并不糊涂,然而含蓄。“莺啼如有泪,为湿最高花”,这既不糊涂,也不含蓄,然而好。“夕阳无限好,只是近黄昏”,明白如话了,然而好。“于今腐草无萤火,终古垂杨有暮鸦”,倘若不知道庄子那腐化为萤的典故,当然不能明白这二句诗,倘若不知道隋炀帝放萤的故事,当然不会对这二句诗有真实感,不过《庄子》是人人可读的,史书是人人可查的,换言之,这虽然似乎是谜,然而有路可寻,并不是“笨谜”,并不是“没有意义的谜”,而且揭穿谜底的时候确乎对诗有进一层的了解,对诗的估价高一等,所以这谜很值得。我们再加以注意的话,我们之寻此谜底,所用的方法是可以客观的,人人所得的结果是可以一致的,和作者的初意可以相符合的,所以这决不是糊涂诗。

凡是觉得因为古人写久了。所以大家承认不糊涂了,或者觉得古人的诗也未必能各人了解一致,因此对于自己的糊涂诗有一点宽容的,这都是骗自己罢了。

表现上的糊涂和内容上的空虚也有连带关系。我们说过,内容上的空虚,是因为情感上的贫血。换言之,就是情感上不健康,因此对于美感也不正确,因此便以为只有朦胧、含蓄、隐约才是诗了,不幸又以糊涂派作了朦胧、含蓄和隐约。这是应当解放的迷信,这是应当破除的封条!

足以害事的小迷信也还有,例如沾滞于诗的长短,沾滞于诗的分行(以为标点在一行之末的形式是要不得的),沾滞于商籁体,这个体,那个体,有一于此,便对真正的诗蒙上一层,自己和真正的诗远去一步,而中国诗坛的厄运便会延长一日。

六、诗人持有理论的危险

创作和批评真是两回事，我不赞成诗人有诗论，尤其不赞成诗人的诗受他诗论的限制。

很奇怪的，历史的例子告诉我们是，创作家的理论终有所偏，而且他们成功的作品乃是不按了他们理论的时候。

外国例如托尔斯泰，他反对技巧，但是我们看他的作品吧，乃是技巧再精致也没有了。又如渥滋渥斯，他主张诗要白话，但是他的好诗，并不是明白如话的。更如歌德，他由古典主义者的立场反对克莱斯特（Kleist），厌弃薛德林（Hoelderlin），但是他自己作品中就没有daemonisch的成分么？就没有深厚的浪漫气息么？

中国例如杜甫，他觉得诗是小道，无补于民生，但是他的诗却是最道民间疾苦的，又如白居易，倒主张诗要为人生了，然而从来没有人真正喜欢那“新乐府”，传诵的倒是和民间疾苦没有关系的抒情曲。

近人比如戴望舒，《雨巷》是他的杰作了，但是他有反对诗里有音乐的成分的理论，在编《望舒草》时便删掉了。

大家试看诗人的理论靠得住靠不住，并且看看诗人的理论对他自己有没有好处！

在创作时就一任自由，不仅别人的理论不当受其束缚，就是自己的束缚也何需乎受！

诗的本质是情感，只要表现在情感上深厚、浓烈、真挚、伟大，这才是一切。

（民国）二十六年二月五日

选自《李长之文集》（第3卷），河北教育出版社，2006年出版。

Liang Zongdai　梁宗岱

【题解】 梁宗岱(1903—1983),祖籍广东新会,诗人、理论家、批评家、翻译家。留法期间,结识了法国象征派诗歌大师保尔·瓦雷里,并将其诗作译成中文,使法国大诗人的精品首次与中国读者见面。有诗集《晚涛》、诗论集《诗与真》等。

这篇文章,是梁宗岱对当时诗坛提倡的"抗战诗歌"的批评,此外,他还写过《谈抗战诗歌》《我也谈谈朗诵诗》等诗论文章,成为"抗战诗歌否定论"的代表人物。

梁宗岱认为,诗是心灵的产物,是"自由""超脱"的,不应成为政治的工具。写诗,必须要有一种"不可抑制的冲动"和理性体察的心态,然后运用诗歌的技巧来描绘这种心灵的感受,要"好好地做"。内容与形式都是十分重要的。

他批评口号式的"抗战诗歌",认为那是浅薄的、无生气的"恶诗劣诗""假诗伪诗"。并举歌德为例,在德法战争中并没有写战争诗,却依然为万国敬仰,德国也以其诗歌成就为荣。"我既没有憎恨,怎能写恨歌呢?"这种反问振聋发聩。当然，作者并不反对写战争诗歌，但必须要有适当的形式来和成熟的技术来表现，而不是口号、标语。

所以，作者认为，诗人应该要根植于自己的生活经验而写作，要有“深厚的修养与丰富的经验”，而不是空想喊口号。诗人服务祖国的方式有很多，不一定要写自己没有真切感受的政治抒情诗。

梁宗岱肖像

十五　论诗之应用[1]

抗战未发动前，我们底诗坛曾经有过一次剧烈的论战：所谓“纯诗”与“国防诗歌”。但不久芦沟桥底炮声起了，在这血肉横飞的事实面前，大家底注意力都不谋而合集中在那更迫切的民族和自身底生死关头上。纯诗底努力者自也被迫而沉默他们底歌声；国防诗歌派，反之，那正是时代底骄子，便乘势把前一派几个代表作家狗血淋头地痛骂一顿。

这论战，更无论痛骂，其实是多余的。

这两派所用的术语，他们辩论底中心，虽然似乎是一个：诗或诗歌；他们实际却操着两种不同的话。

一个把诗看作目标，一个只看作手段；一个尊她为女神，一个却觉得她只配作使婢。对于一个，诗是他底努力的源泉和归宿；对另一个，她却只是引渡他到某一点的过程。两者底态度和立场既风马牛不相及，就使你辩论到天亮也是枉然的。

所以我们不妨承认两方面都对。因为在精神底国都里，没有专制魔王能逼对方换地位，或阻止别人自由发展自己。也因为诗，像一切心灵底产物，是极端自由，极端超脱的；是，如果读者不以为迂腐的话，胸无

---

① 初刊1938年9月14日香港《星岛日报·星座》45期。

尘滓的。你尊崇她她固欢喜,你役使她她也不见得以为忤;即使你否认她底存在她也无法或不屑分辩。我们差不多可以移哥德这几句歌颂大自然的话来歌颂她:“她任每个儿童把她打扮,每个疯子把她批判,万千个漠不关心的人一无所见地把她践踏……” 可是她有一个不可侵犯的条件: 你得好好地做。

所谓“好好地做”可以分作两层或两个阶段: 第一,我们得先在自己里面真诚地亲切地感到她底存在,她底需要,甚或她底诱惑和催迫。换句话说,我们得要首先感到一种不可抑制的冲动,无论是来自外界底压迫或激发,或内心生活底成熟与充溢。其次,我们还要有极大的冷静去体察,极大的虚心去接受她底恣态,震动,和荫影,然后运用我们在心内和身外所能驱使的技巧和工具去给她一个忠实的描绘。换句话说,我们还得给她一个与内涵融洽无间的形式。

这两个阶段,在最高度的创造火里,在精力弥满的当儿,不用说是打成一片的。二者缺一都只能产生恶诗劣诗——不,比恶诗劣诗还要坏的假诗伪诗。这就是为什么我们抗战后多数口号式的应时诗歌所以那么浅薄,那么无生气,那么使人读后漠然了。

有什么希奇呢? 要充分履行这两个条件实在隐含着作者平日深厚的修养与丰富的经验,以及执笔时长久的忍耐与强烈的集中,而回顾我们诗坛所榜列的名字,那些稍能在读者心里留下些微印象的,在这短短二十年中,简直像朝花夕秀之代谢,如其不是昙花之一现。能够始终不懈的有几人? 在这少数不懈的作者中,能够不避拙,不取巧,不斤斤于一时易得之名,而埋头作沉潜的修养,探索正确的路径的又有几人?“急时抱佛脚”,又何怪乎我们底诗人,尽管身受着一个这么伟大时代底激荡,尽管义愤填膺,满腔热血,尽管振臂张拳,拉破了嗓子,也只能发出一些无力的嘶声——甚或屈服于那单调的大鼓,和典型的亡国音的小调呢?

这并非说在这全民族浴血奋斗之秋,我们不应该尽量贡献我们每个人所仅有的力量。“人穷则呼天”: 正如给恶疾所侵的躯体每个细胞,每丝神经，每个血球都起抵抗作用一样，只要可以激起战士一分勇气，增加民众一丝信心，或者苏解灾黎一点困苦，什么法宝我们不应该求救？什么神明我们不应该乞灵？就是道士画符，和尚诵经，基督徒祈祷，我们也不能轻视，也应该致敬的。既然诗人手头所仅有的是诗（特别是当国家还未需要全民族武装起来的时候），当作女神我们求她下凡搭救，当作使婢我们遣她为我们服役正是当然的事。

不过讲到应用，就不能忽视效率：希望我们底努力获得最高最大的功用。为了这，我们就不独要积极地产生一些能够激励军心，鼓动士气的好诗真诗，还要消极地减少那些浪费读者或歌者底光阴，甚或萎靡群众抗战精神的劣诗伪诗（我不相信那些口号式的分行排列的散文能够在读众里面引起甚么印象，较《毛毛雨》式的格调能够产生别的作用如其不是销沉读者或歌者底意志）。因为无论什么力量，如果不能为我们助，便要妨碍我们。

但是没有适当的形式怎能充分表现我们战斗的灵感呢？没有纯熟的技术又怎能自如地运用适当的形式呢？从这点看来，即使将诗当作工具，想"功不唐捐"，那平日全心全德献身于诗，刻刻在培植他底诗思，磨炼他底技术的人可能性总比较大得多了。

当然，努力于纯诗的人不一定就能够产生好的抗战诗歌——有时简直可以说不见得就写得出抗战诗歌。原来诗里社会的（或大众的）和个人的这两种倾向是几乎与诗俱生的。它们实在是植根于人性底深处，适应人类生活两种不同的需要的。《诗经》，后来的杜甫和白居易，德国底席烈[①]，英国底雪莱，尤其是法国底嚣俄[②]底作品，都泄露这两种倾向：一部分吟咏个人底悲欢哀乐；另一部分却宣泄群众底痛苦，哀号，狂热和愿望，也就是由群众，为群众，要求集体底反响的——虽然这反响不

① 通译席勒，德国诗人。

② 嚣俄，通译雨果。

一定是反抗的思想或革命底行动。那伟大的几乎全能的哥德，反之，却终身没写过一首爱国或为民众呼吁的诗，虽然那时代的德国正和我国现在差不多。

事实是，这两种倾向性质既不同，对象和理想也各异。一个以群众为对象，自然要力求浅显，以迁就一般人的理解力，他底最高造诣是“老妪都解”；一个只努力去表现自己，把自己繁复的经验，深刻的思想，敏锐的感觉，用最完美的艺术融成一片扫数移到纸上，他所向往的是“精深”，是“纯粹”。而天知道“精深”和“纯粹”是两个怎样无底的洞！一度走入了这魔道，一度给这不可解的狂渴占据之后，他将不能自已地往更精深更纯粹的方向前进——即使他自己的能力做不到，他对于艺术的要求也要有增无已。结果是一切由群众，为群众的作品他都要觉得浅薄，平凡，与庸俗，正如对方的作家要骂他为乖僻，为孤独，为晦涩一样。因此，要他动笔写应时的通俗作品很少不自觉汗颜的。所以，除了上面提到的几位诗人外，很少能兼有二者的；而即在他们当中，除了杜甫和嚣俄，他们两种诗底造诣，不常常相差甚远么？

爱克曼[①]对哥德提及许多人责备他不写战歌，他答道：

> 我们不能人人都用同样的方法来服务国家，每个人只能尽量贡献上帝所赋与他的长处。我已经力作了半世纪了。我可以说，对于那些大自然指定为我底日常工作的事物，我从没有允许自己丝毫的松懈或休歇，而无时无刻不在奋斗，在探讨，并且尽量照我所能的做到是处。如果每个人关于自己都能这样说法，那就大家都可以无问言了。写军歌，并且坐在屋子里！这真是我底职务！在站岗的时候，听着守夜的战马嘶鸣写下来是相当适宜的。这并非我底生活方法，也不是我底事，而是权纳(Theodore Koerner)[②]底。他底战歌

---

① 爱克曼(1792—1854)，德国作家。曾任歌德的私人秘书。

② 权纳(Theodore Koerner，1791—1813)，另译柯尔讷。德国诗人及剧作家，1813年3月参加志愿军抵抗拿破仑军队，8月战死。

完全适合他。但对于我，生性既不好斗，又没有战斗底意识，战歌就会是一个和我底面孔极不相配的假面具。我从没有在我诗里假装过什么东西。我只在恋爱的时候写恋歌。我既没有憎恨，怎能写恨歌呢？

这段中肯的话同时可以洞照我们这问题底两面：第一，一个真诚的诗人不能违背他底良心，违背他的生活经验写作；第二，服务国家并不限于一途，应用到本问题上，就是，诗人不一定要在抗战的时候作战歌才可告无愧于国家。哥德在德法战争之役没有写战歌，他底诗到现在却为万国所宗仰，德国也引以为最大的光荣，最大的骄傲。写战歌的权纳呢，除了在哥德这段谈话外，我们就很少，即使在德国，听到他底名字了。单是以诗服务国家而论，谁底收获大呢？而在现代，当欧战方酣的时候，梵乐希一方面在前线的机关服务，一方面孜孜不倦地经营他那精深瑰丽的《年轻的命运女神》，因而赐给法国诗史一首空前绝后的杰作。法兰西不独引以为法国文学之荣，并且以为邦国之光。

不过，要是我们今天能够产生一支和法国底《马赛曲》——那一切军歌中的奇迹——一样雄壮，一样激昂，一样充满了浩然之气，使病夫起，懦夫立的战歌，那不独是我们引领以待，并且要馨香以祝的！

民国廿七年九月二日

选自《诗与真续编》，中央编译出版社，2006年出版。

Shen Congwen 沈从文

【题解】 沈从文(1902—1988),湖南凤凰县人,现代著名作家、历史文物研究家、京派小说代表人物。

沈从文虽然不写诗,但诗歌理论颇高,写过二十余篇诗歌理论与批评文章。他的诗学观念是:坚持诗的艺术性,以诗情的"真"、诗人的"善"和诗体的"美"为标准评诗。

抗战时期,新诗大众化成为时代的最强音。于是"朗诵诗"大行其道。对此,沈从文持批评态度。在他看来,当时的朗诵诗,多是大白话的分行文字,太过随便,流于形式,无法让人有所触动。他也批评那些以革命为题材的口号诗。当然,作者并没有全盘否定朗诵诗的作用,认为通过朗诵,可以考察诗人处理文字和语言关系的能力,应该允许各种实验,这对于新诗的发展也是有帮助的。他赞赏那些"活用语言",潜心修为,能驾驭语言技术的诗人。

十六　谈朗诵诗

一

“朗诵诗”可说是一个近年来很动人的名辞。这名辞虽大家已经十分熟习，分析一下，倒极新鲜。因为目下的“朗诵诗”在习惯上，它的用途多指分行散文而言。“诗”在习惯上是韵文。“朗诵诗”这名辞就令人怀疑。近二十年来新文学部门中有自由无韵诗，近于分行写的散文，当前朗诵诗的提倡者，在理论上既常常谈到韵律，作者写作时，事实上又间或用落脚韵，正好像“诗”是一种无定形的东西，“诵”也是一个无定义的字眼儿。诗无定形，于是任何人提起笔来都可写诗。诵无定义，于是每个文学刊物都有“朗诵诗”。（南京重庆中央广播电台，某一时还附会时髦，邀请几个朗诵诗作者，到播音台前，去朗诵他们的大作！）事无可疑，热闹转增加迷惑，使关心它的人不免迷惑。朗诵诗的提倡者和写作者，都仿佛极明白朗诵诗的好处，且相信朗诵诗前途光明，可是却不大注意，诗怎么样方能朗诵，朗诵真有多少意义，有什么良好效果。因此数年来虽出现了“朗诵诗”这个名辞，产生了无数朗诵诗作家，还不曾发现有什么人的诗，在标题下必须标明“朗诵诗”，更不见标明“朗诵诗”的作品，在朗诵上获得多少成功的事实。若说有些作品用“朗诵诗”作子题，意思不过表示“这首诗可以朗诵”，那倒简单多了。可是一般作品在朗诵试验上，将依然不免陷于失败。原因显明，许多诗关于文字排比处理的方法，都太不讲究，极端的自由，结果是无从朗诵。比较便于诵读的，不是带标题的“朗诵诗”，反而是时间较前，在形式上并不十分自由，一些目前人认为“已成过去”的新诗。这些作品恰为最新诗人所嘲笑，诗形是“带了些脚镣手铐”的，如徐志摩、闻一多、朱湘、陈梦家几人作品可以作例。

二

我们无妨随随便便作一点掇拾工作，看看诗的“朗诵”在过去诗的应用时可能性如何，征之于古，有无先例可得。

“诵”字的意义或一度今古不一，各有用处。引经据典来分析叙述，很容易成为博士买驴，书写满纸，不见驴字。本文不在乎此。现在只想就中学生易知的问题来说说。我们大致都记得家中长辈称赞神童有一句老话，“过目成诵”。诵些什么？自然是诵诗书。“讽诵诗书”虽是一句成语，诵的用意倒似乎多在散文一方面。过目成诵或可指一览既能默读，“高声朗诵”翻译成白话就应当是大声大气来读。欧阳修有篇《秋声赋》，起始就说：“欧阳子方夜读，……”推想那个夜读情形，必与朗诵相近。《聊斋志异》上某故事中，写一个人在客店中遇着了僵尸，拔关逃亡，被僵尸所追逐，跑近一个庙宇前大树下时，正听到有和尚敲木鱼朗诵佛经。若求便于记诵，尤其是便于个人的记忆，大约以文字有一定格式为最合实用，经典中如《诗》与《易》（格言式的对句），应用文中如《急就章》《汤头歌》，启蒙书如《三字经》《龙文鞭影》，以及其他劝忠，教孝，叙事，言情，杂冶骈散韵为一炉如文变，宝卷和各种用土纸排印《七字唱》通俗民间故事等等，都是。至如目前如禅宗简而晦涩的新体诗，想使其他多数人兴奋感动，在许多不同场合中，诵的方式似乎都不易得到所希望的成功。尤其是诵新诗。

沈从文和夫人张兆和

一般习惯总觉得诗是拿来吟的。“吟诗作赋”是人所熟知的一句话。诗人必“苦吟”方有成就。诗话上有“吟成一个字，捻断数根须”的说法。“短歌微吟不能长”，可以想见吟有时或许是低低的。又“朗吟飞过洞庭湖”，可见吟也有时无妨朗诵的。古诗同吟不可分，但是这个“吟”字似乎大多数用在作者本人听觉上，因此作“啸咏自适”，吟啸有自得其乐之趣。这种吟啸有时不免惊动世人，是有意的，也是无心的。若诗人想把诗歌的欣赏转赠给他人，尤其是多数人，在欣赏之余还要感动，吟不会有什么效果。只有一个办法，合乎实际，就是配合乐器来“歌”。希望达到目的，还必需把作为衬音衬腔精心着意的安排于字句中和段落中！

诗的本来诉之于宗庙或群众，最通常的方式就是歌。唐诗人故事如旗亭赌酒，王昌龄等七言绝句，就是由有好歌喉的美丽女人，在梨园子弟管弦嘈杂中歌唱的。李白的《清平调》是交给乐工的。身当二三同好朗诵新作，或是常有的事，近于诗中所谓“口号”。杜牧之在分司御史任上，撞入卸职闲居大官僚人家筵席，作一个不速之客，见了那个出名的女子紫云时，于是口号一绝：“华堂今日绮筵开，谁唤分司御史来？忽发狂言惊满座，两行红粉一齐回！”据情推理说来，在那筵席上或许他会那么独自哼哼唧唧朗诵一次。用到别一处，还是要配点音乐，以歌唱形式出之，方有意义。

唐人传奇小说《李娃传》，记荥阳公的儿子，翩翩少年，因恋妓女李娃，作了“遗策郎”。到成人幕之宾后，纸醉金迷，流连忘返。财尽被弃，穷困无聊，去为人唱挽歌，参加东西两肆丧仪店的比赛。为当时经营丧葬两市商人老板撑门面，争主顾，如文中所记——

乃置层榻于南隅，有长髯者，拥铎而进，翊卫数人，于是奋髯扬眉，扼腕顿颡而登，乃歌《白马》之词。

有顷，东肆长于北隅上设连榻，有乌巾少年，左右五六人，秉翣(shà)而至，即生也。整衣服，俯仰甚徐，申喉发调，容若不胜。乃歌拓《薤露》之章。举声清越，响振林木。曲度未终，闻者歔欷掩泣。西肆长为众所诮，益惭耻，密置所输之宣于前，乃潜遁焉。

就这一段短短记载看来，虽明明白白说的是歌“白马”，歌“薤露”，还可勉强引为。“朗诵诗”成功唯一作证，可惜这证例却不能援引作当前张本。因为那种朗诵的成功，诗的被欣赏，是有条件的。正如演戏，必需铺排场面，十分可观，那个朗诵诗人还得一切打扮得恰到好处，声容并好，才能完成任务，战胜对方。诗本身只尽一小部分责任。场面身容，必臻美妙，方能作到感人至于泣下。它的成功是戏剧性的成功，音乐性的成功，决不是诗单纯朗诵的成功。这从对方那个长胡子大汉的失败，恰好成一对照。同样诵的是曹植诗，成败实因缘于歌喉的好坏。“举声清越响振林木”的方能获胜。若用你我平常说话腔调，恐怕不能见出高低！

若从当前的事上来观察，“说书”似乎还合于朗诵条件。名为“说书”，与诵诗仅仅相差一间。可是为什么同样说三国关云长单刀赴会，白云朋就远不如刘宝全生动感人，至如你我来说它时，听也没有人肯听，甚至于听后一哄而散。可见它注重处还不是书中的“事”，依然是腔中的“韵”。一种诉之于“肉”，引起音乐性的作用。一种将文字置于次要地位的作用。现代朗诵诗可别有目的。有目的不是坏事，糟的是弄不明白如何一来才能达到那个目的。

近于由朗诵而给听众印象的还有“道情”。道情多作“唱”，然而其中惊人处已由“声”到“事”，传达的工具，渔鼓简板的地位，缩小到最不重要，所唱的声容重要性也较减，居于一个平常地位。可是说一件事，有形容，有描写，在事件发展上包含一个意义，表示一种观念，或有头有尾的情节。劝忠，教孝，叹人世无常，应回头猛省，冤亲平等，荣辱皆幻，容易有效果。若短短篇章，不到百十字，无故事，无描写，只用些习见名词，反映出一些抽象意义，缺少共通性，如当前朗诵诗人作的朗诵诗，想使听众兴奋，就不可能会有成功把握。

至如南宋中瓦子说书，说的多是短篇白话小说，小说中多杂引诗歌，若除了故事本文，只说诗歌，应当是最好的朗诵实用证据了。可是分析起来，就会觉得今古仍不相侔。原来这些诗词大多数是当时流行的诗词，体例本于讲经上的偈，意义近于为本文作引子或收束。在说书时是否用某种乐器，虽不可知，叙诗词时，似乎还是离不了用吟唱方式。还有一点不可不知，就是这些诗词的作用，多是总结性或赞叹性的，有时又不过是用来延长故事开场时间，或增加听众兴趣的。若一例是些抽象名辞堆积，也不会得到成功。

单纯的诵既不能用为旧诗传达的工具，当然更不大适用为新诗欣赏的媒介。因此诗的朗诵，个人浅见，认为方法还待讨论，事极显明。

如今的朗诵诗，使用的多是些报章记事常用的句子，仅仅分行写出（分行的意义就多是诉之于视觉的）。除了落脚处间或用一个韵，或更用些十分夹生，由外引进不三不四的交互换韵方式，就中文字平仄既不注意，语言惯性也不大讲究；或缺少应有的理解，随随便便那么写成，更随随便便拿去什么大会场上“朗诵”，凡稍懂一点生理学或心理学的人，就会明白这种朗诵，是无从激动人的情绪，兴奋不了听众神经的。它唯一成功是使那个朗诵诗的作者，兼读者，自己在那无准备不习惯的试验上而兴奋，在试验后又为听众的茫然而茫然。对于听众则受教育较多的人，不免容易起幽默感，受教育较少的人，又容易起莫名其妙感。这种失败是必然的，因为相关条件准备不够而失败。

三

关于新诗运动，企图在诵读上将个人视觉欣赏转而为多数人听觉的欣赏，这种努力随新诗运动而发展，已有了许多年。这种诵读试验的集会，和中国新诗运动原本关系密切，与诗的朗诵更有关系，值得作一度回复叙述。

中国新诗人的作品，印成集子，最先与读者对面的，是胡适之先生的《尝试集》。胡先生是一个乐于在客人面前朗诵他新作的诗人。他的诗因为是一种纯粹的语言，由他自己读来，轻重缓急之间见出情感，自然很好听。正如杨小楼戏文中说白，令人起干脆利落之感，可是轻轻的读，好，大声的读，有时就不免好笑。读时即或得到成功，仍不能补救由于过分浅露而不易给人留下较深刻印象。

冰心女士是白话文学运动初期人所熟知的一个女诗人，在她学泰戈尔写短诗时，虽注明献给母亲、赠给弟弟，可不知这赠献是写还是读。直到她搁笔那一年，写了一篇长诗给另一个女人，告那人说："唯有女人知道女人的心。""诗人的话是一天花雨，不可信。"那首诗写成后，似因忌讳，业已撕碎。当那破碎原稿被另一个好事者，从字篓中找出重抄，送给我这个好事编辑时，我曾听她念过几句。冷眼一瞥，那时桌上还放有一部石印的《诗韵集成》。可想见那种苦吟的情形。那首诗是这个女诗人给另一个女诗人，用一种说教方式告给她不宜同另一男诗人继续一种友谊。诗人的话既是一天花雨，女诗人说的当然也不在例外，这劝告末了不免成为"好事"。现在说来，已成文坛掌故了。

谈新诗和新诗运动的人，不会忘掉徐志摩先生。我头一次见到这个天真纯厚才气横溢作家时，是在北平松树胡同新月社院子里，他就很有兴致当着陌生客人面前读他的新作。那时节正是秋天，沿墙壁的爬墙虎叶子五色斑斓，鲜明照眼。他坐在墙边石条子上念诗。同听的还有一个王赓先生。环境好，声音清而轻，读来实在很成功（新诗用诵读方式来欣赏，在我记忆上只有这次完全得到成功）。

在客厅里读诗供多数人听，这种试验在新月社也即已有过，成绩如何我不知道。较后的试验，是在闻一多先生家西城二龙坑三十五号住处举行的。他正从国外学画归来，在旧北京美术专门学校任教务长职，住家在学校附近。那时的一多还正存心作画师，预备用中国历史故事作油画，还有些孩子兴趣或摩登幻想。把家中一间客厅墙壁裱糊得黑黑的（除了窗子完全用黑纸糊上）。拦腰还嵌了一道金边。晨报社要办个"诗刊"，当时京派诗人有徐志摩、闻一多、朱湘、刘梦苇、孙大雨、饶孟侃、杨子惠、朱大枬诸先生。为办诗刊，大家齐集在闻先生家那间小黑房子里，高高兴兴的读诗。或读他人的，或读自己的。不特很高兴，而且很认真。结果所得经验是，凡看过的诗，可以从本人诵读中多得到一点妙处，以及用字措词的轻重得失。凡不曾看过的诗，读起来字句就不大容易明白，更难望明白它的好坏。闻先生的《死水》《卖樱桃老头子》《闻一多的书桌》，朱先生的《采莲曲》，刘梦苇先生的《轨道行》，以及徐志摩先生的许多诗篇，就是在那种能看能读的试验中写成的。这个试验既成就了下个原则，因此当时的作品，比较起前一时所谓五四运动时代的作品，侧重文字形式解放要求稍稍不同。修正了前期的"自由"，那种毫无拘束的自由，给形式和词藻都留下一点地位。对文学革命言，有点走回头路，显得稍稍回头。刘梦苇先生的诗，悬在新的歌行情绪中写成的。饶孟侃先生的诗，因从唐人绝句上得到暗示，看来就清清白白，读来也节奏顺口。朱湘先生的诗，更从词上继续传统，完全用长短句形式制作白话诗。新诗写作原则共同承认是赖形式和音节作传达表现，因此几个人的新诗，都可读可诵。

新诗运动早先提出的口号，是"从民歌吸取新生命新形式"。这个口号的应用却不广，上述几人所运用的形式音节，差不多全取给于外国诗与旧诗词。唯一想把新诗和民歌连成一体，以调驯语言为出发点，加以试验，在实验上见出一点成绩的人，还应当推重五四运动时代老诗人刘半农先生。他的《扬鞭集》一部分拟吴歌体作品，可说是最勇敢的朗诵诗的尝试，其所以不引人如何注意，只为的是体例用吴音不用国语，欣赏范围受了束缚。

正因为大家真在试验，从试验中知道新诗要在诵读上成功，韵即或可以放弃，平仄可以不谈，至少作者也必需弄明白语言文字的惯性。说起这一点，到末了还是离不了形式。所以《诗刊》的理论，当时有"戴脚镣跳舞"一词。承认新诗要达到某种目的，就必然受某种限制。这目的就是适于朗诵，便于记忆，易于感受。诗人早死，俨然是一个无可避免的规律，徐志摩，刘梦苇，朱湘，刘半农，朱大枬，杨子惠，方玮德诸先生，都不幸早早的死去。若天假以年，这些人对新诗写作又能持久不失去其兴趣，在今日必然有更好的成就，可以断言。

中国文学运动既然是社会革命运动一个分支，当然也不免受其影响。因此当革命者在政治上受了限制，在文学上还保留得一分自由时，情感愿望俨然找到了个决口，革命诗人来嘲笑重实践的诗人，本只应当说"意识落伍"，嘲笑的无节制，却转成"形式落伍"。这些人实在并不知道当时重新提出"重语言讲形式"的问题，正是一种求普及的努力。到形式被嘲弄轻视，用当时流行的名词是"扬弃"。一经"扬弃"后，于是产生了不少以革命为题材的口号诗。或摹仿马雅可夫斯基的体裁的诗歌，两字组成梯级形的新体裁，盛行一时，结果到现在，我们知道有"革命"，有"革命诗人"，只是数说不出什么是足当代表这个大时代成就的"革命诗"。这从数年来关于这方面的叙述即可明白。理论家讨论到这个问题时，虽在一方面还消极的不求甚解，指责到北方新月派诗人作品之无价值，无保留加以贬责，可不能积极的提出什么"有价值"或足资取法的作品。换言之，就是有意想扬弃的"形式主义"无法扬弃，特别尊重的"理想主义”,始终不能从作品上有所建设。

并不因为“扬弃”的威胁,依然继承北方所提出的原则而写作,到后来有五个作家的成就都很好。中央大学有陈梦家、方玮德两先生,青岛大学有臧克家先生,上海有戴望舒先生,北平有林徽因女士。

北方《诗刊》结束十余年,当时的诗人如徐志摩、朱湘、刘梦苇、朱大枬、杨子惠、胡也频、方玮德、刘半农诸先生全都死了。闻一多先生改了业,放下了他诗人兼画家的幻想,诚诚恳恳的去做他的古文学爬梳整理工作。饶孟侃作了中央政校军校的教官。北平又有了一群新诗人和几个好事者,产生了一个读诗会。这个集会在北平后门朱光潜先生家中按时举行,参加的人实在不少。北大计有梁宗岱、冯至、孙大雨、罗念生、周作人、叶公超、废名、卞之琳、何其芳、徐芳……诸先生,清华计有朱自清、俞平伯、王了一、李健吾、林庚、曹葆华诸先生;此外尚有林徽因女士、周煦良先生等等。这些人或曾在读诗会上作过有关于诗的谈话,或者曾把新诗旧诗外国诗当众诵过,读过,说过,哼过。大家兴致所集中的一件事,就是新诗在诵读上,究竟有无成功可能?新诗在诵读上已经得到多少成功?新诗究竟能否诵读?差不多集所有北方新诗作者和关心者于一处,这个集会可以说是极难得的,且为此后不易如此集中的。

这个集会虽名为“读诗会”,我们到末了却发现在诵读上最成功的倒是散文,徐志摩、朱佩弦和老舍先生的散文。记得某一次由清华邀来一位唐××[①]先生,读了几首诗,大家并不觉得如何特别动人。到后读到老舍先生一篇短短散文时,环转如珠,流畅如水,真有不可形容的妙处。从那次试验上,让我们得到另外一个有价值的结论,一个作者若不能处理文字和语言一致,所写的散文,看来即或顺眼,读来可不好听。新诗意义相同。有些诗看来很有深意,读来味同嚼蜡。一篇好散文或一首好诗,想在诵读上得到成功,同时还要一个会读它的人。不同的诗或许要有选

---

① 指唐宝鑫,清华大学研究生,1935年在“一二·九”爱国学生运动中为学生领袖之一。

择的不同年龄,不同性别,不同气质的分别来进行,才会得到更好效果。

当时长于填词唱曲的俞平伯先生，最明中国语体文字性能的朱自清先生,善法文诗的梁宗岱、李健吾先生,习德文诗的冯至先生,对英文诗富有研究的叶公超、孙大雨、罗念生、周煦良、朱光潜、林徽因诸先生,都轮流读过些诗。朱周二先生且用安徽腔吟诵过几回新诗旧诗,俞先生还用浙江土腔,林徽因女士还用福建土腔同样读过一些诗。总结看来,就知道自由诗不能在诵读上有什么意想不到的效力。不自由诗若读不得其法,也只是哼哼唧唧,并无多大意味。多数作者来读他自己的诗,轻轻的读,环境又优美合宜,因作者诵读的声容情感,很可以增加一点诗的好处。若不会读又来在较多人数集会中大声的读,就常常不免令人好笑。不过能逗人开心,终究比引人疲倦瞌睡还高一着。

这个集会,在我这个旁观者的印象上,得来一个结论,就是:新诗若要极端“自由”,就完全得放弃某种形式上由听觉得来的成功打算。但是趋势所向,这种“新”很容易成为“晦”,为不可解。废名的诗是一个极端的例子。何其芳、卞之琳几人的诗,用分行排比增加视觉的效果,来救听觉的损失,还是不易解,另是一例。若不然,想要从听觉上成功,那就得牺牲一点“自由”,无妨稍稍向后走,承认现实,走回头路,在辞藻与形式上多注点意,得到诵读时传达的便利,林徽因、冯至、林庚几人的诗,可以作例。

四

“朗诵诗”成为一个时髦的名词,并不是很久的事。它的来源还同“集体创作”一样,是由比邻转贩前来的。这名辞虽在一部分海上出版物上创作诗上经常见到真的老老实实的来作朗诵试验,测验它的得失,依然还在北方。比读诗会稍后一点,以北大歌谣学会、燕大通俗读物编刊社、北平研究院历史语言系三个单位作中心,有个中国风谣学会。这团体目的,顾名思义,即可知是着力于民间诗歌的。集会时系在北平中南海北平研究院戏剧陈列馆,参加者有胡适之、顾颉刚、罗常培、容肇祖、常惠、佟晶心、吴世昌……诸先生,杨刚、徐芳、李素英诸女士。集会中有新诗民歌的诵读,以及将民间小曲用新式乐器作种种和声演奏试验。集会过后还共同到北平说书唱曲集中地的天桥,去考察现代技艺人表演各种口舌技艺的情形,并参观通俗读物编刊社所编鼓词唱本表演情形。当时这个组织,正准备一面征集调查,一面与说书人用某种形式合作,来大规模编制新抗日爱国适用于民间的小册子,可惜这个计划,因芦沟桥事变便中止了。

其时南方有个作家,值得特别提出,是用打油体写通俗易解的劳动诗歌大大有利于社会问题宣传的陶行知先生。那种独自为战的精神,很可佩服。可惜独木不能成林,终于有"人亡政息"感。

中日战争发生后,"朗诵诗"在后方刊物上到处可见。作品既不少,应称为朗诵诗的作家自然也很多。但就一般成就而言,这些作者的"意"或"辞",却尚不曾超过并不常用"朗诵诗"字样为子题的臧克家先生作品。试就臧先生作品探检,就可知体制实源于闻一多先生作品,还是保存当年《诗刊》所应用的那个原则,即在语言上求适合惯性,更在这个条件上将语言加以精选的结果。因此作品便显得比较有生气,多新意。

描写人民战争的"朗诵诗"既到处可见,语言上合于朗诵条件的,在当前作者中如田间、蒲风诸先生,一定有些动人的篇章。但就所见到的说来,以诗言诗,或许倒还是要让陈梦家先生在《铁马集》中为"一·二八"战争写的几篇长诗比较成功。这些诗还是六年前作的!(有个路易士先生,虽很热情的写作了一本"为掀动世界第二次大战"的长诗,也许有什么人能为译作意大利文、德文、俄文、日本文、法文、英文,且给这些强国领袖读到时,说不定会发生奇迹,以为这是一个东方哲人的预言,为实证预言,于是宣战。可是给中国群众来欣赏,路先生的理想要实现,似乎就很困难，因为从任何角度看来，实在都不大容易懂得它的好处。）

去年九月里我由北方跑到武汉，从武汉报纸上常看到一个高兰先生的“朗诵诗”。诗大都是关于抗战的，文字排比都很好，有情感，有辞藻，比起一般刊物上用同样名目写的诗歌，实在要高一筹。不久又见到什么报上记载在文华学院某集会上（又似乎是广播电台），高先生要朗诵他的大作。可惜当时我们工作组还无收音机，这种朗诵无福分一听。但据听过那种朗诵的朋友来说，却以为是一个完全失败的尝试。据我估想，诗人对于语言若无特别训练准备，还是以不上台好，不管上的是什么台。当时若要一个声音柔美的女子，来读某种悲哀诗，用声音低宏的男子，来读某种悲壮诗，更找一个声音明朗而富感情的小孩子，来读某种需要同情稚弱的诗。总之，能够从效果考虑出发，拣选语言富于情感而且与诗中问题相关的人，来作朗诵或低诵，成绩肯定要好得多！若系由无线电播音，尤必需专家指导，反复试验三五回，才宜放送出去，不至于令人失望。一个诗人冒然与听众对面，个人失败事小，对朗诵诗前途，可能会受不良影响，十分可惜。

归结说来，“朗诵诗”不失为新诗努力之一个方向。这名目虽近数年方出现，它的实验已进行了许多年。在诗的朗诵运动中，它的各种试验，不拘成功与失败，对于将来的新诗“怎样写”，“写什么”，都大有帮助，但不宜对朗诵寄托过大希望。至于它若希望如当前提倡者与写作者的理想，本身既站得住，且能成为新诗中一个主流，使新诗向适于朗诵、便于记忆，易于感受几个方面发展，理论上似值得从两千年来中国过去凡与“诗”有关系的一切作品，如诗、词、

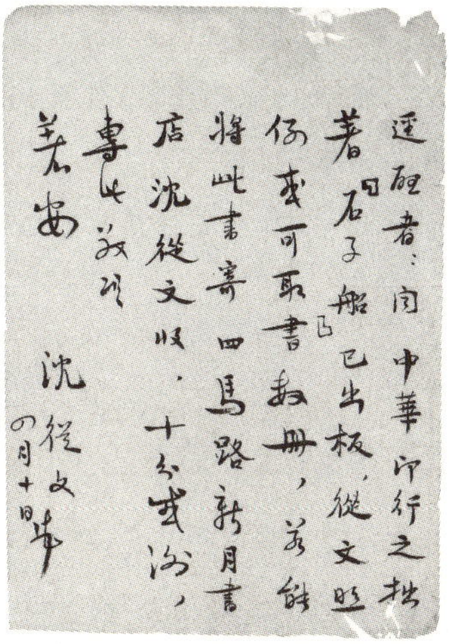
逕啓者：聞中華印行之拙
著《石子船》已出版，從文照
例或可取書數冊，若能
將此書寄四馬路新月書
店沈從文收，十分感謝，
專此敬頌
著安
沈從文
四月十日

沈从文信札

曲、挂枝儿山歌、小调等等，重新加以检查，分析取舍，就中抽出一些意见，供给作家。作者却根据这些意见，再从活用语言，不辞辛苦，耐烦持久来学习控纵驾驭这些语言辞藻的技术，写成诗歌。若希望它可以成为多数人在公众集会上拿来诵读，使不识字的人也能从听觉上受到教育，有所启发，还必需使诵读者受相当训练。（在《抗到底》这个刊物上，当有冯玉祥、老舍、老向诸先生的作品，在求通俗化的目标态度下写作，方法可以说是很有意义的，只不知道实验时情形如何。）

朗诵诗的前途，可以说也光明，也暗淡。为什么？为的是若有一群人，能这么实事求是来作十年二十年努力，直接纵无所建树，间接还可帮助新诗在形式观念上提出不少具有经验的总结性意见，它的前途自然可说是光明的。若理论家只是“新八股”的出题者，作家也只是“新八股”的习题者，在作品上一律标明“朗诵”字样，热心背后终离不了一个流行趣味，既不肯分析它的得失，也无从判断作品上的成败，前途当然可说是暗淡的。虽始终能存在，存在的意义，并不是对读者产生影响，倒只是对作者有人乐于学步。那么说来，它的成就或许只限于少数“诗人”的自我欣赏，自得其乐，而于那个多数是不会产生什么广泛作用的。

原载1938年10月1日至10月5日香港《星岛日报·星座》，1980年校改于美国康州。

选自《沈从文选集》（第五卷），四川人民出版社，1983年出版。

Ai Qing 艾 青

【题解】 艾青(1910—1996 年),原名蒋正涵,浙江金华人,现代诗人。有论文集《诗论》《论诗》《新诗论》等著作。

《诗论》是一部诗歌理论专著,在中国现代诗歌史上有着重要的地位。“我随时思考着,随时试验着解释,随时记录下来。”这部著作是作者在断断续续的思考中,断断续续写出来的。全书都以札记的形式写就,如同警句,读来十分轻松又发人深思。这里不赘述,仅摘录部分内容——也是编者认为对今天的诗歌创作仍有指导意义的部分——和读者共享。

艾青肖像

十七　诗论(节选)

一、略

二、诗

1

凡是能够促使人类向上发展的,都是美的,都是善的,也都是诗的。

2

哲学抽象地思考着世界;诗则是具体地表现着世界——目的都是为了改造世界。

3

诗是由诗人对外界所引起的感觉，注入了思想感情，而凝结为形象,终于被表现出来的一种“完成”的艺术。

4

诗是诗人的世界观的最具体的表现;是诗人的创作方法的实践;是诗人的全般的知识的综合。

5

一首诗不仅使人从那里感触了它所包含的，同时还可以由它而想起一些更深更远的东西。

6

一首诗必须把真、善、美,如此和洽地融合在一起,如此自然地调协在一起，它们三者不相抵触而又互相因使自己提高而提高了另外的二种——以至于完全。

7

存在于诗里的美,是通过诗人的情感所表达出来的、人类向上精神的一种闪灼。这种闪灼犹如飞溅在黑暗里的一些火花;也犹如用凿与斧打击在岩石上所迸射的火花。

8

诗是人类向未来所寄发的信息;诗给人类以朝向理想的勇气。

9

所谓“诗的”,即是“至完美的”的意思;也即是“至人性的”的意思。

10

愈是生活的,愈是美的;愈是人性的,愈是美的。

11

诗永远是人性的胜利的呼声。

12

人类的语言不绝灭,诗不绝灭。

四、略

五、思想

1

人存在,故人思想。

2

感觉只是认识的钥匙。

3

不要满足于捕捉感觉:
感觉被还原为感觉,剩下来的岂不只是感觉吗?

不要成了摄影师：诗人必须是一个能把对于外界的感受与自己的感情思想融合起来的艺术家。

4

人是完全的动物，在眼与耳朵与鼻孔之外，还有脑子。

诗人只有丰富的感觉力是不够的，必须还有丰富的思考力，概括力，想象力。

5

对世界，我们不仅在看着，而且在思考着，而且在发言着。

6

一个诗必须具有一定的思想内容。

思想内容，这是最重要的了。

没有思想内容的诗，是纸扎的人或马。

7

诗不但教育人民应该怎样感觉，而且更应该教育人民怎样思想。

诗不仅是生活的明哲的朋友，同时也是斗争的忠实的伙伴。

8

思想力的丰富必须表现在对于事物本质的了解的热心，与对于世界以及人类命运的严肃的考虑上。

9

一切艺术的建筑物，必须建筑在坚如磐石的思想基础上。

10

宁可失败于艺术，却不要失败于思想；宁可服役于一个适合于这时代的善的观念，却不要妥协于艺术。

11

要想的比写的多，不要写的比想的多。

12

每天洗刷自己的头脑，为新的日子思考。

六、生活

1

我生活着，故我歌唱。

2

诗的旋律，就是生活的旋律；诗的音节，就是生活的拍节。

3

愈丰富地体味了人生的，愈能产生真实的诗篇。

4

只有忠实于生活的，才说得上忠实于艺术。

5

必须了解生活的美，必须了解凡我们此刻所蒙受的一切的耻辱与不幸、迫害与困厄，即是我们诗的最真实的源泉。

6

凡心中有痛苦的，有憎恨的，有热爱的，有悲愤与冤屈的……；不要沉默！

7

所谓“体验生活”是必须有极大的努力才能成功的，决不是毫无感应地生活在里面就能成功的。

“体验生活”必须把艺术家的心理活动也溶浸在生活里面，而不是在生活里做一次“盲目飞行”。

8

诗，永远是生活的牧歌。

9

不要在脆薄的现象的冰层溜滑；须随时提醒着自己在泥泞的生活的道路上，踏着沉重的脚步，前进而不摔跤。

10

生活是艺术所由生长的最肥沃的土壤，思想与情感必须在它的底层蔓延自己的根须。

11

生活实践是诗人在经验世界里的扩展，诗人必须在生活实践里汲取创作的源泉，把每个日子都活动在人世间的悲、喜、苦、乐、憎、爱、忧愁与愤懑里，将全部的情感都在生活里发酵、酝酿，才能从心的最深处，流出无比芬芳与浓烈的美酒。

七、主题与题材

1

要为表演主题有所苦恼,有如孕妇要为怀孕有所苦恼一样。

2

制胜一切的主题,使它们成为驯服:

假如是岩石,用铁锤和凿击开它;

假如是钢,用白热的火熔软它;

假如是泥土,用水调和,使它在你的手指里揉出形体;

假如是棉花,理出它的纤维,纺织它,再在它的上面,印上图案。

3

在对于题材征服上,扩大艺术世界的统治:

凡你眼睛所见的,耳朵所听的都必须组织在你思想的系统里,使它们随时等待你的调遣。

使你的感觉与思维在每一个题材袭击的时候,给以一致的搏斗,直到那题材完全屈服为止。

4

在工作中试练自己:和一切最难于处理的题材搏斗,和各种形式搏斗,和繁杂的文字与语言搏斗。

无论是虎,是蛇,是蜥蜴,是狮……,必须使它们驯服在人的鞭子下。

5

“摄影主义”是一个好名词。这大概是由想象的贫弱，对于题材的取舍的没有能力所造成的现象。

浮面的描写，失去作者的主观；事象的推移，不伴随着作者心理的推移，这样的诗也就被算在新写实主义的作品里，该是令人费解的吧。

6

我们永远不能停止对于自然的歌唱，因为我们永远不会停止从自然取得财富的缘故。——这有如我们永远爱着哺育我们的母亲一样。

7

写恋爱也可以，但我们决不应该损毁女人的地位。

8

我们怎能不爱万物所由生长的自然母亲呢？

她教给我们许多的真理，不，全部的真理。

她教给我们美丽的生命，懂得爱，忧愁，以及为荣誉而欢欣，为羞辱而苦恼……

她使我们歌唱，当我们的心有所感动，有所不平，有所愤懑……

而她又以最大的安慰安慰我们，以最大的鼓励鼓励我们，使我们从她的永恒中感悟了：生生不息的火，就是生命的火。

9

不要以原始人的态度赞美战争和厌恶战争；要以理性去判别战争，以理性去拥护战争和反对战争。

10

最好多从现实生活中多多汲取题材：

群众，生产工业，饥饿，不合理的榨取，帝国主义的大规模的屠杀，街头示威，叛乱……这是现代生活的日程。

11

问题不在于你写什么，而是在你怎样写，在你怎样看世界，在你从怎样的角度上看世界，在你以怎样的姿态去拥抱世界……

12

对主题没有爱情，不会产生健康的完美的作品。

八、形式

1

一定的形式包含着一定的内容。

2

由于不同的颜色与光泽，大小与形体，我们分辨着：米、麦、柿子、栗子、柚子、苹果。

由于不同的声音的高低、快慢、扬抑，我们分别着：百灵鸟的歌，夜莺的歌，杜鹃的歌，鸫的歌……；和人类的歌。

3

人类的歌，这是最丰富的歌，最多变化的歌，最魅惑我们的歌，最能支配我们的歌……

人类是歌者之王！

4

诗人应该为了内容而变换形式，像我们为了气候而变换服装一样。

创造形式是不容易的，但抄袭形式却不难。

千万不要把从人家那里摹仿来的形式贴上商标。因为那样做纵或可以遮掩了读者与批评家，但却遮掩不了那被摹仿的作者的。

5

应该把形式看做敌对的东西——

只有和所有的形式周旋过来的，才能支配所有的形式。

要把敌人看做难于对付的东西——

这样才能使自己沉着射击，而且才能命中。

6

不要把形式当做魔术的外衣——一切的魔术都是假的。

7

不要把形式看做绝对的东西——它是依照变动的生活内容而变动的。

8

假如是诗，无论用什么形式写出来都是诗；

假如不是诗，无论用什么形式写出来都不是诗。

9

难道能把一句最无聊的平直的话，由于重新排列而成为诗吗？

真正的诗就是混在散文里也会被发现的。

10

诗是诗;不是歌,不是小说,不是报告文学。

11

不要把叙事诗写成报告文学。现今有不少写诗的常把叙事诗写成分行排列的拖了脚韵的报告文学了。

12

有的只是一些素材,却不是诗;

有的只是一节故事,却不是诗;

有的根本只是一篇最粗拙的报告,分行排列了,在句脚上加上一些单调的声音,却自鸣得意以为那是“长诗”。而批评家也以为那是“长诗”,而读者也以为那是“长诗”;于是我们临到了一个充满“长诗”的时代。

13

不只是感觉的断片;

不是什么修辞学的例证;

不是一些合乎文法的句子;

不是报纸上的时论与通讯。

14

所有文学样式,和诗最容易混淆的是歌;

应该把诗和歌分别出来,犹如应该把鸡和鸭分别出来一样。

15

歌是比诗更属于听觉的,因此也更易接近大众的。

诗比歌更纯粹的，更深沉的，因此也更永恒。

16

不要把人家已经抛撇了的破鞋子，拖在自己的脚上走路；不要使那在他看做垃圾而你却视为至宝的人来怜恤你。

你要做一个勇于探求的——向荒僻些的地方走；

多多地耕耘，多多地采集。

17

不要迷信形式。

路是人的脚走成的；为了多辟几条路，必须多向没有人走的地方去走。

18

假如有人说缠脚美，梳头鬓美，带耳环也美——

他们说这些东西美，因为这些东西是“中国的”。你一定会觉得他在发神经病，但当他们说“七言”“五言”“赋”是最好的形式，你却被淆乱了。

19

宁愿裸体，却决不要让不合身材的衣服来窒息你的呼吸。

九、语言

1

语言是诗的元素；诗是语言的艺术。

2

诗是艺术的语言——最高的语言,最纯粹的语言。

3

诗的创作上的问题,语言是最重要的问题之一。诗人必须为创造语言而有所冒险——一如采珠者之为了采摘珍珠而挣扎在海藻的纠缠里,深沉到万丈的海底。

4

没有比生活本身和大自然本身更丰富的储藏室了;

要使语言丰富,必须睁开你的眼睛:凝视生活,凝视大自然。

5

丰富的语言,是由丰富的生活经验产生的。

一个诗人的语言贫乏,就由于他不会体验生活。而语言贫乏是诗人的最大的失败。

6

语言陈列在诗人的脑子里,有如菜蔬与果子陈列在市集的广场上,各以不同的性质与形式,等待着需要与选择。

7

从自然取得语言丰富的变化,不要被那些腐朽的格调压碎了我们鲜活的形象。

8

不要向"书本"去猎取句子!

要向生活去猎取句子！

9

艺术的语言，是饱含情绪的语言，是饱含思想的语言。

艺术的语言，是技巧的语言。

10

永久的语言，不受单一的事物所限制的语言，是形象化了的语言，也就是诗的语言。

11

语言里面必须含有思想与情感；语言里面也必须富有暗示性和启示性。

12

语言的机能，在于把人群的愿望、意欲和要求，用看不见的线维系在一起，化为力量。

13

反拨的语言，是诗人向被否定的一面所提出的良心的质问。

14

启示的语言，以最平凡的外形，蕴蓄着深刻的真理。

15

简约的语言，以最省略的文字而能唤起一个具体的事象、或是丰富的感情与思想的，是诗的语言。

16

明朗的语言,使语言给思想与情感完全的裸体,这场合,必须思想与情感都是健康而美的,她们的裸露才能给人以蛊惑(我们知道:一个萎缩了的女体,任何锦缎对于她都是徒劳的)。

17

诗人必须有鉴别语言的能力:诙谐的,反拨的,暗射的,直率的,以及善意的和恶意的,……一如画家之鉴别唤起各种不同的反应的色彩一样。

语言丰富的人,能以准确而调和的色彩描画生活。

18

语言必须在诗人的脑子里经过调匀,如色彩必须在画家的调色板上调匀。

不要在你的画面上浮上了原色,它常常因生硬与刺眼而破坏了画面上应有的调和。

19

字与字,词与词,句子与句子,诗人要具有衡量它们轻重的能力。——要知道它们之间的比重,才能使它们在一个重心里运动,而且前进……;失去重心的车辆是要颠扑的。

20

深厚博大的思想,通过最浅显的语言表演出来,才是最理想的诗。

21

最富于自然性的语言是口语。

尽可能地用口语写，尽可能地做到“深入浅出”。

22

一首好诗，必须使每个看它的人，通过语言，都得到他所能了解的益处。

作于1938年—1939年

选自《诗论》，新新出版社，1947年出版。

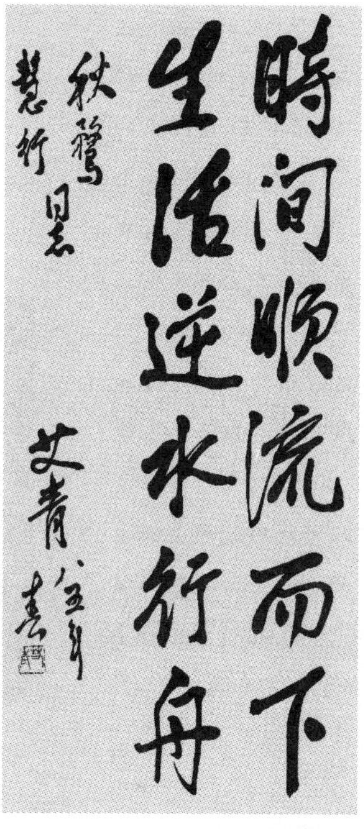

艾青手迹

Guo Moruo　郭沫若

【题解】 郭沫若(1892—1978),四川乐山人,著名文学家、剧作家、诗人、历史学家、古文字学家、书法家、学者、社会活动家。中国新诗奠基人,是继鲁迅之后公认的文化领袖。

在本文中,作者探讨了诗歌的起源,认为,作诗并不难,诗是感动的产物,但作好诗却不易。因为诗人还是一个语言家,是语言的发展和创造者,要“把活的语言摄取来,加上一道精神酝酿的工夫,而使它优美化”,这样才能写出好诗来,同时也对语言的发展作出贡献。

作为抒情诗人,郭沫若认为,“今后的诗的道路还是应该限于抒情”。因为叙事诗在欧洲发展成了小说,剧诗也成了话剧。抒情诗并非只是写小情感,也可以写出时代的大情感来,从而写出伟大的诗歌。而做诗关键是做人,一个诗人的人格有多伟大,思想才会有多深刻,写出来的诗歌境界才会有多高。

郭沫若肖像

十八　诗歌底创作

(民国)卅年四月二十七日,曾在抗建堂讲此题,今根据当时的记录把它整出,以供初学写诗者参考。

诸位要兄弟来讲“诗歌底创作”,老实说,我对于这个问题是没有十分的把握的。我虽然也写过些诗,但从没有写过诗歌底方法论。这和作诗是另一回事。因此,我讲出来的东西恐怕有点文不对题,对于各位不一定会有什么帮助。我尽我自己的一点菲薄的经验来讲讲吧。

刚才老舍先生讲过,“做小说不是容易的事情”。这话是很正确的,我们对于任何事都不要把它看容易了,因为山上还有山,人事底进步是没有止境的。但你们如果问我,诗是怎么样呢?做诗究竟容不容易呢?我可负责的说做诗是很容易的,不过做得好,做不好,那是另外一回事。

照文学发展的程序来讲,诗歌是最原始的东西,最早的文字是诗歌。诗歌发展到了某种阶段的时候,才知道尊重散文。由散文更进一步才产生了有组织严密的小说或话剧之类。所以,原始诗歌就好像原始的单细胞动物一样,极其简单。我记得法国人格洛舍,所著的一本叫着《艺术之起源》,其中也论到诗歌的起源。他引了原始人底诗歌来做例子,有一首诗是澳洲西北部底土人所唱出来的,是嘲笑一位跛脚的人。

那诗是——

“哦，那是什么脚哟，

哦，那是什么脚哟，

你这浑蛋有的袋鼠脚哟！”

袋鼠是前脚短，澳洲特产的动物，就以这样简短的两三句便组织成了一首讽刺诗。这似乎已经够简单了，但还有比这更简单的，只消一句话便可以成为一首诗。例如：

“酋长是不晓得害怕的哟！”

据说这是南美洲的波多古朵人赞美他们的酋长的歌，只把这样简单的一句反复唱出，便自然成了节奏。

事实上还有比这更简单的诗，只消把一个名词，反复地唱出，便可以成为节奏了，比如我们唱：“菩萨，菩萨，菩萨哟！菩萨，菩萨，菩萨哟！”我有胆量说，这也就是诗。你们在笑我吗？我就举一两首和这相差得并不多远的很有名的诗给你们听吧。

日本的东北部有一个风景很好的地方叫做松岛，那是一个海湾，海湾中有很多的小岛子，岛子上都有些矮小的松树，在日本往年是称为三大名胜之一。日本有一位俳人叫芭蕉的，很有名，留下很多脍炙人口的俳句，什么叫俳句呢？这是日本的一种很简短的诗式，只消用十七缀音，构成“五、七、五”这样的三句。往年曾经介绍到中国来过，被人称为“小诗”。欧洲有过一批好奇的人，也尝试过，想把这样的形式输入到欧洲去。能做这种俳句的，在日本就叫着俳人。芭蕉是很有名的俳人，在日本差不多是妇孺皆知的，他也确实做过一些很有味道的俳句，在那样简单的形式当中，能够含着相当深刻的情绪世界。据说他到了松岛，为松岛景致的美给打动了，他便作一首俳句。只是：“松岛呀，啊啊，松岛呀，松岛呀！”

仅仅叫了三声松岛，你们说，是不是容易呢？这可以说是一个名词的诗。和达相差得并不多么远的，在我们中国也有一首，而且也非常的有名，那便是赞美孔子的诗，我念给你们听吧。

“大哉孔子，孔子孔子，
孔子以前，既无孔子，
孔子以后，又无孔子，
大哉孔子，孔子孔子。”

这虽然稍稍加了一点说明语，但在本质上不是和芭蕉喊三声松岛，我们普通人喊三声菩萨一样吗？

不要笑吧。在这儿可以发现诗底本质，也可以发现做诗的秘诀。诗实在并不是好神秘的东西，只要你有真实的感情，你心里有了什么感动，你把它一说出便成为诗。为你自己，你可以不必多加说明，但要使别人明白你到底是为了什么感动，你是须得加些说明上去的，那样，你的诗便自然要长长了（上声）。而且，也可能生出一些变化来。

把刚才说过的“袋鼠脚”那首诗拿来做例吧，那只是一句感慨语底重叠，加上一句说明语，而这说明语是加在最后的。这是一种形式。你假如把说明语加在最前头去，怎么样呢？可以的。也假如加在当中又怎么样呢？也可以的。还是从格洛舍底书里面再引两首原始人底诗吧。

“现在谁个还能够杀我？
我纹了身呀，
我纹了身呀！”

这也是澳洲土人的诗，因为一个男子纹了身，他自己感觉英勇而愉快，便这样喊了出来。你能说它不是诗吗？这是把说明语加在最前头的。

又有一位澳洲土人，要到英国去，由他的亲戚朋友们到海岛上去送行，反复唱着一首送行的歌：

“凄凉的船呵要飘到那儿去？
我是不会再见我的亲人了，
凄凉的船呵要飘到那儿去？”

这诗趣是够浓的，说明语是加在两句底当中。就这样仅仅三句的编配，便可以有三种不同的方式，诗也就渐渐地会复杂起来了。

我们中国古时候的人，对于诗下过一个很周到的定义，那就是有名的《毛诗序》上的几句活。

> “诗者，志之所之也，在心为志，发言为诗。情动于中而形于言，言之不足故嗟叹之，嗟叹之不足故永歌之，永歌之不足，不知手之舞之，足之蹈之也。”

这不仅把诗底本质说得很恰当，而且把诗歌、音乐、跳舞是三位一体的东西，也在简单的几句话里面包括尽了。

这话如要加以解释的话，便是说：诗是意境的表达。心里面一起了什么感情，便每每要用言语来表达它。感情太强烈或者延长了的时候，言语的表达感觉着不够，便要发出些不一定是言语的惊叹，而反复地拖长声音唱起来。唱起来了，有时候更不知不觉地便要手舞足蹈。

人是谁都有感情的。你只要一受到什么刺激而发生了感情，加上了时间底延长而成为了情绪，你是会说话的，你是有喉舌的，只消把它说出来就是诗，这可不真是容易的事吗？

不过，文艺活动是随着人类的进化而向前发展的，在发展的途中，不断的分枝，不断的演化，就如像从单细胞动物发展成为了五花八门的动物界一样，不仅诗歌、音乐、跳舞，完全成为了不同的部门，就是诗歌本身也不完全是那样原始的形态了。

古时候每种诗都是唱出来的，必先有口头的文学，然后才有竹帛的文学。因而诗与歌不可分。但到后来，这两者也就逐渐起了分化，诗与歌已经是判然的两种形式了。大体上说来，直接表达感情，音韵的成分比较外在的便是歌，间接刻划情绪，音韵的成分比较深入的便是诗。我这样分法也很含混，有时候在两者交界的地方实在也分别不出来。就如像单细胞的原生物，你到底说它是动物还是植物，有时候连专家也感觉着棘手的。不过诗与歌确是分化了，我们把配着乐谱的歌和极端散文化了的诗一对照，便可以感觉到它们的差别。

歌似乎快要脱出文学的范围，而转入音乐的范围，有好些歌词，唱起来虽然很好，而文学的价值却并不怎么高，评剧和各种地方剧的唱本便是极好的例证。那些唱本唱起来尽管感动人，但那文字上却有好些是不通的。诗也可以谱成乐谱，但它不是乐谱的附庸，并不依靠乐谱的存在而存在，而好的乐谱怕也只能把诗中的情绪世界翻译成音乐，它俩可以两口独立，不然那附庸式的乐谱也是没有多么高的音乐的价值的。

诗愈朝现代走，外在音韵的成分愈见稀薄，古人所遵守的严格的平仄规律与脚韵逐渐地遭了扬弃，竟达到了现代的散文诗的时代。诗是更加自由，更加裸体化了。因而现代的诗人便发生出诗究竟应该用韵，还是不应该用韵的问题。但这所说的韵是限于外在的韵尤其韵脚在说，如是广义的节奏情调的那种韵——所谓风韵、气韵之类——那是诗的生命，诗是不能没有韵的。

外在的韵是语言文字的音乐性，认真说，这是附加于诗上的一种东西，而不是诗的本身，诗的本身乃是情绪的潮流，它是有抑扬起伏，轻重急徐，回旋反复的。这和言语文字的音乐性容易合拍，故尔古代的诗都有外在的韵。不过这两者究竟是两种东西。毫无诗意的内容穿上了铿锵的衣裳不能成其为诗，反之，诗的意境十分充足，即使不穿上铿锵的衣裳，而它依然是优美的诗。故歌要多靠外在的韵，而诗却不必靠外在的韵。不过它俩也不是完全的对敌，诗和外在的韵如起了有机的化合，那倒是很理想的一件事情。

让我打一个浅近的譬比吧。外在的韵律比如服装，诗比如人。不美的人即使穿上极华丽的衣裳也并不会怎么美，而美的人却只须要朴素的装饰，甚至裸体都好。但假如很美的人配上很美的服装，那不是更为理想么？故尔要说诗非有韵不可，那固然是对于诗的了解并不深；但要说诗绝对不可有韵，那又未免偏激了一点。我们可以说，歌非有韵不可，诗是可以有韵，可以无韵。只是韵语的制作是要另有一番修养的，如修养不够，那倒不如听其自然，不加修饰的好，因为往往有很好的诗意被不十分配称的外形所破坏了，也就如本是美人而被不合身的装束所漫画化了的一样。

因此,要穿一套合身的衣裳,实在也是一件值得苦心的事体。真的就像人一样,率性一丝不挂,打一个赤膊,那倒很自由。事实上人除在洗澡间里面,也是不能容许你那样绝对的自由的。真正的裸体的诗只有藏在自己的心里,只要一成了诗形,无论你是怎样的散文,那已经不是裸体了。散文诗看来好像很容易做,其实它是很不容易做的。所谓“成如容易却艰辛”,王安石在做了不少的拗体诗之后,到晚年来返乎自然所说出的这句话,正可以应用到散文诗上来。言语文字的学习、锤炼,是绝对必要的。要用极新鲜活泼的语言,极单纯生动的文字,求其恰恰和自己所要表现的内容相称。诗人不单要做诗,同时还有改造国语的任务,把活的语言摄取来,加上一道精神酝酿的工夫,而使它优美化,就像蚕子吃了桑叶的纤维吐出丝来的那样, 又如精巧的工匠把单线的丝织成锦绣的那样,诗成功了,优秀的国语也成功了。

诗在别的国家,如印度和欧洲很早就有抒情诗、叙事诗、剧诗等形式。但在我们中国情形却是两样,抒情诗一出马便是诗的独擅场,叙事诗和剧诗根本没有发达。叙事很早就专门采取了散文形式,而和剧诗相近的却是大开大阖的汉赋——一二位人物的几大长片对白。这种和两扇大门或三扇花格门相仿佛的汉赋后来也蜕变了, 不是成为抒情的小赋,便是成为刻画某种客观事物的有韵的骈文,真正戏剧形式的东西,一直到元代的杂剧才开始成立。那很明显地是受了外来的影响。一直演变到皮黄剧,虽然在唱词有韵的一点似乎可以称为剧诗,性质上实在和西洋的歌剧更为接近。

长篇大套叙事诗可以在弹词之类的通俗文学里面去找, 但那种形式也起来得很迟,一直到金章宗时的董解元的《西厢记掐弹词》才开始完成,而那种形式也是从印度系统的变文形式演变过来。明清之际也出了几部大的弹词, 有趣的是作家都是一些女作家——或者也怕有男士假称女士的吧, 比较起明清之际的几部大章回体小说来究竟是大有逊色的。

在欧洲,叙事诗后来也演化成为了小说,剧诗成为话剧了,虽然在韵的形式也还没有全废,这和五七言诗依然在中国保存着的一样,但总觉得它们是鸭咀兽式的东西,时势所趋,已经成为时代错误的畸形存在了。中国的新文艺又接受了世界潮流,话剧形式并非从旧戏蜕变,而是崭新的移植,他的势力无论在文学上或演出上都压倒了旧的传统。小说方面也是一样的情形,和新音乐压倒旧音乐,新思潮压倒旧思潮一样,有如冰河期后生物界里的天变地异。

诗的接受方式却有点时代错误。在现代文化中,诗形整个本来都是在大退潮期中,叙事诗既变为小说,剧诗既变为话剧,因而所谓诗的范围便愈来愈窄了,这或者可以说是诗的纯化,倒要更适当一些。诗限于抒情,而采取自由的形式。这和中国原有的诗的传统观念倒是比较接近的。但在我们新诗人中却抛弃了中国的这种优良传统,而要努力建设叙事诗,把荷马、但丁、弥尔敦复活到现代,而更有一部分人对于中国的诗律虽然尽力打破,而偏偏把西洋已经长老化了的商籁体拣来,按步就班地,大做其西洋律诗。这真真是不高兴带中国的木板枷,而愿意带西洋的铁锁枷了。

照我看来,今后的诗的道路还是应该限于抒情。或许有的人会说,那岂不是限制了诗人的活动?在目前的大时代,我们正应该写出纪念这个时代的史诗,把这个时代铸型在诗里,诗人岂能够踏局在个人感情的小天地里面讨生活?这样的诘难,看起来是很堂皇的,很像替诗人们吐了气,但其实这儿是犯了两种错误:一种是把史诗的函义太看狭隘了,二种是把抒情的范围也太看狭隘了。

假使从广义来说的话,近代小说和戏剧都是可以称为诗的。铸造时代的史诗,无宁是以小说的形式最为适当,因为它比较无限制,而能够详细地刻划。小说的时代,在目前似乎依然还没有过去。耐心地学写小说,也怕是诗人们所应该做的事。耐心地学习观省,学习用适当的语言文字表现对象吧，专门做诗，一切内容都用诗形表示，那实在未免太偷巧了。

不过，就用抒情诗的形式来铸造时代也不能说就完全不称职。抒情并不是说要限于抒写个人的小感情，不是的，决不是的。一个伟大的诗人或一首伟大的诗，无宁是抒写时代的大感情的。诗人要活在时代里面，把时代的痛苦、欢乐、希望、动荡……要能够最深最广地体现于一身，那你所写出来的诗也就是铸造时代的伟大的史诗了。也不必一定要好几千行或好几万行才算伟大，你就是一些短章集合起来的集子，只要内容充实，谁也不会吝惜“伟大”的称号的。屈原的《离骚》并不长，他的伟大不亚于但丁。惠特曼的《草叶集》并无千行以上的诗，他的声价也并不低于拜伦。要说抒情就是小，那倒未免太把诗人小视了。

归根结蒂，做诗还在做人。你在做诗之前总要求你是一个人。你的人格够伟大，你的思想够深刻，你确能代表时代，代表人民，以人民大众的心为心，够得上做人民大众的喉舌，那你便一定能够产生得出铸造时代的诗。是什么树子开什么花，是什么树子结什么实，那是丝毫也不能假借的。蒺藜上结不出葡萄，荔枝树上也不会结陀罗子，那是丝毫也不能假借的。因为诗的能伟大不伟大，不是诗形式的问题，而是人的问题，人格的问题，思想的问题，生活的问题。

诗与思想，有时被人认为是不相容的东西，以前在诗坛上曾经反对过哲理诗的制作，那是值得讨论的。假使是借用韵语来写一定的教条，如像以前发蒙时读的《三字经》或《女儿经》之类，那当然不是诗。我们根本不把它当成诗看，当然也用不着反对。但如诗人对于某一种高尚的思想或真理，怀着热诚的憧憬，而加以颂扬，或生活在那种思想当中，如像山里的泉水，自然流出声音来那样，那种的哲理诗或思想诗，我们是不能反对的。那正是一种高度的抒情，伟大的诗无宁是必然具有那样的成分的。

思想是生活的舵轮，没有思想的生活是盲目的，由那种生活所发泄出来的感情每每会流而为狂妄。我们要有正确的感情,必须有正确的生活,要有正确的生活,必须有正确的思想。什么是正确的思想呢?凡是能够顺应着人类进化的潮流,主张克制个人的自私自利的欲望,把最大多数人的幸福放在第一位,积极策进人类进化的那种思想,总不失为正确的指示。一个人总要先有这种利他的牺牲精神,然后才能够成就一切。诗,自然也不能够例外。

我顺便要想说到灵感的问题。灵感在英文称为"烟士披里纯",以前的人对于这种东西看得神乎其神,现今的人又差不多把它骂成狗屁胡说。这东西到底是有没有呢?如有,到底是需要不需要呢?在我看来是有的,而且也很需要。不过这种现象并不是什么灵鬼附了体或是所谓"神来",而是一种新鲜的观念突然使意识强度集中了,或者先有强度的意识集中因而获得了一种新鲜观念而又累积地增强着意识的集中度的那种现象。这如不十分强烈的时候,普通所谓诗兴,便是这种东西。如特别强烈可以使人作寒作冷,牙关发战,观念的流如狂涛怒涌,应接不暇。大抵有过这种经验的作家,便认这种现象为灵感了。我自己是有过这样的经验的,因而我并不想一味骂斥灵感。我无宁[1]认为诗人的努力倒应该是怎样来诱发伟大的灵感吧。

忠于一种正确的思想即真理,以这为生活的指标,而养成自己的极端犀利的正义感,因而能够极端真挚地憎与爱,这便是诱发灵感的源泉。你的生活范围愈大,你的灵感的强度也就愈大,你如能以人民大众的生活为生活,人民大众的感情为感情,那你的灵感便是代表人民大众的。更进一步的努力便是要用人民大众的语言来,巧妙地记录这种灵感。

这样的诗人和这样的诗,正是时代所期待着的。

选自《文学》杂志1944年第二卷三、四期。

① 无宁,亦作"毋宁"。例:无宁汝先吾而死。——清·林觉民《与妻书》;《论语·子罕》:"且予与其死于臣之手也,无宁死于二三子之手乎?"

Li Guangtian　李广田

【题解】 李广田(1906—1968),山东邹平人,诗人、散文家。1929年考入北京大学外语系,次年开始发表诗文。曾与卞之琳、何其芳合出诗集《汉园集》。

这篇文章最核心的概念是诗歌的“洁净”问题。作者认为,作品能做到洁净是非常难的事,诗歌创作,必须要从芜乱到洁净。

作者还就青年诗人“有闻必录、有感必发”不重技巧的滥作状态提出了批评,认为一首诗必须要有恰当的表现方法,也就是技巧。大白话式和情感的直接发泄,都是诗歌的大忌。所以,在本文中,作者建议青年诗人要有像树一样的品质,要扎根于生活的土壤,安静地阅读写作,让感情内敛一些,沉静一些。诗歌并非激情的产物,而是理性和智慧的结晶。如同树的开枝散叶,是需要长期的积累,而不是凭空的增添。

李广田肖像

十九　树的比喻——给青年诗人的一封信

从你来信中所说各种情形，知道你年来在写诗一方面非常努力，而从你所寄来的这几首诗中，也可以看出你年来的努力已获得了相当的进步。比较你从前的作品，大致地说起来，你现在的作品是显得特别洁净了。

"洁净"，是两个极其平常的字，但作品能做到洁净，却也并非多么容易的事，多少年轻作家，甚至有些老作家都不大能够做到这一步。"洁净"的反面是"脏"，是"芜乱"。在一件作品中，往往有多少材料是多余的，有多少字句是不必要的，那些多余的，不必要的东西，把那少许本来是很重要的东西也给掩没了，这正如一地荒草之埋没了几陇禾苗。你现在的作品是相当洁净了，从芜乱到洁净，这正是一条很好的道路。但你必须知道，这也还只是在道路的中间，从这中间，将来还须向前更进一步，那就是从"洁净"走到"丰实"。我总喜欢以树为喻。芜乱，是一棵小树的肆意生长；洁净，是你把它修剪了一番，收束了一番。但这修剪，这收束，却正是为了它将生长得更像样子，它将有非常丰实的完成。然而这所谓丰实，与前边所说的芜乱是毫无相同之处的。当一个人开始写作时，他大概都是不自意识的，他之所以要写作，往往只是凭了一些刺激的反射，一串感情的泛滥，或是一些幻想的狂奏，这时候，他既少生活经验，对宇宙人生自无深刻的认识，他有见必录，有感必发，这自然就是形成芜乱的原因。这在另一方面说，也许可以说是无容置议的事，因为青年人有快乐，更有青年人所特有的而且特别强烈的苦闷，要歌出自己的快乐与苦闷，谁还能说这是不应当的？能够歌得出来就是一种快慰，而在青年的精神上也就是一种发扬。但站在艺术的观点上看，为了使自己成为那最好的艺术家，这种有闻必录，有感必发的作法是不行的。你一定知道，一般人以为文学创作——尤其是写诗——就是自我表现或表现感情，这说法在某一方面是对的，但必须给与一种恰当的界限。没有表现便不成为艺术，不错。但现在许多青年诗人却大都不讲究表现，太不注意那表现的方法，太看轻了技巧，也许根本就不知道技巧。要表现自我吗，好的，我就赤裸裸地表现，几乎一丝不挂，几乎成了"暴露狂"。要表现感情吗，好的，我就尽可能地愈直接愈好地倾泻出来，几乎毫无含蓄，几乎成了感情的"发泄"。在这种情形中，作者太"热中"了，自然无表现之技巧可言，然而这就不能成为艺术，也许可以成为艺术，然而那是偶然的，像一片浮云偶然变成了一片山水。有人说文学创作的过程就如作梦，也有人就用了自己的梦写成文学作品。然而梦本身实在是一件很糊涂的事情。法国的大诗人梵乐希(Paul Vaiery)[①]曾经说过："想描写他的梦境的人，他自己就要格外清醒。"要"格外清醒"，是的，"清醒"的反面就是"热中"。在太热中的情形中写作，那结果将难免芜乱，在清醒中，也就可以"洁净"了。

青年人都是难免热中的。由热中到清醒，这时候他将渐渐感到自己浅薄，这浅薄，在从前是曾经被他误认为深富的，他也将渐渐感到自己浮夸，而在从前，他又曾误认这浮夸是自信。如今他前进了一步，在这过程中，他大概安静了一些，谦逊了一些，无论在感情思想上，无论在文字语言上，他都很吝惜了，很宝贵了，不再浪费了。他正如一个沉默寡言的人，他觉得言语是愈少愈好的，他正像一棵已经在地底扎下了深根的树，风里雨里，它已不大受摇撼，它已不大发出那些萧萧骚骚的杂音。而这

① 梵乐希，后译为瓦雷里（1871—1945），法国象征派大师。

样的也大概正是你现在的情形，这当然很好。但你还不能在这里止步，也绝不应当止步。超过这一步，你更多地体验生活，更多地读那些重要的书籍，你将更有意识地去写，更勇敢也更谨慎地去写。你将使感情稍稍后退一些，使智慧更能够放出光辉，你甚至会忘掉你自己，而不是“表现”你自己。到那时候，你将写出更好的作品，也就是超越了“洁净”以上的，丰富而坚实的，有光有色的东西了。你大概会明白我的意思，那就是，你现在的作品在洁净一点上是令人满意的，但它们之尚欠繁富与晶莹，却也是事实，这也就是你应当努力的地方，然而这又是不能心急的事情。

现在一般写诗的人是太不注重形式了。形式固然由内容决定，但并不是不需要作者去用心，去创造。作者如能创造了或利用了那最好的形式（应当说是最适切的形式），那内容也将表现得更好。艺术的另一意义就是技巧，它必须有些范围，有些规矩，我们就以乒乓球为喻吧，我知道你是喜欢打乒乓球的。乒乓球的台子就只是那么小，乒乓球只应当在那个小小的范围之中活动。但是你不可不知道，那小小的球台实在是一个广大的战场。善于打球的人绝不让他的球落到台子外面，倘若他的球刚刚接触到台子的边缘而又不为对方所回击，那就最好。你看吧，当他把全身的力量都集中在右手中，当他胳臂一挥像要飞起来的时候，他的精神岂不也是充塞乎天地之间的样子，然而他的力量就只用到那小圆球上，那小球又为种种规律所约束，稍稍越规，他那全副力量便是白费了。善于打球的也是艺术家。他的所以显得有力量，显得美好，就正因为他的活动范围有限而又有很多约束，这就是形式可以提高内容的道理，这就是形式对于内容的反作用。在这里，技巧就见出了它的意义，它的重要。你假想那球台子如果有篮球场或是球场那么宽阔，又假想那打球的两人并不遵守什么规则，那么这种游戏也就毫无意味，用以运动身体是可以的，跑野马式的跑步也可以强健身体，但这不是艺术。至于那乒乓球的台子为什么要那么狭小，那就完全是由于那乒乓球本身的特质所决定的。艺术是如此，诗，更是如此。诗不能不讲求形式，不能不讲求技巧。千万不要以为随手写下来的就是好诗,有时也许会好,但有时连好的散文也不是,那就更不必说是诗了。假如真有诗的内容,写成散文固然也无妨;假如本来就不是诗,写成诗的形式也还不是诗。诗,再加以最好的诗的形式,那才是诗的完成。

对于你的诗的原稿,我一字也未能改动,这不但因为你的字写得那么整齐好看,为免得把它们弄污了,令我不忍下笔,而主要的原因,还在于那些作品都很"洁净",那字句之间是毫无毛病的。我还是以树为喻吧,假如你的诗里只具备了根干,再添一些枝叶与花实是必要的。一件作品,正如一株生命充沛的树,它须是从根到梢的一个完整。但这些枝叶花实怎样才能添得起来呢? 我能给你添吗? 那当然不能,那么你自己添吗? 也不对。说是"添"就不对,它们不是凭空"添"起来的,而是"生长"起来的,是很自然地生长起来的。至于如何才能自然地生长起来呢? 那就不必这么问,你只应问你自己是否真爱生活,真爱人类,你是否真爱智慧,真用全力创作,而尤其要问的,是你的创作欲是不是从生命深处萌发的? 再不然你就去问一棵树,你问它如何生长,如何伸枝展叶开花结实,如何蔚为一树嘉荫? 你一刻也不要懈怠,但一点也不能躁急。艺术是一桩艰苦的事业,它既需要勤奋又需要忍耐,而忍耐尤其必要,正如里尔克(Rainer Maris Rilke)所说:

"不能计算时间,年月都无效,就是十年有时也等于虚无。艺术家是:不算,不数,像树木似地成熟,不勉强挤它的汁液,勇敢地立在春日的暴风雨中,也不怕后边没有夏天来到。夏天终归是会来的。但它只向着忍耐的人们走来;他们在这里,好像'永恒'总在他们面前,寂静,广大。我天天学习,在我所感谢的痛苦之下学习:'忍耐'是一切!"

原载《诗的艺术》,开明书店,1943年版。

选自《李广田文学评论选》,云南人民出版社,1983年版。

Zhang Xiuzhong 张秀中

【题解】 张秀中(1905—1944),河北定兴人。原名张毓坤,1923年起习作新诗。有诗集《清晨》《动的宇宙》等,诗歌评论《中国新诗坛的昨日、今日和明日》,译有诗集《莫泊桑的诗》《魔鬼的追随》等。

什么是好诗,好诗的标准是什么,对于新诗来说,历来是一个难题,就连评论家也众说纷纭。而对于初学者来说,面临浩瀚的诗歌,该如何选读,才能吸收到真正的好营养?在本文中,张秀中就一个诗歌初学者的这个问题,作出了自己的回答:"凡配称为好的诗,那一定是能够强烈的反映出现实生活和歌唱出大众的感情的。"这个定义,是从内容上来说的。但作者并没有忽略诗歌的形式。他认为,诗歌的形式和内容是不可分割的,二者必须谐和。只有"正确的"内容,而没有好的形式,那也不能成为一首好诗。"因为文学是形象的思维,是语言的艺术,尤其是诗,如果没有丰富、新鲜、有力而明确的语言和语汇,便绝对不能表现出丰富,新鲜有力的现实来。"这个形式和内容统一论,于今天的诗歌创作,也很有指导意义。目前不少诗人，要么只求诗歌的“意义”，而不在乎语言的表达，将诗歌变成了说理的散文和小品文，要么沉醉于语言的内部，提倡“诗到语言为止”，陷入技术主义的泥潭，完全脱离现实生活，诗歌不知所云。

所以，作者认为，“语言语汇之于诗，犹如血液之于人体，诗底语言之贫乏，好比一个患了贫血病的人，从他身上很难找出强烈的光和热来”。

进而，作者还提出，一首诗必须要有一个中心思想，围绕这个中心来表现。有的诗人写作前没有构思布局，仅仅靠“灵感”来推动诗歌情节的发展，这样往往每句诗都很精彩，但总的读下来，不知道表达了什么，这就是缺乏中心思想所致。

对于拖沓的写作，作者也提出了批评，认为诗歌“不需要罗嗦琐碎的记叙”，要“富于涵蓄”，“一首诗只可说到七分，余下三分留给读者去补充，分享创作之乐，才能了解诗的真味”。这就是古人所说的“言外之意”。对于新诗的创作，也同样具有指导作用。

二十　论好诗的条件

最近收到一位初学写诗的战友来信，这样写着：

张秀中同志：

我是文化战线上的毛孩子，也是才学写诗的小孩子，我本来想扛起这枝“枪”，参加这一战线，可是我个人能力太有限了，我在这里希望你，帮助我把这一枝“枪”，永远扛在我的肩上……现在我这些时只写了这篇东西，望你给修改，我在这里要求你答复我一个问题，就是我在平时的读诗中，不知道什么样的诗为好诗，也不知什么样的诗为不好的诗，望你把好诗的条件告诉你的小弟弟……

振　瑞

以上信里提出的问题，我想已经不是他个人的问题，而是代表着一般写诗读诗的朋友们怎样去认识诗的问题。

似乎已经不成问题了，凡配称为好的诗，那一定是能够强烈的反映出现实生活和歌唱出大众的感情的。如果不能表现生活和大众感情，那末，尽管是有诗的形式，也是不能称之为好诗。

能够表现生活的诗，一定和新时代的步调一致，脉搏合拍，充溢着新鲜活泼的气息与健康的情调。

自然,诗的内容和诗的形式是不能割裂起来看的,一首真正表现生活和大众感情的诗,那一定是基于作者对于现实的正确认识之上的。但是,如果只有正确的认识(如政治立场,进步的世界观等),而没有获得适当的表现形式(如精炼的用语,丰富而新鲜的语汇等等),也是不能表现出现实生活和大众感情,仍是不能成为一首好诗的。因为文学是形象的思维,是语言的艺术,尤其是诗,如果没有丰富、新鲜、有力而明确的语言和语汇,便绝对不能表现出丰富,新鲜有力的现实来。语言语汇之于诗,犹如血液之于人体,诗底语言之贫乏,好比一个患了贫血病的人,从他身上很难找出强烈的光和热来。

所以,好诗的条件,是要内容和形式两方面来认识,一首好诗是内容和形式的谐和。没有内容的美的形式,或是没有美的形式的内容,都是不能存在的。因此,一首好诗,一定是用美的形式歌唱着生活底感情的。

诗,是文学形式中最精炼的一种表现形式,是思想感情最集中的表现,以压缩的力显示着主题,是作者对于现实的认识,政治立场和态度底一种直观敏感而尖端的反映。并且,诗是一种韵文,不同于一篇散文或记事,诗具备着情感的旋律,其本身包容着音乐的素质,是一种能够歌唱的形式。诗底世界,是韵文底世界,不是散文及其他。诗人比起小说家来,是更加敏感而强烈地反映现实,因为他对于每一个现实材料,不单单像小说家那样,把它忠实的描写出来。如果说短篇小说是写出人生最精彩的一片断的话,那么,诗更在于能够把最精彩的部分,用漫画式的笔法挥写出来,才能不游离于事物外形底轮廓上,而抓住核心。一个诗人应该是善于把情感渗透事物的内部,用新的名字呼唤它,赋与新的感情和生命。

一首好诗,应该是以思想透过感情,感情受思想净滤。一首好诗应该表现一个中心思想。思想好比一条红的线索,把歌唱的事物和情感贯穿起来。不然的话,便容易东鳞西爪,不能成为一篇浑然的东西。作者的情感尽管真实，尽管歌唱着生活，但仍然是停留在生活的浮面，不能歌唱到生活底层。诗中感情的有价值，不仅决定情感真实的程度，而更决定于是否促起人们对于现实的深刻认识上面。守财奴为了失去金钱而哀吟，公子哥为了失去少女的爱而歌唱，其情感尽管如何真实，但是不能唤起读者的共鸣。

诗是文学中最精炼的一种表现形式，因之，不见得什么材料都可以写成。用诗的形式，刻划典型人物，表现复杂错综的社会场面，便有着限制性，不及小说，但在传达感情上却比其他文学形式都要更加直接，更加容易成为激动性的东西。因此，人们把诗看成容易写，或把任何材料都写成诗，甚至把诗认为是一种最简单的表现形式，这是大错而特错的。我们不是可以常常看到因为写别的东西写不好，而选择了一条诗的捷径吗？不是常常有些初学写作的同志连造句都造不通，而首先写诗吗？不是也往往有人把一段小文排列成不同的短句吗？不是也有人把抽象的术语名词，把干燥的政治口号生硬的搬到诗里来吗？更糟糕的是，因为喜爱诗而可以对于政治时事问题不感兴趣，漠不关心，对于一切知识都不肯吸取，岂不知古今中外的大诗人没有一个不是知识丰富，而成为深渊广博的哲学家的。这是写诗的一种偏向，这是诗风中的一种歪风，我们应该给以严格的纠正。

诗，既是文学中一种精炼的表现形式，常常是用不多的字句来组成的。一首诗里不应有多余的字，不应有不顺的句子，有时常常因为一半个生涩的句子或不妥当的用语而损害了全诗的情调，破坏了诗的完整性。

在振瑞同志寄来的“农村之歌”的原稿里，便可以找到这样的例子，如第二段：

> ……
>
> 到处都听到子弟兵的歌唱。
>
> 我忙着劳动在田园，

子弟兵演习打仗在地边。

我们生活有保障：

积极的春耕，

安生的夏忙，

丰富的秋收，

幸福的冬享，

我们的武装，

保卫着我们的家乡。

现在发表的诗稿里把后面的七句完全删去了，为什么删去了呢？就是因为这是一种干燥而单调的说理的句子，在这里是不必要的，有了上面的几句已经够了，再写上这七句是多余。对于无用有害的字或句，应该像锄奸一样把它锄去。艺术是应该铲除繁冗，力求经济，为了压制成优良的豆腐，必须去其渣滓，豆腐虽然少了，但是更能营养身体。我们说诗是压缩的一种表现形式，就是这个道理。

文学不是流水账，诗，更不是流水账，不需要罗嗦琐碎的记叙，要借艺术形象的方法，将任何平凡的思想，非凡而尖锐地传达出来，才算尽了诗的任务。所谓具体的写法，而不可抽象地说明，就是说诗要富于涵蓄。一首诗只可说到七分，余下三分留给读者去补充，分享创作之乐，才能了解诗的真味。所以我们把振瑞同志“农村之歌”末尾四句：“我们忙着在田园，子弟兵天天打胜仗，我们这是幸福的人群呵！全中国谁能赶得上。”也“精兵简政”下去了。中国古来所谓“意在言外，弦外有音”“窥及全豹”“言有尽而意无穷”“多一分则过长，少一分则过短”就是指着这种意思而说的。

《中国新诗坛的昨日今日和明日》

其次，从前面的三句中也可以知道什么是诗的音节与歌唱的调子。原稿“我忙着劳动在田园，子弟兵演习打仗在地边”就不是歌唱的调子，没有诗的自然的音节。但改成“我忙着在田园耕耘，子弟兵在山脚演习打仗”念起来就有了调子。“地边”改作“山脚”，这在用字上是值得推敲的。

这只是顺手举了一个很简单的实际例子，但在写诗时是可以常常遇到这种情形的。诗的造句和用语是需要多多下些苦功夫。

所以一首好诗，不但要有丰富的现实内容，大众感情，而且必须具有完美的形式。一首真正的好诗，使我们读后常常好像喉咙干渴时咽下了一股清泉，使人精神清爽，好像沉闷时饮了一杯醇酒，使人精神兴奋、飞扬，掀起脉搏里血液的波动，好像听了一支乐曲，马上抓住你底魂魄，使你快乐，使你痛苦，使你深思或者使你鼓舞。总之，读了一首好诗，可以把我们的精神从现实生活中腾起，而憧憬着未来世界的美丽远景，鼓励起我们战斗的勇气，纵使是歌唱出生活的阴暗面，但真正好诗，也会在你的脑海中搅进生活底明豁意境与回忆。总之，好的诗应该有着深远的时代底背景。

一首好诗，能够提高人类的感情，启发我们新的思想，加强我们对于客观世界的理解。

一首好诗，应该是天才的创造，一味模仿是诗人的耻辱。单纯追求形式，必定走到穷途，弄成雕虫小技。我们整顿诗风，是应该反对主观主义和形式主义的写作偏向。

诗的道路是宽阔的，需要热情的歌唱，大胆的创造，而不是政治杂音与矫揉造作。初学写诗的朋友们，今天应该在战斗生活中，把表现技术武装起来，我们的诗才能有进一步的质量的提高。

原载1943年晋东南文协出版的《诗风》创刊号。

选自《秀中诗文选》，红旗出版社，1984年出版。

Zang Kejia 臧克家

【题解】 臧克家(1905—2004),山东诸城人,著名诗人、编辑家。1932年开始发表新诗,以一首《老马》成名。中国现实主义新诗的开山人之一。曾任《诗刊》主编。

在这篇文章中，如同它的标题，在第一句，作者就开门见山地提出自己的诗歌观点——“诗的花,是从生活土壤里开出来的”。认为“只有懂得生活的人才懂得诗”。作者还对诗人提出高要求：一个诗人，必须先是一个人——一个好人。这就涉及诗人的人格问题。其实,诗人的人格,也就是诗人的境界问题。在解决了诗歌的技巧之后,一个诗人的人格有多高,境界有多高,诗歌才能走多远。这已成为越来越多诗人的共识。因为“同样是生活,而对于生活的看法,对于生活的态度,则不能人人一样”。境界高的人,他能透过生活的表象，看到生活中不为普通人知的最隐秘的部分,从而揭示出更深层次的意境。

二十一　生活——诗的土壤

诗的花，是从生活土壤里开出来的。

不管人们怎样把诗从平地升到半空，夸奖赞美它的“空灵”；不管怎样给它加一件神秘的衣裳，使它仿佛隔实际的人生很远；而诗，它是有血有肉的，它是诞生于生活而反归于生活的，它不但映照了人生现况的美和丑，假和真，恶和善，它还把一个生活的理想远景给了人，人，这才活得有劲，有勇气，有意义。

诗的花，肥美或是枯瘦，要看它生根的土壤丰饶还是贫瘠。

诗人，他不是为了写诗活着，而是为了生活。以诗为生活的人，他没有诗（有，也只是他自己的），因为他没有生活。只有懂得生活的人才懂得诗，生活对他有多深，诗对他有多深。只有能把握生活的诗人，才能产生有意义有价值的诗。诗人，是生命急流里的漩子，他的心上刻印着悲欢爱憎的记号。生命是流水，他是打头阵的浪；生活就是战斗，他是战线上的一个尖兵。

臧克家肖像

诗人，在感觉上，行动上，他不落后于

生活，他是牵着生活向前走的。

诗人，不要单单向我夸示一些诗句的色彩和音响吧，你只懂得这些并不是什么值得骄傲的，诗的音响，就是诗人心的音响，也就是生活的音响；诗的颜色，也不是诗人的信笔涂鸦。

用诗来表现生活，或是用生活来作诗，注脚都是一样的。诗的泉源是从生命的深处流出来的。

所以，一个诗人，必须先是一个人——一个好人。

好人，他必定有大慈大悲的心肠。为了人类的爱和同情，他对于不合理的一切现象、制度憎恨，他反抗，用火焰般的诗句，用热情、用行动，最后把生命也捐出了。同情给人勇敢，愤怒造成诗人。

好人，他为了一条小虫的死亡而流泪，为了一株小草的被践踏而难过，为了叫化子的抖颤而心碎……因为，他是与万物同在的，他是与大自然合一的，对于受难的人他是感同身受的。

在坏的社会里好人是最痛苦的。他眼里看到的同他心上所想的正相反，他看到险诈顶替了良心，黑暗掩住了光明，残忍盖过了同情，丑态坐在台子上，美丽向它膜拜。

诗人，往往被嘲讽为疯子，甚至被迫害不得终其天年，原因很简单，就因为他是不向丑恶低头的一个太真太好的人。

我常想，创作就是生活的竞赛。为什么荷马唱出了《伊里亚特》和《奥德赛》，为什么但丁有《神曲》，歌德创作了《浮士德》，密尔顿[1]有《失乐园》的产生？生活支持了他们。以椅子圈为天地的诗人，伟大永远不会来附上他，作家所以成为短命鬼，不是什么“才尽”，而是生活的储藏室空了，没有新的东西填进去，一点也骗不了人，被生活扔在后面的人，被时代潮流抛在岸上的人，他不会有光彩的诗篇照耀人们眼睛，顶多，只能玩弄文字的魔术以自娱而已。

---

① 密尔顿，后译为弥尔顿。

生活是复杂的，令人目迷五色的；生活的意义是不清楚的，生活是一张纸，是无名的。诗人，从复杂里看出单纯，而赋予生活以固定的意义。他在一张白纸上看出灿烂的色彩有如晚霞在天，他给生活一个最嘹亮最肯定的名字。

诗人，他凭了什么能够如此呢？

他凭了他的感觉，比电力的步调更快的感觉，比疯子差池一点的敏锐的感觉。这些是诗的灵感所由生，是诗人的法宝，是直接的到生活里去的一支曲子。它通到过去，也通向将来。

他凭了对生活的态度。同样是生活，而对于生活的看法，对于生活的态度，则不能人人一样。宇宙观，人生观，是横在人生地面上的十字路。虽然是十字路，而正确的却只有一条。诗人，他会选择自己的道路的。

但说“我生活”，这是不够的，还要问你怎样生活？用什么态度看待生活，处理生活，驾驭生活？

但说“我生活”，这是不够的，必须用全生命的力量去抱紧它，用生命的热力去温暖它，用感觉的伟力去反映它，有如寒暑表反映着气候，不，比那更敏感，更尖锐。生活还没落步子，就知道它的去向，鸟一翘翅膀就知道它飞向哪个方向，不但反映出已有的，它还能使未有的或已然的成形或再现。

过去的影像，不管它多久，它永远活在诗人的心上有如新生。当它一碰记忆时，它带着那么鲜亮的颜色、声音，像才睡醒一样，诗人带着狂欢或心痛想到它，不，用心灵的眼看到它，比初看的时候更生动，更打动人，像在地下埋了几十年的陈酒更容易醉人一样。

这样，才算生活；这样，一个诗人才可以长生不老。没有这样一份对生活的态度和敏感，没有这样向善的慈悲，诗人，请你快些把笔管放下，不要咬着它活受罪吧！

你问我什么是诗的内容与形式。我不知道什么，我只能说出“生活”

和对“生活”的态度，以及“生活”在诗人心上唤出的情感，把生活的意义，把对生活的态度，把被生活唤起的情感，恰好合适地表达了，叫别人和你起共鸣，和你同一双耳朵，同一双眼睛，同一个心，这，就叫它形式吧。至高的诗篇使人沉迷于其中，无暇想及什么是内容，什么是形式，至高的诗，是化合了这两者而为一，至美的天衣是无缝的。

单是字句铿锵，排列的美，以此自炫的诗人，其实他是自欺欺人的，形式离开了内容，它就没有了生命。技巧决不是字句的推敲。

一段丰富的生活，有声、有色，有意义，下笔写它的时候，不必有意找好句，而好句自己涌上笔尖，落纸如珍珠，不必勉强押韵，而节奏自然生动，不必存心安形式，而形式自然完美和谐。给一个初中学生出《秦始皇论》的课题，可以想像他可能写出的大作，叫他写《祖母之死》或是《自述》，则又不同了。分野在什么地方？就是生活的熟习与否，对某种生活熟习，亲切、感动，用它作为材料时，一定可以把握得紧，为什么“读《陈情表》而不落泪者非人”呢？为什么《祭十二郎文》《祭妹文》《哀江南赋》《离骚》读起来容易打动人呢？就是作者写它们的时候自己先感动过。古人叫它“情文并茂”，我杜撰一个名词叫它内容刺激形式，对于生活，诗人自己不有个看法，他能向人说些什么呢？他自己不曾受感动，他将如何去感动人呢？

徒讲求形式，是外道，是入了迷宫。就是形式也还是不能与生活分开的。只在字句上用心的诗人们，听着！

王国维把诗人分为主观、客观两层，谓“客观之诗人，不可不多阅世。阅世愈深，则材料愈丰富，愈变化”；“主观之诗人，不必多阅世。阅世愈浅，则性情愈真”。这个说法是唯心的，过时的。诗人，不是山林的隐士，他不应只对于风花雪月，云烟竹树寄以深情，他必须想到人的社会，深入其中，乐众人之所乐，悲众人之所悲，生活愈丰富、愈变化，所得的灵感也就愈多、愈频，人生也就愈灿烂可爱；有泪、有笑，有爱、有憎，交织辉映而成为一美丽动人之图案。生活越深越好，性灵越磨越有光，如铁熔炉中，久炼成钢。远离人世，心遂枯似古井。

然而，为了生活的反观，久动之后的静是需要的。生活的激流，最容易把人冲得昏眩，在热闹中的人，常常不能看到他眼前的东西，甚至找不到他自己。一个诗人对于生活，要能入，入得愈深愈好，但是还得能出，出得愈高愈好。当一个游泳的人从水中跳上岸来，才可以回味到他的乐趣，才可以看清楚水浪的起伏，泡沫的喷吐。短时间的沉寂，可以使一个诗人更清楚地去看他生活过来的一切，那一些影像，更真切、更生动，活栩栩的来到他的眼底、心上。他看清了它们，也看清了自己。他从沉淀中挖掘、咀嚼生活，这样隐的才会显，死的才会活，纷乱的才会有头绪。

这样，诗人才会有诗。

《人间词话》的作者，第一次提出了诗词的“隔”与不“隔”。他只说“陶谢之诗不隔，延年则稍隔矣；东坡之诗不隔，山谷则稍隔矣”。他只例举“池塘生春草”“空梁落燕泥”等二句，谓不隔，“谢家池上，江淹浦畔”则隔矣。他又指点“生年不满百，常怀千岁忧，昼短苦夜长，何不秉烛游”，谓“写情如此，方为不隔”；“天似穹庐，笼盖四野。天苍苍，野茫茫，风吹草低见牛羊”，谓“写景如此，方为不隔”。但关于“隔”的真谛，他却太吝惜了他的笔墨。

什么是“隔”？

对于生活了解得不透彻，对于大自然观察得不够深刻。或者是了解透彻，观察深刻了，自己不曾被打动，不曾发生过最高的兴趣，或者有了这一些而表达的才力不够，发为诗句时，就有了“隔”的现象。隔与不隔，主要在对生活及自然认识的深浅与兴趣的浓淡，而技巧不过是关系中的一个小部分。它的关键，不全是字句的推敲、锤炼，换言之，不纯是形式问题，而内容是主要的。

为什么“空梁落燕泥”不隔呢？因为它给了读者一个空漠凄凉情感的景象，这是诗人的实感，由这个具象作传导，感动了我们。至“谢家池上,江淹浦畔”除了空洞的对仗又给了我们什么呢?

“大漠孤烟直,长河落日圆”写得不隔。诗人对要表现的景物,先观察透了,赋予它以自己的情感,把它写成诗句,读者自会以他的眼为眼的。

“烽火连三月,家书抵万金”,写得不隔,诗人对于他要表现的境遇,先痛感于心,赋予它以眼泪,把它作为诗,读者自会以他的心为心的。

诗的隔是由于对表现对象的隔。对生活深入,对自然亲切的诗人,他已经得到了不隔的重要条件。

诗人所要表现的社会生活或自然景物,了解透彻,观察深刻,是不隔的第一义的;表现形式虽然也重要,但毕竟是第二义的。

字句的推敲,意义不在它本身,换句话说,就是不单是在字句上追求漂亮,而是求其一丝不差地去表现诗人心中的意象,而这个意象,是生活给他的,活在他心上的,它生动、有色、有声,像满了月份的胎儿,非要求一个独立的生命不可。

为了亲切,请恕我引自己的一个诗例吧。十年前,我的《难民》这首诗的头两句,是这样写的:

“日头坠在鸟巢里,
黄昏里还辨得出归鸦的翅膀。”

农村的黄昏景色对我是熟习的、诗意的,我心上早有了这黄昏的境界。可是,我不满意这第二句诗,觉得它还不够味,还有点儿“隔”,最后滴了许多心血,把它改写成:“黄昏还没溶尽归鸦的翅膀”,如果照王静安先生的说法,则是:“着一‘溶’字,便不隔矣。”推敲,洒滴心血,不是为了字句本身,而是为了求其不“隔”,求其恰切地表达出心中的意象,也就是自然与生活的真实情景。

为技巧而技巧,就让给象牙之塔里的诗人的诗的学徒们专利去吧!

忠于诗的人,必是忠于生活的人;成功于诗的人,必是成功于生活的人。

一个诗人，诗，就是他的苦恋。他为它所烦恼，所困窘，所心身交瘁；但他舍不开它，甚至在睡梦里。它是他的生命，它是他的一切，为了它，他受诽谤，他发狂，他痴情得像一个恋人，听莎士比亚的唱诗吧：

“疯人呵，情人，诗人，
都是富于想象的人，
一个所见的尽是魑魅魍魉，
这就是疯；
情人的狂惑不啻疯人，
他眼中所见的都是‘海伦’，
诗人的眼，上天入地，遍视寰尘，
在他意境中，举凡未经人道的事物，
悉幻化成形，
笔尖儿缥缈虚无，
幻成人境，锡以嘉名……”

《臧克家诗选》

诗人的眼上天下地，所以他能够锡未经人道过的事物以嘉名，必定他对这些事物先有了认识与情感，笔尖儿并不能无中生有。

诗人热恋着他的诗，他更热恋着生活——诗的土壤。

原载重庆《大公报》1943年11月28日《文艺周刊》第4号。

选自《克家论诗》，吴嘉编，文化艺术出版社，1985年出版。

Huang Yaomian 黄药眠

【题解】 黄药眠(1903—1987),广东梅县人,著名诗人、文艺理论家、教育家、美学家和新闻工作者。1927年加入“创造社”,开始文学创作,出版诗集《黄花岗上》,奠定了他浪漫派诗人的地位。

在本文中,作者首先分析了当时诗歌的衰落。其一是五四运动以来思想启蒙不能下及基层群众,诗歌局限于文人圈子内;其二是左翼诗歌运动多数是口号式的空喊;其三是诗人的生活陷入庸俗主义,写不出真正有生活特征的诗歌来。所以,作者从诗歌创作的源泉来分析,认为诗人不能脱离社会生活,不能为“自我”而歌,而应从丰富的生活中吸取源泉。

有了生活,诗人还必须有强烈的情感作为写作的基础,但这种情感,还要“经过思想的洗炼和深化”,从而成为“深刻的情感”,“富于血肉的思想”。为了这种情感,诗人更应该读一些社会科学及哲学一类书,从而使情感上升到超越个人的高度,不至于陷入无力的“空喊”。

而有了情感，写诗还需要形象地表达，也就是表达的准确性问题。这也是当代不少诗人的一个难题。真正的形象的表达，意味着一种创造，而不是用一个人们已熟知的形象来象征所要表达的对象。譬如说，人们都知道可以把女人比作花，诗人的笔下，就不能再用花来比喻女人，而要用另一个形象来表达。譬如说道路，我们不说“这是一条幽静的路”，“幽静”这个形象，太普通了。我们可以说“这是一条早晨般的路”，用“早晨”来形容一条道路，这就是新的形象，也是对一种事物形象的再创造，也有一种“陌生化”的艺术效果。

黄药眠肖像

二十二　论诗的创作

我这篇文章，并不打算一般的去讨论创作上的原则，我的目的，是要提供诗歌创作上的几个当前问题。我说的话也许太辛辣些，但这不是没有益处的。

一、诗歌创作上的源泉

说起来也许是一种惭愧罢，我们中国的诗人都是这么短命的！所谓短命自然不是说他们都像济慈和雪莱般这么早死，而是说他们的诗的生命是十分的短促的！

这二十多年来，中国的历史是演进的异常得急剧而且异常富于戏剧性的。从"五四""五卅""一二·九""七·七""八·一三"，以至于这三年多的抗战，这些事实好像巨浪般一个个地打过来，可是我们的诗人呢？也许在第一个浪潮来的时候，他是尖顶上的白花，可是到第二个浪潮来的时候，它已经是在河床打滚的泥滓了。

其实这二十多年来每一次历史的巨浪，都在推动着革命运动的巨流在前进，然而我们的诗歌运动却并没有一路伴随着这巨流成长。

中国的诗人们的诗歌生命为什么会如此其短促呢?

推究起来,至少有如下的几个原因:

第一,由于次殖民地文化的低落,和五四时代的启蒙运动不能广泛的贯彻到群众的下层,因而诗歌运动的读者群始终局限在狭小的圈子里,同时也就因为了这个缘故,诗歌在物质上和精神上都得不到强力的支持,而不断的呈着早衰的状态。

第二,一九二七年末,左翼的诗歌运动虽然在意识上把握了前进的方向,但是这些青年知识分子里的诗人们,大都是首先从概念上去认识革命,因此,他们的诗多数成为了革命的空喊,诗歌运动已不能在群众中得到反应,诗歌不能发挥出它的功能,所以诗歌本身也就被过低的估计着。另一方面,一部分诗人受到政治的关系,而一部分诗人则为工作的需要,投身到实际工作的熔炉中去,并努力在这工作的锻炼中积蓄更多的经验,散布更多的文艺种子。

第三,由于这些诗人所出身的社会阶层之动摇性和不彻底性,新诗歌运动一开始就含着一些绅士气味,随着以后政治低潮的到来,中国士大夫的才子气派,再加上了从西洋输进来的资本主义颓废期的许多怪异的流派,这样就使得中国诗歌运动走上歧途。诗人们空泛地在追求形象,华彩,和刺激。这种追逐的幻想的结果,使诗人的生活逐渐的陷于庸俗主义,到了最后就不能不造成诗歌创作源泉的枯竭。

自然,这以上所说,都不过是从社会科学的见地去寻求他的根源,然而,我们是不能以此为止的。如果我们把一切的原因都全推到社会演变的规律上去,那么,难道诗人们自己就不需要负一些责任吗?丝是从蚕的口里吐出来,诗是从诗人的笔底下写出来的。因此诗人们诗歌生命的短促,诗人本身的修养不够,亦同样负很大的责任。

大家都知道当新诗歌运动初起的时候,它是带有浓厚的个人主义的色彩的。个人主义,在它和封建的礼教,封建的从属关系对立的意义上说,它无疑是进步的,所以当诗人憧憬着平等与自由,赞美着战斗与旧世界的毁灭,追求着解放了的爱情,而为这而歌唱的时候,他不仅是唱出了自己的喜悦与哀愁,自己的同情和愤怒,实际上他也是唱出了那时候的急起的小资产者群的喜悦与哀愁,同情与愤怒。而且在一个历史阶级上,它也是殖民地的人民对帝国主义和封建势力斗争的最初的号角。它是和整个被压迫阶级的革命运动合拍的。所以这个时期的诗人们的个人主义的抒情得到了广泛的知识者群所拥护。

然而当资产阶级离开了革命以后,中国基本的社会内容虽然没有变,可是工作的作风和斗争的方法变了。在这个时候,有些诗人是接受了正确的意识,然而却缺乏了实际的灵验,所以结果变成了空喊,等到后来,连自己也觉得这种空喊没有多大意义,而停止歌唱了,诗坛里留下来的,于是就只剩了一些喜欢重温着个人主义的旧梦的诗人。

一滴海水里含着有整个海的滋味,这句话是只有在个人主义还能够代表着进步的倾向时是正确的。如果个人主义真的还原到孤独的个人的话,那么一粒盐只能够等于一粒盐。

伟大的哲学家曾说过:人的本质是在于人与人之间。这句话是非常有意义的。只有诗人们能够在非常紧张的社会斗争中磨炼,激动起情感的热流,经历着一切复杂的人与人间的关系,遍尝着社会的矛盾反映到自己内心的痛苦,他们才能够使自己的生活丰富起来,情感紧张起来,喜,怒,哀,乐,忧郁与怀恋,憎恨与同情,错综而深化起来。

假如一个诗人同社会生活隔离,同整个的文化运动疏远,同被压迫者的痛苦隔阂,同革命运动脱节,那么,一切所谓人道、光明、正义都将会变为空洞的辞句。他所能知道的将只限于个人的见闻;所能感触到的,将只是个人的琐事;他所关怀的只是自己作品的市场价格;而他所喜,所怒,所哀,所乐,所憎恨,所同情,所忧郁,所爱悦,都不过是他个人的和他周围小群人的事业。这样没有问题的,他的生活会一天天流于单调,感情会一天天的陷于空虚,知识一天天狭隘,精神一天天萎缩,思想一天天变成孤陋与庸俗。正如守财奴不能为他的失去了黄金而歌,这一类的诗人，自然也就很难为这孤独的“自我”而歌了。

的确，曾经有过一些诗人，因为自己感到生活的空虚而甘愿自己毁灭。但是这究竟是不容易的。所以也正有不少的人，不管自己的诗是越作越空虚，还是愿意在那里重复着那没有生命的句子。

有些诗人不能不乞怜于感觉，企图从官能的陶醉中去发现别人所未能感觉过的世界。以个人的奇异的感觉代替了大众的感情。

这些诗人不能不从单调的生活中去找寻新的灵感，企图从他周围的琐碎的事物联想到遥远的，他自己认为不可知的世界去。正如雷孔德·李斯莱说的：“在没有真正的生活的地方，诗人的任务就是在创造出一种想象的生活”，但是安德列·纪德说过：“当艺术和生活的真实性脱了节的时候，艺术就成了矫揉造作的东西；……艺术是从坚实的土地基础，人民的生活中汲取来的。”然而神秘主义的诗人却想由梦来代替现实。

也有些诗人在追求着华彩，正如一个中年妇人企图以脂粉来掩饰着自己的容颜的丑恶。也有些诗人在追求着新奇，有如广告员身上的新装，以能够吸引住行人为满足。

也有些诗人走向相反的道路，他把过去用旧了的滥调搬上诗坛，而且还以过去的才子姿态出现着。他们自鸣得意的即席挥毫，你唱我和，以此来装饰那豪华的宴会。

也有些诗人，在恋爱的时期中确会做过几首好诗，但是恋爱成功，诗的生命也就死了，因为这以后，是再也没有什么可以使诗人动情，而为它唱歌的了。

总括起来说：中国诗人们的诗歌生命的短促，其原因是由于诗人们的诗歌源泉的缺乏，而诗歌源泉之所以贫乏，则由于诗人本身的认识不够，努力不够，持续力不够。诗人和社会运动的生活远离。

有些推崇“自我”的诗人，常常说：诗的源泉是要从“自我”的深处去掘发，其实还是错了，诗歌的源泉是要从社会生活中去掘发的。

二、思想感情与形象

由于材料上的限制，我们现在是没有可能来把抗战以来的诗歌运动作出周详的结论，而且在我的另一篇文章里，我曾指出了这几年来诗歌运动的进步的地方和它的缺点。现在我这里所要讲到的，倒是一个创作上的基本问题。

大家都知道，诗歌是在各种文艺样式中最紧凑最凝炼的形式。这也就是说诗歌的创作需要更多的主观的强度的情感去洗炼那些客观的世界里所摄取来的素材，使整个的诗篇里，以至于每一句话，每一个形象里都含蕴着浓郁的感情的香气。当然要把客观的形象转变成主观的情感的象征，和从感情的喷发中去铸造形象，这首先就需要强度的热情的波动，所以感情是形象的母亲。

当然这所谓情感，它是比思想更直接的，和更丰富的反映现实的东西，同时也是比思想更先在的东西。

为什么说感情是比思想更直接的和更丰富反映现实的东西呢？比方憎恨一个土豪劣绅和憎恨一个革命者，这两种情感根本就没有经过各人的思索而直接从本身的生活经验反射出来的。但是这种情感还是朴素的情感。只有当一个人的思想一天天发达，感情和思想一天天交流起来，那么感情才能够更富于内容。戈西哀说过：他宁愿不做法兰西的公民而不能不喜欢看裸体的美妇。普列哈诺夫对他这种说法曾经这样答覆：就是爱看裸体的美妇也还是思想，显然的当一个受了教养的人，看到裸体的美妇而发生审美的情感的时候，这种情感自然是没有经过思索而直接从现实世界反映出来的，不过把这个感情更具体的分析起来，这里面已包含有很多的思想的成分。只有经过思想的洗炼和深化的情感，才是深刻的情感，而这种情感也就是更富于血肉的思想。

再进一步来说，情感是更能够突进于现实内部的东西。因为理论只能使我们把握到一般的发展的规律，而不能使我们洞彻地去了解到每一件事物的具体的微妙的内容。理论只能指导着感觉的方向，而不能使我们直接去体会，只有理论变成实践，在实践的过程中，发生各种感情的波动的时候，理论才能够真正能动的反映客观世界之真实性，和获得主客观的统一。一个坐在房子里讲体系的人是不会有什么情感，同时也就永远不会了解这体系和这个世界。“理论是灰色的，只有生活常青。”所谓常青的生活，正是指那富于热情的斗争生活。

我在上面讲了这么一大堆话，目的在什么呢？

第一，我是说明感情既然是思想表现的另一种形式，所以以感情为生命的诗人，在这样激烈的社会斗争中是应该更读一些社会科学及哲学一类书，如果徒然靠一时冲动的朴素情感来写诗，那么他的感情一定是单薄而易于枯竭，而且会使他在许多小的场合上作感情的浪费。不能把握到时代的脉搏而喊出真正能代表千万人的呼声。

第二，我是要说明，感情并不是简单的概念，也并不是直接从概念产生，写诗更不是正确的思想加上空洞的口号，没有丰富的实践的经验和感情的人，是连思想也不会正确到什么了不起的。

过去，曾经有一个时期，批评界以思想正确与否作为艺术批评的标准。现在是改过了，人们在强调着形象化的口号，可是新的问题又从此产生。目前诗歌创作上的流弊便成为正确的思想加上形象，感情和形象脱了节。普列哈诺夫关于这一点倒说得对，他说，诗人们先有了概念，然后再发明一些形象去充实它，这是新闻记者的事业。很可惜的，我们目前正有不少的人挂着诗人的招牌做着这一类的新闻记者！

现在让我来举一个例罢：

关于空喊的毛病，批评家似乎是批评得多了，然而有不少的人还在“顽强”地作着这一类的愚蠢的反覆。在上海诗歌丛刊“给新伙伴”里有一首朱维基先生的“历史的七月”，这首诗里面，实在连感情的影子也望不见，说他是诗，的确有点不像，当然思想是正确的。现在为了便于读者参考起见，特别把它抄录如下：

哦，伟大的七月，你永远要为被压迫者所歌颂，
因为，最初，你在我们的肥沃的土地上，
孕育了一个为民族的解放而斗争的政党，
这个政党从她的开始直到现在以至于将来，
曾经，正在，并且还要走着难苦的行程，
要使这一个古老的国家到达一个新的生命；
隔了十六年，为了要解脱帝国主义的束缚，
你七月，又举起了斗争的信号，辉煌而明确，
一支光芒万丈的烽火升起于中国北部的天空；
于是，为保卫祖国而战的情绪，像一阵巨浪，
在四万万五千万人民的心中汹涌而激荡。

哦，伟大的七月，因为你孕育了这伟大政党，
卢沟桥的烽火才能照遍了全中国的大地，
战斗的火炬才能不断地从战士到战士传递，
于是一声号召唤起了全国的人民，
政府宣布了这是全面战争的开始，
卢沟桥的巨炮才就发生了宏大的吼声，
我们中华民族的吼声，
我们中华民族的勇士扩大了我们的战争；
这样我们不怕难苦地负起了神圣的使命，
哦，伟大的七月，永远要为我们所歌颂的七月，
你引导了我们踏上为真理而奋斗的大道；
为了要解放我们自己，我们已流了三年的血，
我们还愿意流更多的血为其他的弱小民族。

我们已使东方的法西斯拔不出她的泥足，
我们是英勇地站在正义战争的前哨——
这样，哦，伟大的七月，你在我们中国，
已经举起了世界革命的第二次信号，
在历史上你将和伟大的十月先后辉映！

让读者自己去裁判罢，这算不算诗呢！至少在我个人看来，这不过是不完整的散文。

关于感情和形象脱节的例子，举起来也是很多的，就是柯仲平和艾青先生也还是免不了有这样的缺憾。比方在柯氏的“平汉路工人破坏大队”那首诗里，作者好像是十九世纪写实主义作家写小说般，那么仔细的去刻画那些工人的说话和动作，并企图从这些动作和言语里去证明工人们是如何在伟大的斗争中团结了自己。正因为作者集中全力想用形象去证明这种概念，结果作为诗歌生命的感情成分反而缺少了。所以当我们读完了那首诗以后，我们只可以很慷慨的拍着胸膛说是的，我知道的确有过这么一回事。然而我们并不会因此而感动。

又比方艾青先生的“哀巴黎”，大家都知道艾青先生的文字是很美丽的，技巧是很成熟的，形象也是很丰富的，然而也正因为了这，使得他很容易取巧。“哀巴黎”这首诗里有着不少的形象，如：

于是Pantheon与Invaledes的门前
将举行
比第一执政官时代更隆重的凯旋式，
在那长长的肃穆行列之间
走过了一个
比拿破仑更冒险的人物。
卢梭，伏尔太，丹顿的铜像，
将被无情的铁锤击落；
在他们的位置上

将站立起希特拉，戈培尔，戈林的
两手插在腰身的姿态。
……
不！
法兰西人民是勇敢的
普鲁士军队进入巴黎
也不只一次。
每次击退侵略者的
是法兰西的人民自己。
法兰西的光荣的历史
是她的勇敢的人民写成的。

我们看，第一、第二两段是多么形象化呵！可是在这些形象的后面，感情的成分却是非常的单薄，如果和拜仑的“哀希腊”比较起来，那么我们更可以看出“哀巴黎”不过是轻微的叹息。至所写的第三段，那是表现得更是十分无力。

现在让我们来再多举一个例罢。在“给我伙伴”中的第二首卢苇先生的“丽水的血的一夜”里，有这样一段：

……
从酣睡里醒过来，
人们恐慌地听着丧钟一样的警报，
慌乱地穿上了衣服。
春夜的寒气使人发抖，
到处泛滥着孩子的啼声，
人们惊慌地喊着奔走，
从温暖的床上拖起了
丈夫，妻子，父母，和兄弟。
家家的门闭了又锁了。

街上腾起了杂踏的脚步；
静静的城市油锅一样的沸腾了！
狗吠着，孩子哭着，女人骂着！
男人咬紧了牙齿；
披着一身星光与夜露，
人们向城外和田野奔跑着，
他们从午夜的春梦里醒过来了。
麦田里，城墙边，地壕里，
人们到处蹲着坐着立着，
搜索着黑茫茫的天边，
忿怒的心，燃烧着仇恨的火，
结成一条炽燃的鞭子，
坚强地挥向侵略者。
……

这首诗的确也很形象化的，作者费了很大的劲在那里摹绘当时的警报、慌乱的情景。可是在这些形象当中，曾含蓄了浓郁的愤怒与仇恨的心情么？我看是没有的。

忿怒的心，燃烧着仇恨的火
结成了一条炽燃的鞭子，
坚强地挥向侵略者。

这些都是空洞的辞句。作者好像是先来一大套形象，然后来一个忿怒之类的尾巴，而不是在每一个形象中都灌注进忿恨的怒火。所以我觉得无论它描画的怎样生动，它还不能成功为一首好诗。

最好这里举一首好诗来做个对照。可惜我手头没有一本诗集，现在只得把穆木天先生在"怎样学习诗歌"里面所引雨果的"海夜"一首抄录如下：

呵！是有多少的船长，

欢愉地出征到远的重洋，
而在这阴惨的天际中漂没！
有多少是消灭了残酷而凄惨的命运呀！
在一个没有底的海里，在一个没有月的夜里，
永远埋藏在盲目的汪洋之下，
有多少船长呀，同他们的船员们在一同死亡！
暴风掀开了他们生命的一页一页，
而一下子把它吹散在波浪之上！
没有人会知道沉在深渊中的他们的前后，
每个浪花路过都带走了战利品；
有的找住了一只轻舟，有的是几个水手！
没有人知道你们的命运呀！沉落了的可怜的头颅！
你们流转着穿过那些阴惨的地域，
用你们死的额头撞着那些无名的礁石，
呵！是有多少的年老的亲属已经没有了梦，
死亡了！一边天天在海岸上等待着
那些不能重回来的人们！

人们有时在夜聚时谈到你们，
无数的欢乐的集团，坐在腐朽的锚上，
还有时把你们的被阴影盖着的名字混入
笑声，歌的叠句，英雄的冒险的故事，
和人们从你们的美满的前程所掠到的接吻，
而，你们呢，则长眠在绿色的海藻之中！

人们问道——他们是在那里，是否在某岛称王，
是不是他们抛开我们到一个更肥沃的地上？——
随后，连你们追忆都被埋没了。

身躯消灭在海水中，姓名埋没在记忆里。
诗，是一切暗影上投射一个更黑的阴影的，
在阴惨的海洋上，投射了阴暗的忘却。

马上你们的影子，就要在所有的眼里消灭了。
不是有的人有他的锄头，有的人有他的小舟？
孤独地，在暴风雨胜利的那些漫漫的长夜里，
你们的白发苍苍的寡妇，等你们等得疲倦
还在讲着你们，一边在搔着
她们的炉中的心中的灰烬。

而等到墓石前后闭住了他们的眼睛，
再没有谁知道你们的姓名，连一块顽石，
在回声向我们答应着狭窄的墓地里，
连在秋日里萧萧落叶的一棵翠柳，
连在古桥拐角乞丐所唱的单调而朴素的歌声，
都不知道了他们的姓名！

他们是在那里，湮沉在暗夜里的那些海员，
呵！波浪，你们是有多少悲惨的故事呀！
被跪着的母亲所惧怕的深沉的海浪呀！
你们在潮水升上时互相讲述着的故事，
是不是那些故事使你们作出了失望的声音！
在夜里，在你们向我们升来的时候！

我们读了这首诗以后，会感到怎样呢？它所以给我们的形象并不是简单的形象而已，它每一个形象都传给我们丰富的作者主观的情愫。

我想只有这样一类动人的诗才不是新闻记者而是真正的诗人的事业。

三、诗创作的技术

现在再来从技术上考察一下。

我觉得目前有些诗，不仅在内容上一无足取，即在形式上也是非常之不适合中国人的语调，甚或至于很难看得懂。比方在袁水拍的诗集“人民”里有一首题名为“天气”的诗，它开头一节有这么几句：

天气在穷鬼身上，
变做一副刑具，
在刑具里生活，
冻裂的皮肤挤出一丝血。

天气在富贵人身上，
变做一件来路货皮大楼，
和狐毛中香粉擦的雪白，
“真正文学”的美的鼻尖。

像最后一句里的“真正文学的美的鼻尖”那是什么意思呢？这没有注解是不能令读者读得懂的。

有些人写诗和散文一样，甚至比散文还要写得差些，比方在“我们的诗”（上海诗歌丛刊第三期）里洛雨先生的“演戏”中有这么一段：

我们只有些小道具！
有些东西要向观众商量。
一句话，
大家送来了竹椅子，
挂着泥彩庄稼汉的衣裳？
古老的花缎袍，

老妇人的古纱裙，
乡长的铜丝眼镜，

也开启过少妇的嫁衣箱，
还缺几支枪
自卫队送来了……

像这样拖泥带水的叙述，是不会因为贴上了“诗”的标记就美化起来的。

再来说到分段与分行。本来诗的分段与分行是按照着诗的内容来安排的。所谓“自由诗”，就说诗要从传统的严格规律解放出来。而能够更自由地适应于内容，所以诗的每一段，应该成为一个感情单位，保持着统一，每一行应该成为一个音节单位，过去中国有五七言等的限制，西洋诗亦有五音步七音步的限制，近代的自由诗是把这个规律打破了，这使得诗的形式更富于弹性，以适应近代人的生活调子，和复杂的诗的内容。可是诗的分行还是有它的规律，虽然在近代自由诗里，有些句子特别短，而有些句子却特别长，但我们知道它是为适应于情的波动而产生的，所以在读的时候，声调的徐急和高低之间，自然的会把其间长短之差加以调节，而使每一行都仍相当的保持着它的音节的均衡。可是现在有些诗人似乎还并不明了这些粗浅的道理。例如婴子先生的“寒风的旅程”里面有这么一段：

大浪涌小浪
来到河上
低压的云天，天脚下
呵呵！呵！是如此地，如此
蜿蜒的好像一条蛇，
展向天脚去，又向天脚去
河穿过的地方，穿过的原野，

农民已把大地收拾得干净
村子孤独的傍着河，傍着山
傍着残年
原是腊月近了
腊月时，人们量一丈青布
收拾最后一日
人不出门，田里干翻着土
今天人们有大地的忧郁。

这一段诗，在上面一大半截里是描写着田园风景，而最后五句则又似乎说到农家的风俗，这从分段上说是不统一的，正如一个小孩子挟着书包去上课一看见路旁弄猴戏，就停下来看得出神，连书包也忘了。我们这位诗人大概也是一时注意到农家的风俗，而也就一时忘记了他上面所写的还是农家风景罢。

再从分行来说，我就不了解为什么要排列成：

低压的云天，天脚下
呵呵！呵！是如此地，如此
蜿蜒的好像一条蛇

那“天脚下”和“如此地，如此”是十分生硬的。

在婴子先生的另外一首诗“秋旅”里，它第一段是：

北空有雁了。
秋。

这一段诗表现了一些什么呢？既没有诗情，也没有诗的形象，它所表现的是什么呢？他除用新奇的形式来向读者炫示外，他还有什么呢？

谈到分行，目前中国似乎正有许多人在学习玛耶可夫斯基，一个字一行，两个字一行，把一句话分裂成几行。我想这样做法，在目前中国是行不通的。

第一,中国的语文和俄文不同,我们不能过分的违反了中国语文的自然的音调,而专心去摹仿别国语文的音调。而且一首诗的形式最重要的是要能适应于那首诗的内容，如果专心去求和伟大作家形式上的类似,那是时髦主义。

第二,玛耶可夫斯基的这种分行法,是为着适应玛氏之朗诵而成。中国目前诗歌朗诵运动尚未普遍,而朗诵的方法,也尚在尝试中,如果我们也摹仿着玛氏的写法，读者们因为不能够把握到其中音节和调子上的差异反而会感到生疏。比方玛耶可夫斯基:

我
是苏联的
公民!

这在俄文读起来是很自然的,每一行,在朗诵的时候,都要有一个停顿。可是如果我们用中国话来套上去,写成:

我
是中国的
百姓!

而且在朗诵的时候,在每一行末了顿一顿,那么你想人们是会觉得多么怪异呢?

我觉得今天我们是没有必要来勉强去摹拟那些与中国目前习惯相距很远的外来形式,正如我们不必穿着西装去向乡下老百姓骄傲。我们所要从马耶可夫斯基学习的,倒是他的革命的精神和工作的热情。穿起马耶可夫斯基的裤子,是决不会使一个中国诗人变成马耶可夫斯基的。

最后我不能不指出,中国有一些诗人们连文章都还写不通的,在远古的时候,有些不识字的牧人,也会装着梦见什么神仙,而随口唱出诗来,可是这种“奇迹”是不能适用于现代的诗人了。文章写不好的诗人,我看见了不少,比方在“中国诗坛”号外号阴隐先生写的“检讨与愿望”这篇文章里,就有几句话,简直是十分难懂,而它之所以难懂决不是因为它有什么深奥的哲学，而主要的是因为它有着文法的错误或名词的误用。例如："群众需要能刺激他们的情感的。揭橥侵略者的野蛮的诗……""现在香港诗歌运动沉寂下去了，像我们不曾想象过政治退潮一样的出乎我们的想象外沉寂下去了。""诗是成了生活构成部分，一个机体式的延长……""为了帝国主义与帝国主义'矛盾的拖鞋'。"

对于这一类的青年诗人们，我想最好还是请他多用功一些罢，急于成功往往是要走向和成功相反的道路上去的。

（附注：作者因为手头资料缺乏，这里所引用的诗只以作者所能看到的为限。）

选自黄药眠文艺论集《战斗者的诗人》，大连远方书店，1947年10月版。

《战斗者的诗人》

He Qifang　何其芳

【题解】 何其芳(1912—1977),重庆万州人,著名诗人、散文家、文学评论家、"红学"理论家。1931年至1935年在北京大学哲学系学习,期间在《现代》等杂志上发表诗歌和散文,与卞之琳、李广田被称为"汉园三诗人"。

在这篇文章中,何其芳谈的也是一个很普遍的问题,就是诗歌怎么写才好。在作者看来,好诗必须有一些"新的东西"。这是诗歌创作的一个原则。诗歌应表现"一种新的生活,一种新的人物,或者一种新的情感,总之,打开一个新的世界"。而对于这种新,并非凭空捏造,不是幻想出来的,也不是靠一些新奇晦涩的词语堆砌出来的,而这种新,本来就存在于事物中,只不过,人们并未去发现,因而,诗人有了自己的理解,有了艺术的笔触,于是,这种新,就展现在了人们面前。也就是说,诗人应该去发现那些常人发现不了的秘密,去描写事物背后的另一些真实。从这个意义上来说,诗人并非在创造新的事物,只不过他发现了事物本来就存在的被遮蔽的部分。

而诗人要拥有这样的“超能力”，首先必须投身于生活的内部，还要“从实践与科学的理论去学习掌握正确的立场、观点和方法”，此外，还要多阅读，古今中外都要读，而且不要只是读诗，还应该多读其他种类的文学作品，还应该接受各种文化遗产，文化知识，从而使自己丰富起来，睿智起来。如此，才能去发现新的东西，才能成为一个敏锐的诗人。

何其芳肖像

二十三　谈写诗

一

这里有许多篇诗和一些关于写诗的问题。

这些作品都是学习写诗的青年朋友们寄来的，他们中有的说："平时很喜欢阅读文艺作品，尤其是诗歌，特别爱好。自己也喜欢弄弄笔墨，写一些自己心中所想写的东西。"有的说："在摸索中，有好多年了。虽没有继续不断地写，但总在写。"

然而有一些问题苦恼着他们。

他们首先要求知道他们所写的是好或者坏，为什么好，为什么坏。他们往往不满意自己的作品，但又不知道缺点在什么地方。

其次，怎样写诗这个问题就被提出来了。或者问初学写诗者应该注意一些什么事项；或者要求明晰而普通地解释诗的技巧问题；或者是一些更具体的疑问：如何利用口语，抒情诗的范围为什么很狭小，等等。

又其次，是个学习问题：读些什么？

最后：这样写下去，有前途和成就么？

二

要概括地提出一个标准，用它去衡量任何一篇作品的好坏，我是感到很困难的。还是从具体作品谈起吧，比如，这里有一篇纪念“七七”的诗：

七月七日，
这是值得全人类怀念的日子，
就在七年前的这天中，
我们揭起了惊天动地的战争，
向世界宣告了法西斯的罪行。
已整整的七个年头了，
爱好和平的人们全参与了这场撕拼，
为的不再作奴隶，
也不再去为他人的喜怒去死或生，
从这天起，我们才真正的在做人。

下面用同样的调子写的三节意思是差不多的：七月七日是个伟大的日子，中国人从这天起翻了身，而最后则归结到法西斯的快要崩溃。

我想大家都会说这篇诗不大好。

为什么呢？

我想有的人会说出这样一个理由：这篇诗没有给予我们一点新的东西。

给予一些新的东西，这也可以说成了创作的原则之一了。一种新的生活，一种新的人物，或者一种新的情感，总之，打开一个新的世界。据说，旧俄罗斯早期的作家们，是照例以一些“高贵”的人物作主人公的。当果戈理这一派新的作家把农民、贫民窟、醉汉、小职员引到文学世界里来了之后，贵族读者们也曾经这样叫过：“使农民充满于文学中，这有什么意思呢？”然而正是果戈理这些写实主义者给旧俄罗斯的文学带来了一个光辉的时代，那些高贵的作家现在却没有什么人读了。后来，自己即是从下层里面来的高尔基，更是以一些在文学中未曾出现过的生活、人物去征服了当时的俄罗斯，并震惊了欧洲。

所谓新，并不是离奇，并不是由幻想得来的，而是原来就存在于现实世界中，于人类生活中。那些故事原来就在那里进行着，纠缠着。那些人物原来就在那里呼吸着，受难着，斗争着。只是在以前，未被人写过，或者即使写过了然而是粗浅的，歪曲的，等有那样的作者以思想的光去照亮了它，以艺术的笔去描绘了它，它就活生生地像一个新世界展开在我们的面前。

因为它是原来就存在着的，而又经过了集中与典型化，经过了艺术的加工，所以文学有普遍性。因为它是过去不曾写过的，或者不曾这样地写过的，所以文学又有独创性。

同时，这也可以说明为什么世界上竟可能产生那样多的好作品，而且在许多历史上的大作家完成了他们的业绩之后，后来者还大有可为，还依然有其用武之地。因为人类生活是极其广阔，而且更重要的，又是在不断地发展着，变化着的缘故。

像刚才我们所举的那篇诗，的确是没有告诉我们什么新的东西。七月七日，是一个值得纪念的日子，中国在这一天向日本法西斯开战，我们不再是奴隶了，等等。假若在七七那天，我们有一位朋友或者一位陌生的客人跑来对我们这样恭喜一番，讲这样一通话，即使我们觉得这个人爱国可敬，热心可嘉，我们总会不满足或者甚至厌烦吧。既然我们平常谈天都不喜欢听老套，文学怎么能容许呢了？

这种缺点似乎还是相当普遍的。这里还有一篇《凭吊》，是纪念屈原的。它的作者告诉我们他写作的过程。一天，他听见江边的锣声响着，他突然想起了这位伟大的诗人，于是他就提起笔来，一口气写成这篇诗。然而，虽说流露着少年的热情，这篇作品还是不能使人满意。它开头说，二千年了，我们并没忘记屈原；我们还在江水上用彩船抢救着他的灵魂；接着问，屈原，你为什么要投江自杀，是谁逼你的，最后就叹息屈原的死只博得当时奸人们的欢快，而徒留给后世一个纪念的日子。这样的意境，这样的对于屈原的追念，不仍然是相当一般化吗？

还有一篇《悲愤》。写作者和他的一个朋友一同受了时代的震荡，离开了家园，后来他们分别了，别后半月，朋友的来信却充满了凄凉与酸辛，说苦难的人终于逃不了苦难的境地，于是作者一面难过，一面鼓励着他的朋友：

漫地是陷阱，
漫地是荆棘，
但是，我亲爱的，
荆棘你要把它辟光，
陷阱你要把它填平，
以你神奇奥妙的心灵与技巧去拼，
获得平安，愉悦，光明！

诚然，这里面有着少年人的可贵的友情。同情着朋友的坏境遇，鼓舞着他向上，斗争，这都是一片好心。但是，朋友的苦难的境遇到底是什么样的情形呢？作者除了用一些“泪痕”“低咽”“啜泣”之类的字眼来形容之外，一点也没有把具体的事实写出来。而最后的鼓励也就近乎老套了。作者在信上这样问：“我为什么不能像人家那样写得那样声色动人呢？为什么措词赶不上人家呢？”其实主要的这还不是措词问题（虽然作者也的确用了许多陈旧的词藻），而是内容的是否充实与深刻的问题。

这两篇诗的空洞与一般化的程度，比较那篇纪念七七的诗当然不同一些。但我觉得其病象是属于同一类型的：没有给与我们多少新的东西。这主要由于作者的生活经历与思想修养还不够，在初学写作者这往往是难免的。

当然，必须补充说明的，我们不喜欢听老套，但也不愿意被欺骗，被蒙蔽,我们并不欢迎歪曲事实的怪话与谣言。

三

也许有人说：你这是在谈一般文学,并没有谈诗。

诗,首先是文学,其次才是诗。

就是说,诗首先和文学的其他种类(小说,散文等)是相同的,同样是人类生活在作者的头脑中的反映和加工的结果;其次才有其特点,有其与文学的其他种类不同之点。

最明显的不同于小说。散文的,诗的句子比较短。无论中外古今,无论有韵无韵,无论分行不分行,诗总保持着句子短这个特点。

这难道仅仅是一种习惯吗?

不,这种形式上的差别是由于诗的内容上的特点而产生的。

我们在呼喊时用简短的语句。我们在歌唱时也用简短的语句。

呼喊,歌唱,诗,在艺术的起源上这是不能分开的。

诗,是人在激动的时候,是人受了客观事物的刺激,其情感达到紧张与高亢的时候的产物。至少最初的诗是如此。假若后来的或者现代的有些诗这个特点减弱了,甚至消失了,那反而是一个致命的弱点。当然,这种激动,这种情感,是还要问其内容如何的,问其为了什么的,并不是任何激动与情感都可以引人同情,都可以叫人做诗。因此诗就有了另外一种含义,成了一个形容词。我们常常称赞某种动人的行为或自然风景也说：很有诗意。其实所谓诗意,也是在变动着。因为我们的伦理标准在变动着,我们的诗作者所歌咏的主题也在变动着。某种行为,某种自然风景,由于曾经被许多的诗所歌颂过,于是我们在实际生活中碰见了它们,就觉得很有诗意。唯有真正的艺术家能够打破这种历史的成见与传统,从新的时代找到他所要讴歌的事物,创造了新的诗。今天是一个新的群众的时代,最好的诗的源泉,或者说我们最应该感到富于诗意的,不是个人的哀乐,不是自然的美景,而是人民大众的生活与其斗争。最好我们抒情能抒人民之情,叙事能叙人民之事。

所谓抒情诗,叙事诗,不过是我们分析前人的作品或直抒所感,或歌咏事件而有的名称。按照我们中国的传统,叙事诗也就是咏事诗。当中学生的时候,我们大概都读过《长恨歌》与《长恨歌传》。去比较那诗与散文的差别吧。在那有格律的韵文形式的内部,是流动着反复歌咏的情绪的。他们不是在讲说一个故事,而是在歌唱一个故事,因此抒情的成分还是很浓厚。欧洲古代那种长篇的叙事诗(史诗)已经被近代的长篇小说所代替了,然而中国旧诗的传统中的这种不十分长的咏事诗形式我们还是可以利用的。我们感到抒情诗的范围太狭小,那是由于我们诗的作者所接触的世界太局部,而又还是带着知识分子的思想情感的缘故。假若我们所歌唱的是广大人民的生活,而又的确能代表他们心里的声音,则无论抒情,无论叙事,都将有一个极其广阔的天地与气象。

总括起来说,诗也是现实生活在人类头脑中的反映和加工的结果,不过这种生活是一种更激动人的生活,因此这种反映和加工就采取了一种直接抒情或歌咏事物的方式。而诗的语言文字也就更富于音乐性。在过去,中国和外国的诗差不多都是一种有格律的韵文。在这里,我想可以开始回答"初学写诗者应该注意一些什么事项"这个问题了,我首先要说,不要只是埋头写诗,读诗。

这也许太近乎一种怪论了,劝写诗的人不要太专心一意地去写诗。然而这个忠告是包括着一个沉痛的经验的。我自己,是高尔基所说的那种由于生活空虚,所以开始写作的人。据高尔基说,这是文学上的浪漫主义产生的原因。然而在我的身上,浪漫主义也并没有产生出来。我在初中的时候,就开始喜欢写着一些短句子的东西。我也是"在摸索中,有好多年了。虽没有继续不断地写,但总在写"。我开始受了一些中国新诗作者的影响,后来又受了一些外国的诗作者的影响,也曾经有过专心一意地去写的时期。然而，不用说那些早期的作品，就是抗战以后写的一些诗，我最近有机会再找来翻了一下，它们也给了我一个如何可慨叹的失望呵。这个时代，这个国家，所发生过的各种事情，人民，和他们的受难，觉醒，斗争，所完成着的各种英雄主义的业绩，保留在我的诗里面为什么这样少呵。这是一个轰轰烈烈的可歌可泣的世界。而我的歌声在这个世界中却显得何等的无力，何等的不和谐！对于这个世界，我实在是知道得太少了，而且就是我窥见这样一个角落，我过去也不能正确地去理解。

广阔地生活，深入地生活，到群众中去，到火热的斗争中去，而又从实践与科学的理论去学习掌握正确的立场、观点和方法。对于学习写作的人，这是最重要不过的事情。

小有产者出身的知识分子必须与劳苦大众结合，必须与他们的事业紧紧地联系在一起，并从与他们结合的过程中去消除掉家庭、学校、旧社会给与我们的许多不好的教育与影响，使我们思想情感得到改造。这是今日中国知识分子的必经之路。想从事写作者也不能例外。

至于学习技巧，读些什么作品，那实在是次要的事情。

抱歉得很，我实在不会“明晰而普通地解释诗的技巧问题”。

大概最能圆满地表达我们要抒写的内容，而又最容易为广大的读者所接受的，那就是最好的技巧吧。而每个作者，由于其生活、修养、写作内容的不同，是有不同的作风，不同的表现方法的。

中国的新诗我觉得还有一个形式问题尚未解决。从前，我是主张自由诗的。因为那可以最自由地表达我自己所要表达的东西。但是现在，我动摇了。因为我感到今日中国的广大群众还不习惯于这种形式，不大容易接受这种形式。而且自由诗的形式本身也有其弱点，最易流于散文化。恐怕新诗的民族形式还需要建立。这个问题只有大家从研究与实践中来解决。

读前人的成功的作品自然是学习技巧的方法之一。但要记住那只是借鉴,只能够批判地吸收。硬搬与模仿是不行的。因此,要多读,中外古今的都读,不要养成一种狭隘的趣味与嗜好。而且不要只是读诗,还应该多读其他种类的文学作品。而且不要只是读文学作品,还应该接受各种文化遗产,文化知识。

中国二十多年来的新诗的历史可惜还没有人总结过。这笔账好好的算一下,是可以得到许多经验教训的,对于我们定有益处。历史的理论的总结假若难于作出,有人细心地、客观地,而又有见解地编选一部中国二十多年来的新诗选出来也好,对于研究新诗如何向前走也是很有帮助的。

四

还想谈一点具体作品。

就再对同时将在这个副刊上发表的《厌恶和诅咒》和《该遭劫》,说几句话吧。

前者是作者的直接的鞭打。后者,借用一个四川小地主的口吻,也同样是一篇诅咒。

这两位作者都寄来了好几篇诗,这两篇我觉得是其中比较好的,它们都反映了一定的现实生活,它们的诅咒并不是空空洞洞的。这两位作者的另外的作品,或者是歌咏"东风"的,说东风吹绿了原野,吹开了封锁着太阳的云雾,而称它是春天的脚步,愿意乘着它走遍天涯,为这严寒蹂躏下的人间带来了春天的温暖;或者唱着"沉痛的歌",说一个年青的男子背着太阳呜咽,因为他过去的日子是一长串凄苦的回忆,他不知道他的生命,青春是为着什么消耗了,又不知道他将怎样地死去,则也是近乎老调子的作品。那意境和写法,仿佛我们早已在什么地方看到过了,而且不止一次了。那仍是一种从书本上来的诗,而不是从生活里来的诗。

但是，这两篇比较好的作品是否还可以进一步讨论其缺点呢？

先来看《厌恶和诅咒》。

这个披着现代化的外衣，而却有着中世纪的内容的城市之可诅咒，作者主要举出了瘦的马正被鞭打这样情景来说明。在作者的意思，这或者是用来当作一种代表，一种象征。然而今日的文学，象征实在不能解决问题。光明不是一个太阳所能代表，黑暗也不是用夜晚所能形容。文学不能罗列现象，但一个譬喻，即使是一个非常妙的譬喻，也还是不足以说服人。假若让一个劳动者来说明这个城市，那恐怕不会以拉马车的马匹被鞭打着这个情景来概括，而将更直接地举出一些更残酷的事实，因而他的厌恶和诅咒将是更有力的。

还有语言文字。这篇诗的表现形式是太像某一类型的诗了：就是那种相当欧化的，便于知识分子用来表达其曲折与错综的思想情感的自由诗。一个最显著的缺点是它和一般群众的语言实在距离得太远。

另一篇《该遭劫》的语言却是相当生动的，不像书本上的语言，知识分子的语言那样干枯，死板。

然而这篇诗的作者在信上说，他感到把许多口语写进作品，不像一篇诗。我想这恐怕是因为他对于诗，先有了一个定型的概念的缘故。他也许觉得这些口语从来没有上过诗篇，因此写出来不大像诗的语言。但是我们现在正是要打破那种定型的诗的概念，改变那种知识分子的语言的传统。

当然文学作品里运用地方语言还是有些问题存在着的。一种地方语言，对于自己也说这种语言的读者是亲切而又生动，但对于不熟悉的人便成了一种困难。但假若不是为了用来装饰作品，为了猎奇，而是出于描写某种生活、人物的必要，地方语言还是应该适当地使用。地方语言可以丰富文学的语言，而反过来，文学作品又可以使地方语言普遍化。还未普遍化的时候，可以加上注释。

这篇《该遭劫》的语言文字上的主要缺点我认为倒不在于用了许多四川话，而在它写得还不够经济，洗炼。还没有做到将自然的语言提高为文学的语言。我所略去了的诗中叙述探哨队敲竹杠，上粮的不公平那两段尤其罗嗦，上面所说的那种诗的特点，带着激动的情感去歌咏的特点，是很薄弱的。此外，这些苦楚，到底还是“咬了线头穿针屁眼，还算过得去”的人的苦楚，讲起来还不是顶悲惨的，顶使人同情的。这或者更是使我觉得罗嗦的一个内容上的原因。这也是这篇诗的一个更重要的缺点。

五

还有什么问题没有回答吗？

成就与前途。

年纪轻轻的，为什么就那样急于成就或那样关心个人的成就呢？只要我们把个人的努力与劳动人民的伟大的事业紧紧地联结在一起，无论在任何岗位上，做任何事情，我们都将有成就与前途的。写诗或者不是写诗。从事文学或者不是从事文学。

勇敢地航行呵，穿过波浪，穿过风和雾，到群众的海洋里去吧，到未来的新大陆上去吧，不要死死地把自己停泊在诗或文学的港口。

（一九四四年）七月二十八日

附记：第四节谈到的两首诗，《厌恶和诅咒》附录如下：

为你所蹂躏过的，
为你所践踏过的，

它披着现代化外衣,
而不是中世纪底城市。
这里
道路上急驶着
马匹拖着的沉重的车辆。
皮鞭在马匹底饥瘦的背脊上用力地急速地抽打。
轮子不断地在转动,前进,
灰尘像刮飓风似地
在后面飞扬。
凝视着这情景,
唱出我厌恶的
诅咒的诗句,
你这文明底讽刺品,
死灭吧!
我是为着生活而来的呀,却不是为了欣赏
鞭子底下出现的奇迹……
(以下被检查掉数行,南陵作)

《该遭劫》当时在《新华日报》副刊上即未能登出。现在只记得是写探哨队到乡下敲竹杠,上粮不公平,与拉壮丁等民间疾苦的,全用四川口语写成。

一九四四年十月二十九日

选自《关于现实主义》第四卷,海燕书店,1950年版。

Wen Yiduo 闻一多

【题解】 闻一多(1899—1946),湖北浠水人,著名诗人、学者。代表作有《红烛》《死水》等。新月派代表诗人,提倡诗歌“三美”:音乐美、绘画美和建筑美。

在这篇文章中,作者提出一个很重要的概念,就是诗歌的责任。“诗是要对社会负责了,所以我们需要批评。”作者认为,每个诗人都有自己的风格,也会在诗歌中表达自己的价值观,所以,真正的诗人,应该在作品中传递正确而健康的理念。而作为读者,也要去读那些有营养的好作品,最好的办法就是多读,“从庞乱中,可以提取养料来补自己”。一般而言,能流传下来的作品多数是好作品,所以要多读前人的作品。

作者在文章中提出:诗是与时代共同呼吸的。所以,诗歌应该表现时代感,要体现社会价值。古代孔子删诗,正是注重了诗歌的社会价值。他希望理论家在编辑诗歌选本时,要从诗歌的价值上来着手,给读者留下正确而健康的精神食粮,也为初学者提供写作的指导。这种观念,对于今天五花八门的诗歌选本的现状,也是十分有借鉴意义的。

二十四　诗与批评

什么是诗呢？我们谁能大胆地说出什么是诗呢？我们谁能大胆地决定什么是诗呢？不能！有多少人是曾经对于诗发表过意见，但那意见不一定是合理的，不一定是真理；那是一种个人的偏见，因为是偏见，所以不一定是对的。但是，我们怎样决定诗是什么呢？我以为，来测度诗的不是偏见，应该是批评。

对于“什么是诗”的问题，有两种对立的主张：

有一种人以为：“诗是不负责的宣传。”

另一种人以为：“诗是美的语言。”

闻一多肖像

我们念了一篇诗，一定不会是白念的，只要是好诗，我们念过之后就受了他的影响：诗人在作品中对于人生的看法影响我们，对于人生的态度影响我们，我们就是接受了他的宣传。诗人用了文字的魔力来征服他的读者，先用了这种文字的魅力，使读者自然地沉醉，自然地受了催眠，然后便自自然然地接受了诗人的意见，接受他的宣传。这个宣传是有如何的效果呢？诗人不问这个,因为他的宣传是不负责的宣传。诗人在作品中所表示的意见是可靠的吗?这是不一定的,诗人有他自己的偏见,偏见不一定是对的,好些人把诗人比做疯子,疯人的意见怎么是真理呢?实在,好些诗人写下了他的诗篇,他并不想到有什么效果,他并不为了效果而写诗,他并不为了宣传而写诗,他是为诗而写诗的。因之,他的诗就是一种不负责的东西了,不负责的东西是好的吗?这是一个很重要的问题,所以,第一种主张,就侧重在这种宣传的效果方面,我想,这是一种对于诗的价值论者。

好些人念一篇诗时是不理会他的价值的,他只吟味于词句的安排,惊喜于韵律的美妙:完全折服于文字与技巧中。这种人往往以为他的态度仅止于欣赏,仅止于享受而已。他是为念诗而念诗。其实这是不可能的事,在文字与技巧的魅力上,你并不只享受于那份艺术的功力,你会被征服于不知不觉中,你会不知不觉的为诗人所影响,所迷惑。对于这种不顾价值,而只求感受舒适的人,我想他们是对于诗的效率论者。

这两种态度都是不对的。因为单独的价值论或是效率论都不是真理。我以为,从批评诗的正确的态度上说,是应该二者兼顾的。

柏拉图在他的《理想国》中赶走了诗人,因为他不满意诗人。他是一个极端的价值论者,他不满意于诗人的不负责的宣传。一篇诗作是以如何残忍的方式去征服一个读者。诗篇先以美的颜面去迷惑了一个读者,叫他沉迷于字面,音韵,旋律,叫他为这些奉献了自己,然而又以诗人的偏见深深烙印在读者的灵魂与感情上,然而这是一个如何的烙印——不负责的宣传已是诗的最大罪名了,我们很难有法子让诗人对于他的宣传负责(诗人是否能负责又是一个问题)。这样一来,为了防范这种不负责的宣传,我们是不是可以不要诗了呢?不行,我们觉得诗是非要不可,诗非存在不可的。既然这样,所以我们要求诗是"负责的宣传"。我们要求诗人对他的作品负责,但这也许是不容易的事,因之,我们想得用一点外力,我们以社会使诗人负责。

负责的问题成为最重要的了,我们为了诗的光荣存在而辩护,所以不能不要求诗的宣传是负责的,是有利益于社会的。我们想,若是要知道这宣传是否负责而用新闻检查的方式,实在是可笑的。我们不能用检查去了解,我们要用批评去了解。目前的诗著作是可用检查的方式限制的,但这限制对于古人是无用的,而且事实上有谁会想出这种类似焚书坑儒的事来折磨我们的诗人呢?我想应该不会,在苏联和别的国家也许用一种方法叫诗人负责,方法很简单,就是,拉着诗人的鼻子走,如同牵牛一样。政府派诗人做负责的诗,一个纪念,叫诗人做诗,一个建筑落成,叫诗人做诗,这样,好些诗是写出来了,但结果,在这种方式下产生出来的作品,只是宣传品而不是诗了,既不是诗,宣传的力量也就小了或甚至没有了。最后,这些东西既不是诗,也不是宣传品,则什么都不是了,我们知道马也可夫斯基写过诗,也写过宣传品,后来他自杀了,谁知道他为什么自杀呢?所以我想,拉着诗人的鼻子走的方式并不是好的方式。

政府是可以指导思想的。但叫诗人负责,这不是诗人做得到的。上边我说,我们需要一点外力,这外力不是发自政府,而是发自社会。我觉得去测度诗的是否为负责的宣传的任务不是检查所的先生完成得了的,这个任务,应该交给批评家。

每个诗人都有他独特的性格、作风、意见和态度,这些东西会表现在作品里。一个读者要单选上一个诗人的东西读,也许不是有益,而是有害的,因为我们无法担保这个诗。人是完全对的,我们一定要受他的影响,若他的东西有了毒,是则我们就中毒了。鸡蛋是一种良好的食品,既滋补而又可口,但据说吃多了是有毒的,所以我们不能天天只吃鸡蛋,我们要吃别的东西。读诗也一样,我觉得无妨多读,从庞乱中,可以提取养料来补自己。我们可以读李白,杜甫,陶潜,李商隐,莎士比亚,但丁,雪莱,甚至其他的一切诗人的东西。好些作品混在一起,有毒的部分抵消了,留下滋养的成分,不负责的部分没有了,留下负责的成分。因为，我们知道凡是能够永远流传下去的东西，差不多可以说是好的，时间和读者会无情的淘汰坏的作品。我以为我们可以有一个可靠的选本，这位批评家应该懂得人生，懂得诗，懂得什么是效率，懂得什么是价值的这样一个人。

我以为诗是应该自由发展的。什么形式什么内容的诗我们都要。我们设想我们的选本是一个治病的药方，那么里面可以有李白，杜甫，陶渊明，苏东坡，歌德，济慈，莎士比亚。我们可以假想李白是一味大黄吧，陶渊明是一味甘草吧，他们都有用。我们只要适当的配合起来，这个药方是可以治病的。所以，我们与其去管诗人，叫他负责，我们不如好好的找到一个批评家，批评家不单给我们以好诗，而且可以给社会以好诗。

历史是循环的，所以我现在想提到历史来帮助我们了解我们的时代，了解时代赋予诗的意义，了解我们批评的态度。封建的时代我们看得出只有社会，没有个人，《诗经》给他们一个证明。《诗经》的时代过去了，个人从社会里边站出来，于是我们发觉《古诗十九首》实在比《诗经》可爱，《楚辞》实在比《诗经》可爱。因为我们自己现在是个人主义社会里的一员，我们所以喜爱那个人的表现，我们因之觉得《古诗十九首》比《诗经》对我们亲切。《诗经》的时代过去了之后，个人主义社会的趋势已经非常明显了。而且实实在在就果然进到了个人主义社会。这时候只有个人，没有社会。个人是鸩沉于自己的享乐，忘记社会，个人是觅求"效率"以增加自己愉悦的感受，忘记自己以外的人群。陶渊明时代有多少人过极端苦闷的日子，但他不管，他为他自己写下闲逸的诗篇。谢灵运一样忘记社会，为自己的愉悦而玩弄文字——当我们想到那时别人的苦难，想着那幅流民图，我们实实在在觉得陶渊明与谢灵运之流是多么无心肝，多么该死——这是个人主义发展到极端了，到了极端，即是宣布了个人主义的崩溃，灭亡。杜甫出来了，他的笔触到广大的社会与人群，他为了这个社会与人群而共同欢乐，共同悲苦，他为社会与人群而振呼。杜甫之后有了白居易，白居易不单是把笔濡染着社会，而且他为当前的事物提出他的主张与见解。诗人从个人的圈子走出来，从小我而走向大我，《诗经》时代只有社会，没有个人，再进而只有个人没有社会，进到这时候，已经是成为了个人社会(Individual Society)了。

到这里，我应提出我是重视诗的社会的价值了。我以为不久的将来，我们的社会一定会发展成为Society of Individual，Individual for Society(社会属于个人，个人为了社会)的，诗是与时代共同呼吸的，所以，我们时代不单要用效率论来批评诗，而更重要的是以价值论诗了，因为加在我们身上的将是一个新时代。

诗是要对社会负责了，所以我们需要批评。《诗经》时代何以没有批评呢？因为，那些作品都是负责的，那些作品没有“效率”，但有“价值”，而且全是“教育的价值”，所以不用批评了(自然，一篇实在没有价值的东西也可以说得出价值来的，对这事我们可以不必论及了)。个人主义时代也不要批评，因为诗就是给自己享受享受而已，反正大家标准一样，批评是多余的，那时候不论价值，因为效率就是价值(诗话一类的书就只在谈效率，全不能算是批评)。但今天，我们需要批评，而且需要正确而健康的批评。

春秋时代是一个相当美的时代，那时候政治上保持一种均势。孔子删诗，孔子对于诗作过最好的、最合理的批评。在《左传》上关于诗的批评我认为是对的，孔子注重诗的社会价值。自然，正确的批评是应该兼顾到效率与价值的。

从目前的情形看，一般都只讲求效率了，而忽视了价值，所以我要大声疾呼请大家留心价值。有人以为着重价值就会忽略了效率，就会抹煞了效率。我以为不会。这种担心是多余的。我们不要以为效率会被抹煞，只要看看普遍的情形。我们不是还叫读诗叫欣赏诗吗？我们不是还很重视于字句声律这些东西吗？社会价值是重要的，我们要诗成为“负责的宣传”，就非得着重价值不可，因为价值实在是被“忽视”了。

诗是社会的产物，若不是于社会有用的工具，社会是不要他的。诗人掘发出了这原料,让批评家把他做成工具,交给社会广大的人群去消化。所以原料是不怕多的,我们什么诗人都要,什么样的诗都要,只要制造工具的人技术高,技术精。

我以为诗人有等级的,我们假设说如同别的东西一样分作一等二等三等,那么杜甫应该是一等的,因为他的诗博、大。有人说黄山谷、韩昌黎、李义山等都是从杜甫来的,那么杜甫是包罗了这么多"资源",而这些资源大部是优良的美好的。你只念杜甫,你不会中毒,你只念李义山就糟了,你会中毒的,所以李义山只是二等诗人了。陶渊明的诗是美的,我以为他诗里的资源是类乎珍宝一样的东西,美丽而没有用,是则陶渊明应列在杜甫之下。

所以,我们需要懂得人生,懂得诗,懂得什么是效率,懂得什么是价值的批评家为我们制造工具,编制选本,但是,谁是批评家呢?我不知道。

原载《火之源丛刊》第2、3集合刊,1944年9月1日。

选自《闻一多全集》,开明书店,1948年版。

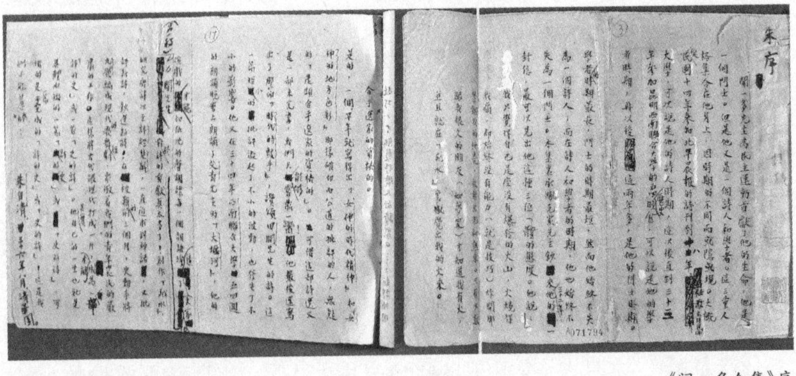

《闻一多全集》序

Peng Yanjiao　彭燕郊

【题解】 彭燕郊(1920—2008),原名陈德矩,福建莆田人,著名诗人、学者、编辑家。1939年开始发表作品。著有诗集《彭燕郊诗选》《高原行脚》,评论集《和亮亮谈诗》等。"七月派"代表诗人。

这篇《论感动》,是诗人平日的关于诗歌的随想,这种凝练的短章,更能给予读者启发。

如同诗的题目,作者认为,艺术是始于感动的,作者自身无感动,便无法写出感动人的作品来。"要成为一个诗人,必须是一个好人",对诗人的品格提出了要求。"不要站在岸上。站在旋涡里的,才能更亲切地感受到激流的力量。"告诫诗人要投身于生活的中心,而不是闭门造车,把自己和人民隔离开来。"诗人应该是最富于生趣的,健康的人。""诗人应该有最广阔的胸襟。"是的,真正的诗人是健康的,开阔的,但现在的媒体喜欢报道那些心理不健康的诗人,那些诗人,纵使诗歌很优秀,但在人格上却是失败者。

我们还是来细细品味这充满哲理的诗话吧——它们本身也是美妙的诗句。限于篇幅,这里仅节选部分,见谅。

彭燕郊肖像

二十五　论感动——关于诗、诗人的随想录(节选)

艺术是开始于感动的,但,艺术并不终止于感动。
感动——那只是一个开始。

香味是一种奇异的存在,但发香的目的,却是实际的。
发香常在成熟的时候,香味是成熟的标志。

在人群里,有那品格高下的区分,还有那甚至没有品格的人。
在诗里,有那品格高、下的诗。
而,应该说没有没有品格的诗。

常常高傲地出发,又沮丧地返回的,是诗人。
常常因为对自己失望而在街上躲避熟人的,是诗人。
但即使常常这样,也未必就是诗人们错认了自己的能力了。

真的战士,不把历史当作木偶膜拜。
而是和历史完全结合的——历史的赤子。

不止赫拉克里特、老子这样,哲学家的话,常常是诗的。

实在的,他们总是想得很多,而说得很少。

没有什么可以瞒得过诗人的。

诗人,他简直是用着先知者那样的直觉,烛见了、洞察了人类内心活动的那一种人。

诗人是醉得极其自然的酒徒。

诗人是不会轻易地发誓的,他不能像一个愚蠢的妇人那样轻易地发誓。

因为诗人是必须凭着美发誓的。

我想,没有乖巧的神灵。

神灵,大概都是那种粗手笨脚的、庄稼汉一般的模样吧。

寻求一个神吗?那也好。

但我遇到的都是为自己寻求神的,却很少遇到为众人寻求神的。

诗人是应该有他自己的宗教的,

应该有他自己跪着说出来的信念的。

信仰,那不但是对世界的最酷刻的要求,

同时,那还应该是对诗人自身的最酷刻的要求。

正直的发光。

邪恶的却不自然地炫耀着。

诗人的福音书告诉人们:

不止说出了痛苦的必然,而且说出了痛苦的必要。

诗人深知美总是和痛苦在一起的。

诗人是设帐幕于天体下的游牧者，
不是守栏的牧猪奴。

诗人，不是那忍受不了喧哗而掩起耳朵的人，
是忍受不了寂寞而把耳朵掩起的人。
寂寞有更可怕的喧哗。

离散只能缓和冲突，但不能消除冲突。
诗人但愿人群结合。所以诗人歌颂冲突，诅咒离散。

诗人，不但对于他分内的事，对于爱爱憎憎，是必须深知，必须精通的。

对于一切，都面对着。

爱不能是推想的爱，憎不能是预拟的憎。

爱吗？在这世界上，你能爱的并不多。
也许，我们能够爱得更多些，在一个好的世界里。
爱，那是明天的事。

我想，我们是在挥霍着我们的爱。
我们，把我们的爱，都耗费在琐屑之点上了。

只有真正的爱才能给人智慧。
你真正爱了，你就有力量了，于是，你唱出了最美的歌。你做的最蠢的事也最美了。

相反，你认为最美的事也最蠢。

不明晰的爱——那正是在爱着……

那是需要增长强度而明晰的，要不，就将消隐，归于无有。

但两者都是诗的，只要不掺入丝毫虚假。

诗人寻求的不止是那种说出来了的，看得见的爱。

诗人是暴戾的，他要使人屈从他。

不同于其他暴戾者的是：诗人不是要使人卑屈，却想要提高每一个人。

不问是什么样的规律，

都必将在爱憎之下被破坏！

不是永久保持着爱的，不能是诗人。

胸中不是汹涌着憎的，也不能是诗人。

在诗人心中，冷淡和热烈，总是在来回往复地冲激着的。

宽恕是不洁的爱。

宽恕是爱的犯罪。而爱，是从来也不应当犯罪的。

对于丑恶，诗人是有权威的。

但他却以这个权威来拯救它。

有时，诗人也会说出恶毒的话来。

一般地说，诗人往往是因为怜悯人，才说出坏话来的。

诗人的宽厚，很少成为表面的，看得见的那种道德的奢侈。诗人在道德上的羞涩，往往被误解为性格的软弱。

来到这个世界上，诗人所需要的，除了摇篮和坟墓，不过是一个迎战的盾牌而已。

诗人的成年,应该也是一个英雄的成年。

诗人的使人致命地心折之处,也是英雄的使人致命地心折之处。

他们都是战胜了魔鬼过来的。

这不是心理学、社会学的推论。对于一个诗人,生活的过程,其实就是一种对个人气质的颠扑、浸伐的过程。

诗人,都应该是清楚明白支配欲和权力感,不是一个真正的英雄所想拥有的那样的英雄主义者。

诗人,是那和虚伪的人相处时命定了要破坏周遭的安宁的人。

他曾经是这样的人,一直到现在还是这样的人。

诗人是不想显示自己的。

虽然,他是将自己的肉身,贡献在人所共见的祭坛上了。

诗人的可爱在于:

身受的失败和耻辱,在他,甚至也可以发为最美的歌。

诗人不懂世故,更不会是老于世故者,却往往是容易受引诱的纯良少年。

美的引诱是无法抗拒的,善的引诱则几乎是致命的。

诗人并不是可亲近的人。

因为人们总是习惯地认为,自由和主动,都是含着敌意的。

艺术家，是那种因为专心于自己的工作而终于不得不和群体疏远的爱群体的人。

诗人有时是说谎者，但他说的是有自信的谎。

而且有时，这谎话若是真的，对于人类，倒是不幸的了。

恐怕没有像一个艺术家凄厉的叫喊“让我自己吧！你们为什么老围在我身边转？”更能使人感动的了。

不要教训诗人。

世间最消极的，莫过于外来的教训。

诗人用来感化自己的歌，应该不少于他用来感化别人的歌。

向自己倾诉和向别人倾诉，应该是对等的，成正比例的。

每个诗人都应该警惕。

他所处的那种被认为是最佳的地位，其实也就是最容易受攻击的地位。

我不相信杀人者的勇敢。

妇女，男子，老人，孩童，都有爱抚生命的本性。

当诗人唱出对杀人者的勇敢的赞歌时，诗人吃力地用理智净化着感情。

在动乱的年代，遁世式的单一的兴趣的长期持续，必将引起心灵的解体。

在平静的年代，则将引起心灵的凝固。

疲倦是可怕的。

疲倦的时候，笑都笑不出来了。

散漫是力量的睡眠状态。

散漫是幼稚的叛乱。

对于献身战斗的人,骄傲是有意义的。

他的无私的心,正来自这自觉的骄傲。

枯干的灵魂喜欢怀疑,健旺的诗心,却富有自信。

关心是谨慎的征象。

在时代前面慑服了的诗人,为了谨慎,却表示了他的不关心了。

对于一个辛勤的诗人,忍耐是必要的。

忍耐是对美的倾心的过程。诗人应该耐心地等待美的出现,好的诗人总是这样的,就像热恋中等待情人到来一样。

人们往往以为,一棵树死了,比一颗种子死了更加可惜。

诗人却以为,一颗种子死了,并不比一棵树死了更不值得痛惜。

诗人有诗人的价值观念。

诗人,是不咽下从唇边溜出来的叹息的人,不擦去第一滴眼泪的人……

不要害怕忘却,但要提防空虚。

记着:不曾获得什么的,才不会忘却什么。

不要满足,满足是无知的兄弟。

满足,使一个人丑恶地拘谨起来。

像生母感到亲子对她的生疏那样悲痛地,创新感到诗人对她的生疏了。

惊奇是可笑的,惊奇总是不由自主地在找寻同情和同意。

诗人应该不是那种世俗认为可笑的人,因为,世俗以为可惊奇的美，对于他，却是一点也不觉得惊奇的。

而在世俗眼中，诗人反而总是有些爱大惊小怪，有些神经过敏，因为诗人总是为不值得惊奇的而惊奇。

诗人的发现，最初总是得不到承认的。

不要说这个诗人“进步”了，应该说他成长了。

这比较合理，比较自然。诗人不是为饥饿驱使而奔走的动物，诗人是自然而然地生长着枝干与叶子的植物。

屠夫用血洗手。

诗人用眼泪洗他自己的眼睛。

什么是诗人的敏感呢？

当呼救无门的受害者向着万人哀告时，在他听起来，会像对他一个人耳语一样。

当人们救起一个不幸的溺水者时，他会觉得好像自己才从水里被救出来。——这就是诗人的敏感。

要成为一个诗人，必须是一个好人。

请用你的诗证实你自己。

不保留思考余地的善感的心，

那应该是一切危险中最可怕的。

诗人是欲望最少的富人，

也是希望最多的穷汉。

1944年至1945年，荔浦至重庆

选自《彭燕郊诗文集·评论卷》，湖南文艺出版社，2006年出版。

Shen Baoji 沈宝基

【题解】 沈宝基(1908—2002),原名金铎,浙江平湖人,著名诗人、翻译家。1928毕业于中法大学服尔德学院,1934获法国里昂大学文学博士学位。他一边译诗,一边写诗,写了七八百首象征派和超现实主义诗歌。

这篇《谈诗》是作者的诗歌创作经验谈,以短章式的方式,阐述了自己的诗歌观念。"学问家不是诗人,而完善的诗人大都有学问的",告诉我们,诗人不能靠所谓天才来创作,而是要有扎实的学识。"天心地心人心,是诗人的心",写作是严肃的事,应该忠实于自己的内心,所谓"我手写我心"。"我尽人性底生活着,生活我正常人的各种生活",作者主张诗人要进入生活的中心,要有丰富的生活经验,才能写出丰富的诗歌来。

沈宝基肖像

二十六　谈　诗

深刻的诗人是分身有术，一而能三，却又三而能一的人。他的深刻不是哲学的，亦不属于经验的，而是得之宇宙的本体与人性的复杂。

对于诗人如对于游子，距离的远近却成反比例：身愈相远，心愈相近。

一滴水百万生灵，一叶落天下皆秋，四面门窗中的诗人，所见的只是一点，但仅在这一点的了悟上，足使他窥见了宇宙，更进一步地自视为宇宙。

诗人不是学问家，诗歌亦不是他的职业。所以一个纯粹的诗人，不在多读多想，多看多写，而在多感觉，寂寞中多与自己盘桓。

在诗歌中，感觉重于思想与想像。不过我说的感觉，是五官并用而能一致的感觉。

我想到荷马，想到但丁，想到拉辛，莎士比亚，哥德……于是我遂想到，三百年中能产生一个诗人，真是奇迹；一千年中能产生一个诗人，亦属不少;一个国家能产生一个诗人,可以说是一国的无上光荣。

以诗论诗,不过是懂得诗会写诗罢了。真正的诗人,总是与最内在的自己或最复杂的万象相对照,而在这由冲突化为和谐的对照中,渐渐散发出纯粹的心韵。

一句话,我要说的却被人先说了,这句话便显得可恨;这是一般人的自大自私。然在文学上,同样一句话,说在我口中,也许真很有价值,说在你口中,已经很平常了,说在他口中,则非常无聊。反过来说,亦是如此。这与自大自私无关,而是因为个人的气质以及形式与内容的严密组织……的缘故。

钟盘是太阳,烛笛是太阳,与其说这是瞎子推测错误,不如说这是推测瞎子推测错误的人的错误,无论瞎与不瞎,有悟性的人,岂独诗人,能在一切不同的形体上看到最高的理想与真理,即所谓道。

我要在钟声笛韵里听太阳,看太阳!

佛家有"观音","目听耳视",是形容绝顶聪明的人,可见五官的移用不是错乱的举动,而是至神至情至理的行为。

而使人第一步的训练,就在这一点五官的移用上。

诗与诗人是两件事,所谓诗人的风度与人格,更与诗无关。不要以为这是感慨语。

有时我们要很艰难的写一句容易的诗, 有时我们却应该很容易地写出一句难懂的诗;二者各有其重要性: 似是相反,实不对立。

诗自有其至真的真,就是说,"幻""美"是诗艺的本身。所谓率真,所谓逼真……最会妨碍诗情。

大体而言，西方的诗其失在贪，东方的诗其失在贫。贪则文字普涨，感情浮泛，徒显其不板而少曲折暗示之妙；贫则文字陈旧，感情单纯，徒显其惰性而莫能体会人心内在之征。

我们都是偶像崇拜，不过诗人的偶像，总是自己。

好的诗句能成格言，格言不能成诗句。

学问家不是诗人，而完善的诗人大都有学问的，不过他不以学问来妨碍诗情。唯其如此，诗情反而深不可测。

我们可以说一般人已经明白诗之为诗，不在乎是用韵文写，或用散文写。而“诗人”与“写诗的人”之间的区别，却始终不太明白。

说话与唱歌之间的区别，一般人是知道的。鸟的啼鸣在我们“应该”是艺术而不是说话，公冶长之能通鸟语，纯粹的诗人不替他欢喜反而替他悲哀，虽然他有他另一种的愉快与价值，而且因此博得不朽之名。

“他是诗人”，同样一句话，在从前，其含义的尊贵未免过火；在现在，其轻视的意味令人长叹。

人人心中都有一些诗情与深思，不过一般人或不知或不能或不愿沙里淘金，炼成真品。

诗的内容与形式不是能分的；形式就是内容，内容就是形式。而不整齐没有韵的诗，具有最自然的——因之能够说最完善的——形式。如果一首诗，只靠了情绪的强烈，或意象的新奇，或思想的深刻，当然不一定是诗，但只顾到整齐与韵脚而妨碍诗情，则诗的价值可想而知。

有人以“曲终人不见，江上数峰青”来说明诗的意象的和谐，我亦举“只在此山中，云深不知处”来说明诗的主旨的隐藏。

尤其在诗歌中，大而重的往往是石头；小而轻的有时是珠宝。

真正的诗人不写一般人所期待的诗。

新郎不会因新娘貌美而失望，诗人却因自己诗好而悲哀。

作品的价值，好像有些在它的勇于拒绝，有些在它的勇于接受。表面上看，勇于拒绝的是谨严的苦吟之士，勇于接受的，是纯粹的天才诗人。实际上则敢于接受的往往就是勇于拒绝的人。

艺术是为己的，尤其是诗。为己者，自存也；自存者，永存也；永存者，为人也。故艺术中的为己，甚至高志远的目标仍是为人，可是不能反过来说：为人就是为己。

诗之为诗，不在韵文与散文，这并非从现在起：晚明的散文多半是诗，清代的诗多半是散文。

柔弱，美丽，真实，虚无，我们平时总是两字联用的；但在诗歌中，应该知道每一个字的意义：柔不是弱，美不是丽，真不是实，虚不是无。

佳句见极多，好诗亦复不少，唯独完善之作，古今罕见。

在诗歌中，感情不可热烈，理智不可冷静，情即是理，理即是情，亦情亦理，至理至情，所谓：至者，乃指诗的纯粹而言。

昔时论诗，有大家与名家之别，此说极有理；但在我现代人看来，最好分伟大的作家与重要的作家，更为恰当。一般人以为伟大的就是重要的，重要的就是伟大的，实际上二者往往不能相兼。被认为伟大的大多已失去其重要，或根本就不重要；而重要的作家大多还没有伟大，或根本不求伟大。

月的光亮因为受到太阳的反射；但不能否认月的价值。科学家的话往往毁灭事情的，有时却亦激起事情。我们是住在运转的，有光的球上啊，像月一样。

写诗的人往往最初爱的是诗的本身，后来爱的是一切诗人，最后爱的是一二个诗人——甚至于只爱自己。

我们有时本想写一首风雨的诗，而结果写成的是一首晴天的，或与之毫不相干的诗。这是出于某些字或某些意象激起我们内心的突变，而不是手拙，故以“画虎不成，反类为犬”来作比，非常不当。

“有意栽花花不发，无心插柳柳成荫”，在诗中不但往往如此，而且应该以此为则。

悲哀时想哭，幸福时亦想哭，甚至平常时候都想哭。但我没有流下泪来（并非欲流无泪），反倒时常露着笑意；而心头的一点酸，成了我诗情的酵母。

天心地心人心，是诗人的心。

及门与入室，同是指弟子而言。然在诗歌中，甘愿作弟子是可耻的事。终身作一人的弟子更是可耻。诗人所师的是宇宙万物，故立雪三尺大可不必。登堂入室，为的窥视其中的奥秘即可。如果为的寄居，则门外的路，不是为他通达远处的。

使我们的心歌唱的，严格地说，不是外界的景物万千，而仍是我们自己的心。

《巴黎公社诗选》(沈宝基译)

真正的道学不摒弃抒情，这不是说道学家是诗人。道学家以德为生命，而使人则认生命为德。

石榴：爱与艺术之宫！思想家的头脑，诗人的心。

我常常对自己说：俗气些，不要自以为诗人。于是我在沙尘飞扬的街上，看看庸庸俗俗的来来去去，或者和相识的老老小小的人谈谈笑笑，或者打听打听油盐酱醋以及破破烂烂的新旧价格。我忘了我是诗人，我忘了我不过是一个诗人。我尽人性底生活着，生活我正常人的各种生活。而这样地数日以后，往往我反倒能够写出一些活的诗句来，因为留在我的回忆里的景物都是最实在的，最有生命的，最自然的，而且最光辉的。所以我常常对自己说，许许多多的生活总比我一个人的生活丰富，外面的空气总比我屋子里流通。

有些东西香得发臭，有些臭得发香，有些人丑得可爱，有些人美的讨厌，有些诗好得很坏，有些坏得很好，这是常有的事，倒并非趣味古怪。

选自《文艺世纪》第1卷第2期(1945年)。

A Long　阿　垅

【题解】　阿垅(1907—1967),原名陈守梅,又名陈亦门,浙江杭州人。诗人、文艺理论家。有诗集《无弦琴》,诗论《人和诗》《诗与现实》等。是20世纪40年代著名的"七月派"诗人,除了诗之外,在散文、报告文学和小说创作以及诗歌理论的著述方面都有所建树。

这篇《语言片论》,如同阿垅峻厉、桀骜的诗歌风格一样,表达上也是旗帜鲜明、畅快淋漓。这是一篇谈诗歌语言的诗论,核心思想是"诗歌是语言的艺术",诗歌的语言又突出体现在"艺术"二字上。他认为诗人不能随意运用语言,应该把客观的事物和主观的情绪在诗歌中统一起来,而不是偏向一个方面。也就是说,诗歌的语言必须是饱含情绪和思想的语言,是经过艺术处理的文学的语言,而非大众语言。所以,他反对公文式和口号式的语言,也不赞同将生活语言直接入诗。生活的语言只是诗歌的材料,需要艺术处理成诗歌的语言,从而达到生活语言与诗歌语言的高度统一。同时,作者提倡诗歌创作应该言简意赅,要体现语言的正确性和准确性,也就是高尔基所说的"用最少的语言来发现最多的事物"。

阿垅肖像

二十七　语言片论

一

打倒语言的拜物教！

正像货币底价值在体现商品底价值，而且只有在它底流通过程中体现这一价值，语言底意义在实践创作底意义，而且只有在它底运动方向中实践这一意义。

创作和生活一般在语言的基本关系，那么，就必须理解做河水在河床的那种本来的关系了；而文学语言和生活一般的语言之间所有的差异，也就应该理解做扬子江和Y·V·A·水闸工程[①]之间所有的那种差异，或者矿水和蒸馏水之间所有的那种差异了。

静止的货币仅仅对于拜金主义者赋有神秘的光泽；孤立的货币仅仅对于守财虏握有支配的权力。静止的语言是一个哑了的音符；孤立的语言是一种没有亲族的土偶。

---

① Yangtze Valley Administration 的简写，译作“扬子江流域工程局”。

自然，另一面，在诗，语言底机能不可以被过于贬低。它既不是寄生草也不是接触剂，不那么单纯，不那么无可奈何。它底重要，就好像血肉在灵魂的那种重要。它不应该消极地被运用，必须在积极地起作用。

我们从这里出发。

二

莫泊桑在回忆佛罗贝尔的时候告诉我们他是这样开始他底文学艺徒底生活的，他说："他在提出全世界没有两粒沙子、两只手或者两个鼻子绝对相同这一真理之时，强制我在几句话里表现一个人或者一件东西而能够明白清楚地写出那些特点来，要能够使这个人或者这件东西和同种族的、同种类的其余的人或者其他的东西判然不同。"

但是我们底空头文学家往往以为这仅仅由于语言是一种绝对的存在，有着一种内在的权力，为之狂喜而环绕着它，好像十八世纪的僧侣环绕着君权和神权。然而在观念论之外语言底神秘主义却并不存在，只有语言底正确性，只有我们底现实主义。

这一类的例子，在我们底文学史和文学论上是不胜枚举的，我们也有了不少的关于骚人墨客的佳话和逸事。例如：

> 贾岛初赴举京师，一日于驴上得句云："鸟宿池边树，僧敲月下门。"始欲着"推"字，又欲着"敲"字，炼之未定，遂于驴上吟哦，时时引手作推敲之势。时韩愈吏部权京兆，岛不觉冲至第三节，左右拥至尹前，岛具对所得诗句云云。韩立马良久，谓岛曰："作'敲'字佳矣。"遂与并辔而归，留连论诗，与为布衣之交，自此著名。
>
> ——《刘公嘉话》
>
> 王荆公绝句云："京口瓜州一水间，钟山只隔数重山。春风又绿

江南岸,明月何时照我还?”吴中士人藏其草,初云“又到江南岸”,圈去“到”字,注曰:“不好,改为过”;复圈去而改为“入”;旋改为“满”;凡如是十许字,始定为“绿”。

——《容斋随笔》

僧皎然以诗名于唐。有僧袖诗见之,皎然指其《御沟》诗云:“‘此波涵帝泽’,‘波’字未稳,当改。”僧怫然作色去。僧亦能诗者也,皎然度其去必复来,乃取笔作“中”字掌中,握之以待。僧果复来云:“欲更为‘中’字如何?”皎然展手示之,遂定交。

——唐子西《语录》

僧齐己《早梅》诗:“前村深雪里,昨夜数枝开。”郑谷曰:“‘数枝’,非早也;未若‘一枝’。”齐己拜服。人以郑为一字师。

——《唐诗纪事》

用字造句并不是魔术。

这在我们底诗人,却不幸以为是一种魔术,而且比魔术还要魔术很多。从大礼帽中忽然取出十个鸡蛋来,忽然取出一只鸽子来,那是原来有十个鸡蛋和一只鸽子在里面的。我们底诗人却梦想从他们底可怜的语言中取出这种鸡蛋和鸽子来,而且不止十个,而且飞满天空,立在幕布前面做着手式,洋洋得意,微笑,鞠躬。

从前面的例子,那么,我们被启示的,我们所认识的,应该是一些什么?“推敲”和“一字师”一类的说法,不过是,并且必须是语言底正确性的把握。在诗,这是首先被内在的艺术要求所决定的,首先是把什么表现出来,然后是用什么表现出来。不是辞藻决定诗,是意境以及气氛决定了命辞遣字。或者说,并非语言完成了文学,倒是文学完成了语言。

难道诗是一种仅仅的语言么?

托尔斯泰说得极好,他说:“每一件事物和每一个动作,都有一个名字,而且只有一个名字。”

这样把握了语言底正确性,于是我们底诗才有了它底简洁以及蕴蓄：简洁，好像一块经过百炼而出的钢，不再有伙多的杂质，不再有微小的游隙，可以造重炮，可以做飞轮，可以打螺钉——这是语言怎样才有它底力量以及为什么能够有它底力量；蕴蓄，好像一园恰好及时成熟的果实，富有甘腴的果肉，含有芳香的果味，现有鲜美的果色，可以食用，可以栽种，可以陈设——这是语言怎样才有它底风趣以及为什么能够有它底风趣。

为什么高尔基能够说“用最少的语言来发现最多的事物”呢？是什么道理最多的事物能够被最少的语言所发现呢？

这就是我们所需要的“只有一个名字”的那种“名字”。这也就是多少诗人所全力追求的，所谓：

吟安一个字，

捻断数茎须。

也看看这里，比方，并不说“吟成一个字”吧，是么。

然而一切有益的例证，在技巧论，却相反变做有毒的教训了。他们服用了药用的鸦片，而且以鸦片敬客，以鸦片传教，欢喜和他底臣民、他底子女们一榻横卧而享受这缭绕的烟云、辛辣的毒气。我拜读过一个诗座谈底洋洋洒洒的记录，领教过学习杜甫呀或者学习荷马呀的理论以及文告了。

难道“红杏枝头春意闹”和“云破月来花弄影”，真像王静安所说的：着一“闹”字和着一“弄”字而境界可以全出么？——

三

自然诗是语言的艺术，但是却不好说语言等于诗、决定诗甚至超过诗。这就像说人是血肉的一样。除掉血肉，人还有着人底灵魂呢。我们不是眼见到了一无人底价值的人底普遍存在吗？同有血肉，那也可以是一具丧失了生命的尸体或者是一个丧失了意识的疯子。同有血肉甚至同有生命,那也不一定就是人,可以是一只猪,可以是一只狼狗或者一只哈叭狗的。

语言的拜物教,不但抹煞诗,同时也抹煞语言本身。

不管那是文字的游戏或者那是智慧的玩弄,结果如出一辙,共趋一的而已。

虽然在表面上,一种是拥护语言底传统的态度,另一种,却有了相反对的姿态,似乎要破坏这一传统了。但是,寻章摘句者底咬文嚼字,和创新出奇者底舞文弄墨是没有什么不同的,前者叫做接受文学遗产,叫做学习张三、李四,也是技巧论。后者叫做旧瓶装新酒,叫做回到民间去,也是技巧论。无论孙悟空怎样翻着筋斗,无论这猴头怎样巧于七十二变,总不过在卖弄辞汇,总不过是迷信语言,一只猴子总是一只猴子,即使它底神通着实广大,大闹天宫似乎干犯天条,也总是这妖精在想夺玉座南面而坐,而到了一路克服了九九八十一难,最后它也总要向我佛顶礼皈依,不必再念"紧箍咒",完成正果的。一切就是如此。

假使语言实在可以决定诗,而我们通过了若干特定的辞藻实在可以达到诗底极峰的话,那么,我们不是又早就有了试帖诗、回文诗、禁体诗和诗钟了么?例如下面的回文诗,不是难于再得的么?不是技巧底宝贝么?

残花落暗庭,
乱鸟啼深竹,
寒色砌苔青,
冷光池水绿。

禁体诗也很不容易做,也是最技巧的。除掉七律这形式底一般格律它必须当然服从,还有限体、限题、限韵、嵌字的多重限制。但是也有做得好像并不太坏的吧。例如下面的一首,出的题目是《宫怨》《闺怨》之类,限了"溪西鸡齐啼"的韵,要嵌"一、二、三、四、五、六、七、八、九、十、百、千、万、分、两、丈、尺、半、只"这些字。这是说,连限韵的字一共被命定了二十四个字了，就是说，被取消了二十四个字，这一首律诗不再是五十六个字，只有三十二个了，就是说，全部兵力有五分之二以上被冻结，剩下来的弱于五分之三的兵员又大大地被麻木不仁的友军所牵制，战斗底自由被极度地削弱了，指挥权也被极度地缩小了，然而它还是得去达成被责成的任务，去执行颇艰难的命令。而且，还是这么一大堆要细工镶嵌的字！这么一大堆既没有任何意义也没有任何生命的字！这么一大堆在音韵上毫无办法的字，限韵的五个，被排定了位置，其他的十九个中仄声的又占了压倒的优势，和平声的，在百分比上是百分之八十四对百分之十六。

双星影落九回溪，
百丈红尘两阙西。
八尺锦文千里雁；
三分春色数声鸡。
六宫灯火阑珊半，
四面楼台拥峙齐。
二十五弦弦七柱，
一弦一柱万行啼！

诗钟底限制也务求严格。例如分为分咏格和嵌字格；嵌字格又因为所嵌的必须是第几个字有着鹤顶格、鸢肩格、粉底格等的不同；还有限用成句的时候。下面所举的是一个优秀的例子，非常巧妙而且自然，据说这是参加一次竞赛所录的名列前茅之作，这里依照原来排列的反对名次抄录下来，这是三个“女”字和三个“花”字的嵌字格的诗钟，限嵌第二个字，限集句的：

青女、素娥俱耐冷；
名花、倾国两相欢。

商女不知亡国恨，

落花犹似坠楼人。

神女生涯原是梦，
落花时节又逢君。

这一切，原来都是特选的极端的例。但是，难道这不是文字游戏和智慧玩弄所能够有的和不可多得的佳品和名作？在技巧论，这应该就是一种最高的达到了。不过这是一种不幸，在这语言的迷宫中我们并没有发现童话中常有的珍宝。简单得很，诗底语言，必须是饱含情绪以及饱含思想的语言，而这里所有的，只是七拼八凑而五光十色的语言，只是搔首弄姿而兴妖作怪的语言，仅仅的语言，脱离生活的语言，没有生命的语言。

英国诗人H.费尔亭有一句话，说："仅有空虚的笔尖和字句的庄严，而其他一切都鄙俗低级的，不能够看作真正庄重严肃的作品。"而路易士又说："对于政治的观念和事件的一个深刻的情感，不必相同于那些仅仅产生辞藻的'不成功的争论'。"

所以说诗不是语言。同样，诗也不是所谓智慧。因为，诗并不以那种徒然的修辞上的拗句和表现上的警句见重。说到警句，或者epigram，我们难道还不嫌多么。希特勒和邱吉尔底政治演说中就有不少的警句，那是明明白白不是诗的；给战犯雄辩的律师和供观众作乐的丑角也有不少的警句，那也明明白白不是诗的。

这里索性多举几个例看看，技巧或者艺术似乎战胜了语言的时候是不是也战胜了诗；是不是达到了诗底顶点。

嵌字诗：

"一"蓑"一"笠"一"轻舟，
"一"个渔翁"一"钓钩。
"一"水"一"山"一"长啸，
"一"天风露"一"江秋。

"一"去"二三"里，
乡村"四五"家，
农田"六七"亩，
"八九十"枝花。

叠韵诗：

穿烟泉潺湲，
触竹犊觳觫。
荒篁香墙匡，
熟鹿伏屋曲。

——皮日休《山中吟》

双声诗：

江干高居坚关扃，
犍耕躬稼角桂经。
篙竿系舸菰茭隔；
笳鼓过军鸡狗惊。
解襟顾影各箕踞，
击剑赓歌几举觥，
荆笄供脍愧搅聒，
乾锅更戛甘瓜羹。

——苏轼《戏题武昌王居士》

余靖胡语诗：

夜筵"没罗"(复盛)臣"拜洗"(受赐)，
两朝"厥荷"(通好)情"干勒"(厚)。
微臣"雅鲁"(钝)祝君统，
圣寿"铁摆"(嵩高)俱"可忒"(无疆)。

刘正拆字诗：

月日"明"朝昏，

山风“岚”自起。

石皮“破”仍坚，

古木“枯”不死。

可人“何”当来，

意若“重”千里。

永言“咏”黄鹤，

“志”士心未已。

那么我们再看看王夫之怎么说法：

作诗但求好句，已落下乘；况绝句只此数语，拆开作一俊语，岂复成诗？“百战方夷项，三章且易秦，功归萧相国，气尽息大人”，恰似一汉高帝谜子；拆开成四片，全不相关通。如此作诗，所谓佛出世，也救不得也。

——《姜斋诗话》

如此作诗，就如同传说中的那一位八股先生一样，一旦豁然贯通，恰好入了魔道的。那么，也就把这位冬烘[1]底佳什钞录下来吧：

吾人致意于斯途，

岂可苟焉而已乎？

然而正未易为也，

盖亦其知所勉夫！

四

首先，这里不得不再略提一提山歌和方言。关于诗底大众化的论题，在别的地方我说过我底一些理解了。这里的话，那么，我只站在语言

① 冬烘，指迂腐、浅陋之人。

的角度上来说。

假使山歌在诗是最高的形式，那么，我们不是早就有了山歌的么？为什么山歌又早已成为一种过去了的形式呢？假使方言在语言是最好的语言，那么，我们也早就有着方言的，我们岂不也就应该有着好诗了？为什么我们底诗并没有把方言贪婪地吸收进来呢？我们底国早就有了俯拾即是的山歌，有着取之不竭的方言，然而我们却相反没有成为诗之国，并不是诗的民族，我们底日常生活既不是人的生活更不是诗的生活，我们不但在市民的喷嚏声中找不出来烟水之气，就是在可敬的诗坛之下也简直很不容易寻到一首真正的诗。一种虚有其表的夸耀，一种似是而非的理论，一种绝对的说法。我们只要这样发问：有了山歌和有着方言，我们底诗为什么还是贫弱和反而贫弱？这一问题底重量并不太大；就是这样，也就足够击破我们底诗人们底肥皂泡了。或者，他们应该能够回答：有了山歌和有着方言他们自己为什么还是在搜索它们、还需要提倡它们？这种答案却不太容易得到满分；就是那样，也足见他们底瞎子白昼打灯声言寻针的矛盾，那样一种的徒劳啊。

原来山歌这一形式是一种过去的形式，很不容易夺取那种有进步要求的语言来构成它自己的；另一面，要求进步的语言也往往会十分猛烈地起来反对敌对它的这种过去的形式的。方言这一语言是一种原始的语言，芜杂而又粗粝，决不直接就是诗的语言，也绝非一写到纸上来就成为诗而色香皆备情文并茂的。在诗，今天，两者都是有限度的。

关于方言和文学，高尔基曾经这样说："我们必须记住，语言是由人民创造出来的，文学语言和大众语言的差别，就是前者是作家运用过的语言，而后者是语言的粗糙的材料。普式庚[①]是明白这道理的第一人，也是会利用和处理人民底语言的粗糙的材料的第一人。"

语言的问题，基本的问题是语言本身底变动远较生活一般底变动缓慢得多的问题。新的观念从新的事物而来，和这相应然后才有新的语

---

① 即普希金。

言,形式往往落后于内容。文化一般和生活跛行,而语言对于文化一般也并不平行。于是在文学,也在诗,就有了意识形态底要求突进的问题。其次，有着体现这一突进要求的在形式或者语言本身的和它相应而起的突进的要求的问题。语言的问题,因此,在我们,不得不接触创造语言的课题了,为了进步的,有了创新的。但是,既然生活一般和语言的关系这样脱节了,我们也就不得不有了承袭语言的事。同时我们底二十世纪的生活又正在世界地扩大不已，我们无法安于小农经济底顽固落后的自给自足,需要输入电气一样有着输入语言的必要。我们是被迫的,也是自由的,在这一前提面前鼓起热情,在这一限制下面展开工作,在这一基础上面发动革命。创造底意味,那并不是好奇或者出奇。承袭这说法也不同于对旧的作妥协和对消极的作肯定。而输入,又何尝就是忘本弃远,舍己从人。增殖新细胞只有破坏旧细胞,处理旧根为的要培育新种,移花接木在研究自己底园艺,布置自家底园庭。一切是因为,生活富有强力和敏感,而语言却比较硬化了,我们要怎样在这中间夺取那能够保持着它底可喜的弹性的，掘出以及制成那真正有着相当的它底重量的,吸收了来那具备了有益的它底养分的。

那么,这里我们也就可以理解,利用旧的形式,或者采用方言,不是完全不可能为了进步的,但是这一行动,本身就有了不小的矛盾。这样,假使在诗的态度上不幸还有着问题,不论那是钻牛角尖吧,也不论那是做投机生意吧,那我们底诗,就不会是前进而是倒退,不可能有所建设而弄得不过破坏,没有成功而只有溃败的了。然而我们就是这样毫不警惕绝不考虑么?这是诗人仍旧局促于旧美学的坑厕之中,永远寻求不到诗底新生的门。

还有,中国底文字,主要是一种单音方块字,这是一种这个世界上最为难的文字,这么贫乏,这么坚硬,这么含糊,即不实用又不文学。这首先是一个严重的文化问题，同时又是一个迫切的语言问题。——就是拉丁化的迫切的问题。

由于有这一问题底存在，在我们底诗市场，于是似乎还没有什么诗的语言，而庞杂的语言大为畸形繁荣，夺取了市面，提高了行情：古典的语言呀，欧化的语言呀，方言俚语呀，有着等于没有辩论的那种辩论，起着原来毫无作用的那种作用，市场大为喧嚣起来，大为骚动起来，一片天昏地黑的混乱。然而诗呢！

盲目地，一面主张学习七古八杂的楚辞、唐诗，机械地，一面又反对一切的陈章老调，既不附带条件，也不有所保留，这倒楣的古典的语言，于是就成为这么一个皮球，被我们底可爱的球队踢上踢下，——但是永远遥远地离开了球门。

假使可以说方言上语是一片原始的植物，繁茂的，但是荒芜的。那么，人类不是仅仅在大自然中得到了他底有限的粮食和蔬果么？这不但是一个长久的经验的发明、改造和经营的事，同时也是人类被他底生活需要所支配了的行为，——当然欲望是无限量的，需要又是有扩张性的，然而就是这种需要，为了这种扩张，却有一种内部的限制在，那是一眼看来好像正相反对的。这里有着矿工和技工底生产似的性质：否则，发掘和加工不能够就叫做劳动创造；而原来的事物在被投入了新生的劳动力以后，实在已经改变了它底性质和形式了，即使那是在原有的物质属性上的细微得很的改变吧，它已经是一种适合于人类底特定的目的的东西了。方言并不是诗；而大众化的问题，本来也并不是什么仅仅的语言的问题。

语言底欧化也不是问题。不要把它也当皮球踢吧。问题是在：我们这五千年的古国既然被鸦片战争所打倒早就成为半殖民地了，而新的中国，今天也正要求着科学和民主呢。问题全都是在：中国人民底一般生活既然吸收了和吸收着从世界来的物质文明，和这相应，我们底语言不但是不可避免要多少地欧化的，而且正应该也为语言向欧洲要求输血吧。难道被输血了，我们就会失去作为中国人民的身份？欧洲大量地需要我们底桐油、茶叶、大豆，也购买了我们底古玩，抢劫了我们底图画，没有国界，没有民族成见，难道这一切也无非是莫名其妙的行为？问题是在怎么“欧”法和怎么“化”法；文化侵略和文化交流是两回事，主动和奴化之间的途径也正有毫厘千里的歧异。

所谓语言的正确性，那是一个原则而不是一部法律，它是不必排斥一切移植的种族、若干象征的事物的——只要那是为了诗和有了诗。因为所谓语言底正确性者，一面固然是最高的具体的，而另一面也可以是最高的抽象的。

进一步而论，既然我们底文字是这么不丰饶、这么不明朗、这么刚愎和僵硬的，而新文学在叙述和描写的要求上却需要一种语言底富庶，底饱满，底确切，底柔和，底活泼，底自由，那就不得不和它互相敌视，此争彼斗，结果，可以不是受了外来语言底影响而以它底全然崭新的风格出现于我们面前，出乎我们底意外，违反我们底习俗，打破文法底惯例和陋规，大家以为那是欧化而吃惊了吧，——一点不是。原来那是：我们底新文学底辉煌的努力怎样征服了和改造了古老的单音方块字，怎样产生了和拥有了自己底创新的文学语言，一切从新生的生活内容而来，从战斗的思想要求而来。这是新文学底一次辉煌的革命，一种辉煌的胜利，一个辉煌的创造！

语言底正确性，只是说：要把语言底位置十分适当地放到诗里面。

因此，在历史的纵方向线上我们扬弃地接受了若干古文字，主要的，而且革命地在创制着大量的现代生活的语言，在地方和国际的横断面上我们辩证地采用着若干方言和外来语言，使诗有自己底饶足，有自己底活跃，取得生命活力，执着生活动向。

例如，鲁迅先生就特别向我们指出过的，由于近代生活中有着罢工的社会运动和历史事实，文学语言中我们也就极自然地会有“罢工”这一类的字的。而这种字，也就不会不是最新鲜的、最强力的，也最亲切的字的。我们实在是创造了的，这样的字，这种现代生活的语言，我们是有了无数的，譬如“民主”“反侵略”“反饥饿”“豪门资本”“吃磨擦饭”和“发内战财""政治诗""色情文学""新现实主义""杜鲁门主义""原子弹""打风""学潮"……我们已经有了不少,不,我们还要创造得更多和更好。

一切,必须是完成诗的语言的创造,而不是,掩住了诗的语言的赝品。

这样为了语言也就是为了诗:为了诗底确保宝贵的传统,独树一帜;为了诗底迫入广大的群众,打成一片;为了诗底增益世界文明和展开国际主义,天下一家。语言底创造和加工,特别是文学的课题之一,尤其,首先是诗和诗人底任务之一。

那么,诗底语言又怎样?——

五

社会一般的语言和艺术一般的语言底不同在后者是饱含了情绪和饱含了思想的。而诗的语言,应该是那种特别饱含了情绪的。自然诗不能够缺乏任何的思想,并且必须有最好的思想吧。就如同普式庚所说的:"思想是伟大的文字!如果人类底尊严不藏在思想中,那只就藏在文字中!"但是在诗和诗的语言,那里的思想是被情绪所渗透了的;或者,那是溶解到了情绪之中去的。

所以,散文和散文诗和诗的争论,那实在是无聊的,界限不在语言底形式,在语言底实质。

诗的语言不是思辨的语言,而是感染的语言。

智慧的诗的那种说法迷路了。

诗的语言不是客观描写的语言,而是主动陈述的语言。

认为诗是形象的语言构成的,特别是,仅仅要求语言底形象化,那也是一种诗的无知和武断。

所以,在叙事诗,那不是叙事地抒情,就是抒情地叙事的。否则,叙事诗为什么不同于小说而要有两种文学形式呢?而且,在世界文学发达史之上，小说底兴起，不是正是取得了衰落的叙事诗底文学地位的么？

说诗的语言是经济的语言，那是说的这一语言底简洁和蕴蓄的特殊性。一粒麦子是一种生命，一个暗示有一个世界。

说诗的语言是音律的语言，那是说的这一语言底内在的情绪底旋律底满足，并非外加的声音底音色底繁华。

一面有着在表现上的正确性，一面饱含了从生活来的情绪，才是不二的诗的语言。诗底语言要是这么一种生气勃勃生机洋洋的语言，这里我们参看一下太戈尔[①] 底说法吧：

> 诗总是要选择那些"有生气的"字眼，——就是那些不仅仅作为报告之用的，而能够融化在我们底心中的，不由于市井常用而损坏了它底形式的字眼。
>
> ——《人格论》

我们倒不怕市井常用的，因为诗的语言最丰富的处所一面在大自然本身中，一面在生活本身中，而生活，总是要接触市井的，从那里出来的。这，或者由于太戈尔是有他底森林哲学和诗的智慧的吧。假使我们可以把他底话解释作社会一般的语言和诗的语言之间的差别，或者，他所指的是落后的形式和恶俗的语言，那么，这个说法也未始不可吧。

"不仅仅作为报告之用的"语言，那是主动陈述的语言，诗的语言；"能够融化在我们心中的"语言，那是感染的语言，诗的语言。

不是么，对于诗歌，普式庚在他底《先知》一诗中也有着这样的名句的么：

> 用语言去把人们底心灵烧亮。

一九四七，七，一八。垂柳巷。

选自阿垅《人·诗·现实》，三联书店，1986年出版。

---

① 即泰戈尔。

Tang Ti 唐湜

【题解】 唐湜(1920—2005),原名唐扬和,浙江温州人,“九叶派”诗人,也是著名的诗评家。1943 年考取浙江大学外文系,开始真正的诗艺探索。先后参与《诗创造》和《中国新诗》的编辑。有诗集《骚动的城》《飞扬的歌》《九叶集》和历史叙事诗《海陵王》等,评论集《意度集》《新意度集》《翠羽集》等。

20 世纪 40 年代后,中国新诗逐渐形成两大流派:一是以胡风为首的“七月派”,一是包括唐湜在内的“九叶派”。后者是受西方现代派文艺理论的影响而走上诗坛的,成为中国现代主义诗歌流派。提倡诗歌既要表现社会现实,也要抒写个人情绪,并注重主体的哲学思考和理性探索,希望在现实和艺术之间求得恰当的平衡,不像“七月派”那样直抒胸臆,直接发出战斗的呼唤。

唐湜的这篇文章,后来编入《新意度集》,是他诗歌理论的集中显现,大量引进西方的文艺理论,再结合中国经典的古代文论、诗论,形成了他独特的“九叶派”诗学理论。

作者认为,诗的基本成分就是意象,诗的

创造就是呈现意象。但意象不是表象的堆砌或模糊的联想媒介，而是内在的心象与外在的物象的统一，是“最清醒的意志与最虔诚的灵魂互为表里的凝合”，成熟至美的意象是“凝静人格的映现”，所表现的是“一种间接的抒情，沉潜的深入，客观的暗示”，“一方面有质上的充实，质上的凝定，另一方面又必须有量上的广阔伸展，意义的无限引申”。

唐湜肖像

二十八　论意象

读过了《离骚·九歌》里的

青云衣兮白霓裳，

举长矢兮射天狼！

再来读陶渊明的

采菊东篱下，

悠然见南山；

山气日夕佳，

飞鸟相与还……

我们会觉得这是从一种高扬的意气走入一个清明的世界，从一个雄健的生命走向一片素净的映画。如果前者是一个浪漫蒂克的人格的投掷，而后者就是一种凝静的人格的映现；如果前者是一种直接的抒情、凸出的高突、主观的突击，或一种以强大的生命力为支柱的感情的直觉意象，那么，后者就是一种间接的抒情、沉潜的深入、客观的暗示，或一种以清晰的感觉为支柱的深情的或思想的意象。前者给人一种初生力量的沉雄的激动，后者给人一种成熟的素淡的宛转。马克尼斯以为意象与诗质应有所区别，诗质（Property）进入一首诗是由于它自己的权利，而意象的进入一首诗则由于“类似”的权利（Right of Analogy）。前者如花进入花园,后者则如花进入柏拉图的神秘又抽象的天国。这说法实际上是一种把意象看作传达的手段,甚至装饰、点缀的二元论的看法。意象当然不是装饰品,它与诗质间的关连不是一种外形的类似,而应该是一种内在精神的感应与融合,同感、同情心伸缩支点的合一。马克尼斯自己也说过,意象时常会廓清或确定诗的意义,而且意象与意义常常会结合得不可分离,象征主义者甚至把这定为一个法则。刘勰说:“诗人感兴,触物圆览,物虽胡越,合则肝胆。”物象的人格化正是心象的“我境”的“圆览”,而意象与意义的合为肝胆或一元化也正是意象的所以超越修辞学中比喻的二元性的缘故,意义的化入意象正是庄子在《齐物论》里所说的那个“类与不类,相与为类,则与彼无以异”的境界,一种辩证的统一。的确,艺术的一个最高理想是凝合一切对立因素,如声音、色彩与意义,形象与思想,形式与内容,韵律与意境,现实与联想为一个和谐的生命,按着生命的内在旋律相互抗持又相互激动地进展前去。意象与意义间的对抗关系与形式与内容间的对抗关系并不一样,后者是一种手段与目的,主与从间的关系,前者从逻辑上说来,虽也是主与从的关系,但却常是一种内在的平行又凝合的相互关连,从一个生命点燃起另一个生命,甚至无数个生命,一种相互的光照,从深心里跃出的感应,又重合在一个生命的焦点。在最纯真的诗里面,手段与目的,意义与意象之间的分别实在并不是十分必要的,一定说美人、芳草是心存魏阙的假托,正如花间喝道,是一种煞风景。C.D.鲁易士所坚持的“意象与诗的完整不可分性”,正是意象深广的“启发力”(Evocative Power)的存在证明。在最好最纯净的诗里面,除了无纤尘的意象之外,不应再有别的游离的滓渣。意象的质的内涵应该是明确的,但它的量的外延却可以伸展到无限,随着时间的变化而变化,不断地以新血液代替死细胞。波特莱尔[1]说:

自然是神庙,那儿有活的支柱,
时时会跃出一些混沌的声音;

① 波特莱尔,即波德莱尔,法国19世纪诗人,象征派诗歌先驱。

过那儿的人走入了象征的森林，
林子望着他，拿那亲密的凝眸。

像一些远方来的深长的回音，
混同于一个阴郁又深沉的一致，
广阔如像黑夜，又如白日，
芳香，色彩，与音响都相互感应。

是的，诗正是这样的自然，这样的神殿，那些活的支柱，象征的森林正是意象，相互呼唤，相互应和，组成了全体的音响。这深邃的神殿，也正是那个阴郁又深沉的一致，那个一致的生命，在那里，从意识的暗示的意象、音响里将唤起那一切久久沉埋了的从远方来的回音，广阔如黑夜又如白日的潜意识流。该记得S.史班德与C.D.鲁易士的说法：写诗正如钓鱼，从潜意识的深渊里用感兴钓上鱼——意象，原来是一种用自觉来把握自然的潜能的过程。意象不能是一种表象的堆砌或模糊的联想媒介，它从潜意识的深渊里跃起时是一种本能与生命冲击力的表现，而它却又是化装了的被压抑着的经验，汇合了更多的人性力量，以更大的现实姿态出现的可能性，但它也必须有一种光耀，如罗丹所说的，闪烁在人体周围的凝结着的神秘的光，一种立体的深厚意义，由内在的真实向外迎接波浪样拥来的层层的丰饶，一种由内在力量的冲击而向外卷起的颤动；由光的刚与暗的柔交织成的光圈，矫健如闪电，心有灵犀一点通是最好的说明，艺术家由此以自己的情绪给自己与别人开启了深蕴于表象内的真实，一点闪烁即全般明亮，一刹那灯光璀璨。它是潜意识涌现的自然作用，但它依然必须经过诗人自觉的照耀。诗可以没有表面的形象性，但不能没有意象。拜伦在《唐·璜》里的“诗就是情感”的说法早已过去。R.M.里尔克说：“人应该等待又集中着一切生活里的甜蜜与光耀，如果可能，一段长长的生活，这样，也许在最后会写出十行好诗来。诗并非如人们所想的只是情感而已，它是经验。为了写一行诗，人得访问许多城池、人物和事情;他得熟悉动物,善观禽类的飞翔,和小花在清晨如何开放;人得随时想到陌生地方的道路,与别人的猛然邂逅,早预料到的分别;人得有时回到模糊的儿时,父母怎样误解了自己,疼爱反成为虐待;回到海上的日子,旅行的夜,……还得有多少爱情之夜的记忆,每个都不同,……女人分娩的叫喊,然后,女人睡在产褥上,雪白而轻松的,关闭起来;同时,还得坐着看人死去,还得守过死尸,窗户敞着,声音浮动着。仅有记忆还不够,人得将它们遗忘,有很大的耐心等它们自己重现……那时,它们就成了我们的血肉、光耀与姿势……于是第一次,在一个稀有的时辰,一首诗的第一个字会跃出,而且跨向前去。”(《Malta》)遗忘实在是一种再组织,凝合更广大意义,扩大、加深意义为意象的立体化的作用。在遗忘之后,意象会忽然从深渊跃出,支持了诗的自足的完整意义,又在这意义的基础上吸取又放射各种各样外在的光影。“因为他们都是代表我们不能窥探的情感深处的”(T.S.艾略特)。然而,正如里尔克所说的,对于创造者,没有贫乏,也没有不关痛痒的地方,我们应该用比担负我们的欢乐更大的信心来担负我们的悲哀。在诗人,意象的存在一方面是由于诗人对客观世界的真切的体贴,一种无痕迹的契合;另一方面又是客观世界在诗人心里的凝聚,万物皆备于我。冯至吟过:

哪条路,哪道水,没有关连,
哪阵风,哪片雪,没有呼应,
我们走过的城市,山川,
都化成了我们的生命。

是的,我们该准备着去迎接,深深地去领受那些意想不到的奇迹,在漫长的岁月里出现的彗星与狂风,“我们的生命在这一瞬间,仿佛在第一次的拥抱里,过去的悲欢忽然在眼前凝结成屹然不动的形体”(冯至《十四行集》)。浪漫主义者强烈地感受到梦境与它所代表的潜意识流的真实与力量,但他们把自己的头埋到这水流里去,迷醉在里面任自己的意识灭顶；机械的现实主义者或理性主义者、假古典主义者把人看成一个意识的机械，否认或忽视了生命的最有力、最纯真的核心，最大的“能”——潜意识流的作用。意象则是潜意识通往意识流的桥梁，潜意识的力量通过意象的媒介而奔涌前去，意识的理性的光也照耀了潜意识的深沉，给予它以解放的欢欣。玲珑剔透的宁静的意象，如《离骚》《九歌》与《圣经诗篇·雅歌》中的那些万古常新的诗篇，早晨的露珠样的诗，正像静穆的节奏，会延长“凝神观照的时候，在这时间我们是睡着又是醒着，这乃是创造的时间，它用一种迷人的单调使我们静默，同时又用各种变化使我们醒着，它把我们安放在那种真正出神的状态中，在那种状态中灵魂脱离了意志的压力而在象征中显现出来”(W.B.叶芝，曹葆华译文)。实在，保罗·梵乐希[①]说得最好：想描写他的梦境的人，自己就得格外清醒。意象正就是最清醒的意志(Mind)与最虔诚的灵魂(Heart)互为表里的凝合。刘勰说的话：“……陶钧文思，贵在虚静，疏瀹五脏，澡雪精神。积学以储宝，酌理以富才，研阅以穷照，驯致以绎辞。然后使元解之宰，寻声律而定墨，烛照之匠，窥意象而运斤”，实在很符合古典精神，意象的自然成熟后仍必须有意识或意志的匠心的烛照与运斤。匠人般的工作方法是里尔克向罗丹学到的由浪漫蒂克转向成熟的古典精神的体现。在欧洲，从歌德以来，只有里尔克有如此的成就，他因而没有沉缅于民歌的原始的单纯而不克自拔。成熟的意象，一方面有质上的充实，质上的凝定，另一方面又必须有量上的广阔伸展，意义的无限引伸。前者是由于诗人的感觉力的尖锐与坚定，后者则由于诗人的思想力的跃动与虚心。但“澡雪精神，疏瀹五脏”[②]的自觉是意象发展的较高阶段的精神，它自然得经过自然发展的阶段，而它也应该发展到更高更大的凝合的阶段。它的发展的这三个阶段与风格的发展一样，是与认识论上由感而知而行的三阶段相适应的。而这三阶段也可以离开逻辑的拘束

① 即保尔·瓦雷里。

② 语出《庄子·知北游》上：“汝齐戒，疏瀹(yuè)而心，澡雪而精神。”

而平行地跃进。一般地说来：由灵魂(Heart)出发的直觉意象是自然的潜意识的直接突起，是浪漫蒂克的主观感情的高涌，由心智(Mind)出发的悟性意象则是自觉意识的深沉表现，是古典精神的客观印象的凝合，而它们的更高的完成则是由于古典精神与浪漫蒂克力量在意象内部平行又对抗的凝合，自然的基础与自觉的方向、潜意识的“能”与意识的“知”的完整的结合，思想突破直觉的平面后向更高的和谐与更深的沉潜，最大最深的直觉与雄伟的意志的发展。在那里，无分人我，无分彼此，主观与客观，直接的申诉与间接的传达，一切一切都完全凝合无间，无所区别也毫无间隔。李商隐的诗：

一春梦雨常飘瓦，

尽日灵风不满旗！

直抵得上T.S.艾略特的一部《荒原》，有着那样无限的丰富，它的意象是诗人自己生命荒芜的申说，也是他那时代精神枯萎的映现。雨水的象征意义就如欧洲传说中的圣杯；而这荒凉的小庙也正是“人”的神殿，与波特莱尔的“自然”神殿相近。马克尼斯说奥登的意象常常是戏剧的，意象在他正如角色在戏剧里，他常爱用梦游的技巧，把生活中的一切距离消灭，一切习惯的组织破坏，把一切时间与空间，想到与看到的完全凝合在一个集中的点上，而展开极广深的喻义。的确，在一切伟大的诗人，例如里尔克，一切距离都不存在，生与死、星与人都可以脉脉相通，声气相应。在意象的桥上，空间的透明，时间的凝聚，甚至生死的蜕变，天人的感应，都是最自然的事，重要的是一个“一致”，一致使意象与诗能战胜一切时间，经受得起一切磨炼，这个“一致”是“神与物游”的雄健的运行，有如星辰的运行，是“超以象外，得其环中”的“圆览”，一个完整又无限的“圆”。在这“圆”的光晕里，在意象的桥上，人们通行前去，把诗的生命

伸向前前后后(艾略特)

走向了无限——一种丰富的坚定。

原载《春秋》(1948年)，选自《新意度集》，三联书店，1990年出版。